« *Il faut sortir dans le monde comme on va au spectacle, de temps en temps.* »
Madame TALLIEN

« *Nous ne savons jamais si nous ne sommes pas en train de manquer notre vie.* »
Marcel PROUST

« *J'ai mené la vie du monde intensément, par curiosité du genre humain, de ses qualités et de ses vices ; le rôle d'animateur est le seul qu'il m'a plu de jouer.* »
André DE FOUQUIÈRES

« *Faire partie de la bonne société est une corvée. N'en pas faire partie est une tragédie.* »
Oscar WILDE

« *Ce qui est intéressant chez les gens de la bonne société est le masque que porte chacun d'eux et non la réalité qui se trouve derrière.* »
Oscar WILDE

Prologue

Le courrier arrivait chaque matin à onze heures. La main nonchalante et le regard vaguement distant, l'appariteur jetait pêle-mêle sur le bureau cette moisson quotidienne sans se soucier du geste sacrilège qui l'avait, en toute innocence, conduit à mélanger les communiqués de presse, les bristols aux enveloppes calligraphiées et le courrier des lecteurs.

*

* *

Depuis trois mois qu'il avait été embauché au *Journal*, Pierre ne parvenait pas à dissimuler la joie suave qu'il ressentait à décacheter les invitations comme autant de promesses d'instants magiques qu'il savourait d'avance. Par ordre, il se saisissait dans un premier mouvement des plis officiels déposés par porteur, ceux dont il effleurait d'un revers de doigt à peine discret le gaufrage armorié. Le menu fretin ne venait qu'après : annonces de vernissages, de cocktails, d'ouvertures de boutiques qu'il s'empressait de punaiser comme des trophées de chasse sur le panneau de liège tout neuf qu'il avait fait installer derrière son bureau, avec la secrète intention de rendre jaloux tous ces collègues qui partageaient l'espace paysager avec le nouveau chroniqueur mondain.

Déjà Patricia, responsable de la rubrique littéraire, s'amusait avec Cassandra, rédactrice de mode, de sa gourmandise à courir les raouts. « C'est bien simple, vous ouvrez une huître et vous trouverez Pierre ! Accrochez un toast au tarama et vous le verrez accourir... », affirmait-elle, oubliant au passage qu'elle-même n'aurait jamais manqué la remise du prix des Deux-Magots ou le pince-fesses clôturant la fête du livre d'Ouistreham.

Zèle ou application professionnelle, Pierre n'avait pas eu besoin de trois mois pour se gonfler de son importance à la tête de la chronique « À la ville, à la scène », tenue pendant près de trente ans par Renaud Castéja, aussi célèbre dans les salons qu'autrefois James de Coquet ou Edgar Schneider. À vrai dire, quand on lui parlait d'eux, Pierre ignorait tout de leur héritage mondain. Il se souciait peu de savoir s'ils avaient sombré dans l'errance ou l'alcoolisme, la dépression ou la frustration d'une vie perdue à commenter les divertissements des puissants dont ils n'avaient été, après tout, que les valets de gloire. Du ton péremptoire qu'il avait aussitôt adopté pour coller à ses nouvelles fonctions, il prétendait seulement avoir lu *Cinquante Ans de panache* du « génial André de Fouquières » et arrêtait toute remarque sarcastique d'un sentencieux : « Après tout, Saint-Simon et Marcel Proust, à travers la description minutieuse des mondanités de leur temps, ont brossé une fresque sociale de leur époque ».

Pour un peu, afin de justifier tant de soirées passées à s'étourdir dans des fêtes dont on ne savait pas toujours si elles servaient de rampe de lancement à un nouveau téléphone portable, une montre, ou une boisson alcoolisée, il aurait été capable de soutenir une thèse sur le sujet. Chacun sentait en tout cas que Pierre avait reçu « la grâce de sa fonction » et, qu'à défaut de tomber dans l'alcool mondain et la prise de poids, il succomberait sans doute à la fatuité.

Il ne fallut pas longtemps pour mesurer l'esprit de revanche sociale qui animait Pierre, fasciné par les particules aristocratiques élémentaires comme les courtisans de Louis XIV avaient été appâtés par la divine friandise, d'autant plus assoiffé de reconnaissance et de désir de s'élever, qu'il paraissait souffrir de complexes quant à son physique quelconque. De taille moyenne, le visage glabre, ses cheveux noirs coiffés en arrière accentuaient un nez fuyant et un regard de myope qu'il abritait derrière des lunettes en écaille le vieillissant. Son charme, parce qu'il lui en fallait bien pour séduire dans le grand monde, était tout entier concentré dans un sourire tour à tour moqueur et mordant, ingénu et sensible, rayonnant et généreux. Il émanait de lui un irrépressible besoin de plaire et de séduire comme les chats qui viennent réclamer des caresses à ceux qui leur manifestent de la défiance ou de la peur. La faiblesse de Pierre, on le sut très vite, était de chercher l'approbation de ses actes dans le regard des autres.

*

* *

Sa nomination avait suscité bien des interrogations et des commérages dans la rédaction. À quoi devait-il cette subite élévation ?

Le directeur du *Journal* l'avait croisé un soir dans un de ces dîners en ville où l'épouse d'un puissant chef d'entreprise – comprenez annonceur publicitaire incontournable – avait poussé du col ce neveu de province « bien élevé, toujours à l'aise, distingué et accessoirement écrivant bien », puisqu'il avait eu « son bac littéraire avec mention ». Ancien mannequin chez

Guerlain – son mari s'en moquait gentiment en rectifiant devant les amis : « Chérie, on ne voyait que tes pieds ! » – Jeanne-Marie Beaujet-Suchard avait elle-même longtemps goûté aux délices de la mondanité parisienne avant de se consacrer à l'ascension sociale de son mari et à l'éducation de ses enfants. Elle ne sortait plus que « pour faire plaisir aux actionnaires de Georges », comme elle feignait de se moquer elle-même, ou pour retrouver de vieilles copines du monde de la beauté.

Quand sa sœur de Niort l'avait appelée en lui disant : « Tu ne peux rien faire pour Pierre ? Il nous soûle avec son désir de faire ses premiers pas dans le grand monde, avec ses histoires de duchesses et de jet-set ; il est toute la journée plongé dans sa collection de *Point de vue*. Quand je pense que nous lui avons payé de brillantes études ! », Jeanne-Marie avait accepté de prendre en main l'avenir de son neveu. D'abord, le faire venir à Paris ; ensuite lui présenter des patrons de cette presse où elle comptait encore quelques amis.

Le directeur du *Journal*, Jean-Jacques Bombon, se prenant d'emblée de sympathie pour le jeune homme bien mis de vingt-cinq ans aux manières compassées et onctueuses, lui confia sur-le-champ la mission « de donner un coup de jeune aux pages mondaines du canard pour rajeunir le lectorat ». Il avait, auparavant, demandé à Pierre quelles études il avait faites et, ayant retenu Sciences Po – en omettant le « Bordeaux » murmuré entre les dents, comme ceux qui lancent fièrement « Polytechnique » avant de susurrer « Genève » un ton en dessous – s'était laissé enflammer.

« L'essentiel, avait-il conclu dans un sourire, c'est que vous fassiez la différence entre les Rothschild, les David-Weill, les d'Ornano et les nouvelles célébrités issues de la télé-réalité : Loana, Steevy, Diana, Brandon, Jennifer, Steven, Greg, Marjolaine, Nolwenn,

Magalie, Gregory ou Élodie... », même si lui-même était incapable de s'y retrouver entre ces nouveaux élus des SMS. Pour tout viatique, ces derniers avaient reçu l'onction populaire des téléspectateurs et, à défaut de se faire un nom par leur talent propre, ils pourraient se servir de l'anoblissement cathodique : « *de* l'Île de la Tentation », « *du* Bachelor », « *de* la Star Academy », « *du* Loft »... On ne pouvait espérer à ses yeux plus glorieuse particule qui, selon le patron parodiant Talleyrand, « leur serait plus utile que leur partie-tête ».

*

* *

Lorsqu'il était arrivé à la rédaction, Pierre avait été singulièrement défrisé par son premier véritable entretien avec Jean-Jacques Bombon, dont les relations dans le beau monde se limitaient au groupe des actionnaires du journal et à une star de cinéma qui avait pris une enveloppe pour inaugurer les nouveaux locaux équipés de technologie ultramoderne et croyait que la connexion Internet par ADSL était une nouvelle ligne d'Yves Saint Laurent...

— Je veux que vous laissiez à *Point de vue* le monopole des vieilles peaux et des jeunes fin-de-race dégénérés ; j'ai viré Renaud Castéja parce qu'il pissait de joie à la vue d'une particule racornie, et bavait tout son fiel à longueur de chronique sur les nouvelles stars. Non, il nous faut des gens chic mélangés à des dandys branchés et des célébrités sexy !, avait martelé Bombon, plus à l'aise à trier les raisins dans ses vignes alsaciennes qu'à séparer le bon grain de l'ivraie des grappes de « people ».

Dans son esprit, il entrevoyait de pulpeuses starlettes à forte poitrine censées faire grimper les ventes du *Journal*.

*

* *

Laissant le patron à ses fantasmes libidineux, Pierre s'était drapé dans sa dignité nouvelle et avait résolu de n'en faire qu'à sa tête, attitude guère dangereuse pour peu qu'il respectât la sacro-sainte règle de l'équilibre publicitaire traduite dans cette équation : un tiers des pages devrait être consacré aux soirées du plus grand groupe de luxe avec ses ramifications tentaculaires, un autre à ses concurrents et le dernier à ce que bon lui semblait. « En fin de compte, avait-il calculé, il me reste assez de place pour les galas de la SBM monégasque, les fêtes chez Maxim's et les soirées de la jet-set à Saint-Tropez. »

*

* *

Il ne lui avait pas fallu plus de trois mois pour comprendre l'attrait qu'exerçait sur les personnalités la perspective de passer dans la rubrique « À la ville, à la scène ». On le flattait, on l'invitait, on le fêtait partout, on minaudait, dans l'attente d'un timbre-poste qui assurerait une gloire éphémère sur papier glacé. Si Pierre avait été malhonnête, il aurait pu en faire commerce comme certains de ses devanciers, autrefois et ailleurs, qui avaient monnayé discrètement chaque parution.

Dans les rédactions, on citait ce faux duc mais vrai fat qui invitait à déjeuner un chroniqueur en charge de rubrique mondaine dans son appartement de Neuilly, cherchant d'abord à l'impressionner par la revue réglementaire des cadres à photos en argent le représentant avec les grands de ce monde. Dans la série de clichés « Moi avec », on voyait Hughes Amber aux côtés du pape Jean-Paul II, de la reine mère d'Angleterre, et bien sûr du roi Carol II de Roumanie à qui il devait sa bonne fortune. On racontait qu'il avait soutenu le mariage du souverain avec Magda Lupescu et l'avait aidé à prendre le pouvoir à Bucarest, en 1930, au détriment de son propre fils le roi Michel Ier. En reconnaissance des services rendus, le monarque l'aurait fait duc du village paumé des Carpates où le charmant Hughes l'avait secrètement rencontré la première fois. Depuis lors, ce collectionneur d'ordres et de décorations – pourvu qu'il y eût profusion de rubans colorés et de grand-croix en émail – s'était autoproclamé ambassadeur itinérant du roi ensuite exilé et parti mourir au Portugal, auprès duquel il se rendait indispensable en entretenant les derniers feux de sa renommée dans les pages mondaines, puisque les rubriques politiques avaient cessé depuis fort longtemps de prendre tout cela au sérieux. Il n'hésitait donc pas à verser régulièrement à son homme lige de la gazette une somme rondelette qu'il glissait dans l'enveloppe même où il avait préparé le texte à publier, les photos sélectionnées et les légendes adéquates. Évidemment, il n'oubliait jamais de se faire représenter en majesté, bombant un torse constellé de médailles entre deux royautés déchues. Le plus cocasse avec Hughes Amber était son habitude de traîner à chaque dîner un neveu différent, lequel s'efforçait de l'appeler « mon oncle » quand un emprunt plus plausible aux mœurs bourgeoises aurait voulu qu'il l'appelât « ma tante »…

Oh non, Pierre ne voulait pas d'argent, lui ; il rêvait seulement d'être le chroniqueur mondain le plus courtisé, celui dont la compagnie serait recherchée, dont les articles seraient tour à tour craints ou espérés. Son ambition secrète, c'était de devenir le roi de Paris.

*

* *

Dans les premiers temps, Pierre changeait de visage et se raidissait lorsqu'il en arrivait à la lecture du courrier des lecteurs. On avait beau lui avoir dit qu'en général ce sont les mécontents qui écrivent, parce qu'ils détestent les changements de signature ou de style, rien n'y faisait : l'épreuve était toujours douloureuse. Il allait vite comprendre que rien ne lui serait pardonné.

Ce jour-là, sa bonne humeur s'estompa d'un coup.

Il pérorait au centre d'une petite cour qui, instantanément, se formait autour de lui pour l'écouter narrer les derniers potins mondains, se donnant évidemment le premier rôle.

— Au dîner de vernissage qu'offrait hier soir Jean-Gabriel Mitterrand pour le peintre américain qu'il expose dans sa galerie du Marais, mais dont j'ai déjà oublié le nom, il y avait tout le monde ! Claude Pompidou a été charmante et m'a dit qu'elle aimait beaucoup ce que j'écrivais… Par contre, je ne sais pas ce que la femme de l'antiquaire Marcel Azoulay a fait à ses lèvres, mais elles sont tellement gonflées qu'on finit par penser qu'à chaque restauration d'un meuble ancien, elle demande aussi un ravalement de façade… Et vous ne savez pas avec qui sort la réalisatrice Carole Ollier, pourtant mariée à un éditeur de renom ? Elle s'affiche sans vergogne avec un des patrons de la Gaumont, histoire de faire avancer ses pions. Se lancerait-elle dans la grande distribution de navets ?…

Les rires et les gloussements ainsi provoqués assuraient au narrateur un succès d'audience dans la rédaction. Dans le même temps, Pierre triait consciencieusement son courrier. Ce jour-là, il s'arrêta net sur une lettre dont l'enveloppe portait les mentions qui devraient faire fuir, « Très urgent » et « Personnel ».

Il n'eut aucun doute sur la nature de la missive : une lettre d'insultes d'un vengeur masqué. Sa première, comme un baptême du feu ! Pierre aurait voulu en sourire, mais sa bouche se crispa dans un rictus.

*

* *

« *Vieil abonné de votre magazine depuis bientôt trente ans, j'ai été profondément révolté à la lecture de votre chronique mondaine "À la ville, à la scène". Certainement il vous manque tout à la fois l'expérience et le discernement pour maîtriser si peu les us et coutumes d'un monde que l'on dit grand et que vous rabaissez en assimilant à la fine fleur de notre aristocratie nationale la vulgaire jet-set et les pathétiques figures de la télé-réalité que vous semblez porter au pinacle. Vous ternissez ainsi la réputation de sérieux de ce journal dont vous n'êtes qu'un plumitif de seconde zone.*

N'oubliez pas, jeune fat, que votre nom ne dira rien aux générations futures tandis que les noms illustres, que vous salissez par votre prose, resteront gravés dans toutes les mémoires et résisteront à l'épreuve du temps comme à celle de vos mièvreries. Vous vous piquez d'entrer dans ce si joli monde que vous vous plaisez à flatter pour mieux vous y introduire, mais qu'y connaissez-vous ? L'inexpérience n'excuse pas la sottise !

Ainsi donc, dans vos dernières publications, j'ai relevé des fautes graves qui, en d'autres temps, vous auraient coûté votre place – j'adresse d'ailleurs, à toutes fins utiles, une copie de ma lettre à la direction générale du Journal *– et qui traduisent bien l'état de délabrement moral dans lequel se complaisent notre pays et ceux qui prétendent le dépeindre. Non, monsieur, le mal n'est pas* *à la racine, dans les couches populaires de la France d'en bas ; la vermine est dans la tête du corps social, dans ceux que vous admirez et que vous mettez indûment en pleine lumière, contaminant tout par l'exemple déplorable qu'ils donnent aux jeunes générations.*

Comment osez-vous publier la photo de l'épouse d'un ancien ministre des Finances qui s'affiche ouvertement avec son amant, un homme d'affaires colombien qui, comme vous tous, paraît appâté de son côté comme un vulgaire toutou par cette directrice d'une boutique de joaillerie tellement crêpée et brushée qu'elle semble être sortie du salon de coiffure avec le casque, et sans jamais se départir de son sourire professionnel, tel un vulgaire camouflage d'une insoutenable hypocrisie.

De même, vous semblez faire grand cas du marquis Enguerrand de la Cowarderie, propulsé aux premières marches dans le monde hippique et canin – tant il est vrai que seul un grand nom peut garantir les règles immémoriales lorsqu'il convient d'être irréprochable dans la sélection du pedigree, l'art de la reproduction et l'élevage – mais qui ne se contente pas de parler courses, haras et chenils avec ce magnifique baron de l'Empire, respectable seigneur aux cheveux blancs, dont il est à n'en pas douter le fils.

Avant d'écrire, vous devriez vous informer sur les mœurs du Tout-Paris, cela vous éviterait toutes ces bévues. Il est vrai que vous avez l'art de vous échouer sur tous avec une bêtise qui pourrait paraître volontaire si elle ne trahissait la pente dangereuse sur laquelle la bonne société parisienne glisse et, à travers vos écrits baveux, veut entraîner le pays. Vous concourez à consacrer le règne de l'imposture !

Que dire de cette duchesse à tabouret dont vous nous rebattez les oreilles, admirant sa dévotion aux messes commémoratives et vantant la beauté de la précieuse collection de croix dont elle vient de faire don à un musée... alors que chacun sait qu'elle est juive de père et de mère et que sa fortune a redoré le blason de son mari, lequel a fait sien le mot de Boni de Castellane : "À partir d'une certaine somme, une Juive n'est plus juive, elle est riche".

Vous ne vous illustrez guère mieux au chapitre des mœurs avec votre manière incomparable de souligner la solidité des couples de pacotille. Chacun sait à Paris que la femme du coiffeur Christophe, qui a certes eu le talent de faire de son prénom un nom, n'a d'épouse que le nom et que les seuls attouchements qu'il se soit autorisés sur elle sont de nature capillaire. Et quand, d'un revers de mèche, Christophe vous présente son fils, on hésite entre croire aux miracles et demander au rejeton ses papiers d'identité, de peur d'être témoin d'un détournement de mineur.

Faut-il donc poursuivre pour vous ouvrir les yeux ? Vous vous laissez prendre trop facilement dans leurs filets, circonvenir par le jeu hypocrite des apparences et convaincre par les faux-semblants. Il est temps de remettre de l'ordre et, croyez-m'en, si vous voulez conserver votre place, vous seriez bien inspiré de suivre mon conseil. J'ai le bras long dans votre journal et il pourrait vous en cuire de poursuivre sur la voie que vous avez initiée.

Ceci est un premier avertissement. Et une mise à l'épreuve. Partout où vous irez à Paris, cocktail d'inauguration, soirée de gala, je serai là, dans l'ombre, à vous observer. Je traquerai le moindre de vos faux pas et dénoncerai chaque imposture dont vous vous feriez le complice. J'ai le pouvoir de vous fermer toutes les portes, mais si vous acceptez d'être l'instrument d'une renaissance mondaine débarrassée des parasites, je saurai me montrer reconnaissant et vous assurer de puissants appuis.

Ne vous y trompez pas, vous n'avez pas le choix. Je serai toujours là, près de vous, tapi dans l'ombre, à vous observer et à vous mettre en garde. »

*

* *

Il fallut à Pierre de longues minutes pour reprendre ses esprits alors que tout son corps tremblait. Il se sentait mal, comme si ses jambes ne le portaient plus. Une envie de vomir, de fuir, de rentrer à Niort où il avait grandi et où les turpitudes mondaines se limitaient à la relation extraconjugale entre maître Charles Marchand, notaire, et la jeune épouse du dentiste de la rue Pasteur, l'affriolante Thérèse Grangier.

Aussitôt après, une terrible pensée lui vint à l'esprit. Il devait certainement connaître cet affreux corbeau ; il l'avait même forcément croisé dans ses diverses mondanités. Alors, qui cela pouvait-il être ?

Une angoisse sourde le gagnait. Ce requin nageait tout à son aise dans l'eau trouble mais profonde du « Tout-Paris qui chante et qui pétille ». À coup sûr, le mystérieux correspondant devait appartenir à ce milieu et entendait régler ses comptes personnels à travers lui. Comment le démasquer parmi ces habitués des cocktails tellement accrochés aux buffets de petits fours qu'on pouvait penser qu'ils étaient livrés avec le catering ?

Était-ce un de ces vulgaires pique-assiettes qu'on nomme hirondelles ? Ou encore un de ces piliers de salons qui constituent ce qu'on appelle le « fond de sauce » sur un listing d'invités, et qui assurent une présence mondaine comme des figurants sur une scène de théâtre, en toile de fond du jeu d'ombres chinoises ?

En échafaudant toutes les hypothèses, Pierre reprenait du poil de la bête, se raisonnait et se fixait un objectif : ne pas céder à la menace, mais faire profil bas et patte de velours pour tenter de démasquer l'odieux délateur. « Il valait mieux ne pas être son voisin en 42, songea-t-il aussi avec des frissons dans le dos. Tout l'immeuble aurait été passé au peigne fin par la Gestapo. »

Pris sous cet angle, le défi qu'on lui lançait devenait une séduisante aventure, un bras de fer dont il espérait sortir vainqueur. D'un geste rageur, le chroniqueur fut tenté de déchirer en mille morceaux la missive vindicative mais, pris d'un remords – à moins qu'il ne se fût agi d'une volonté de confondre l'adversaire au terme d'une petite enquête personnelle –, il décida de serrer le pli entre deux pages papier bible de son *Bottin mondain*. Là, au moins, il était sûr que personne dans le bureau n'aurait l'idée d'aller fouiner. Et lui était certain d'avoir la trace de cette menace à portée de main…

Chapitre 1

Comment le reconnaître ? Protégé par la barrière invisible de l'hypocrisie mondaine où chacun fait mine de s'intéresser aux autres en les mitraillant de questions anodines dont on n'écoute jamais la réponse, Pierre Bonnard jeta des regards furtifs à droite et à gauche sitôt franchi le seuil du Pré Catelan. Il était bien décidé à démasquer dès ce soir l'odieux corbeau dont la plume acide avait empoisonné sa dernière semaine. Il n'entendait pas laisser ce fâcheux gâcher son plaisir de jeune mondain prêt à dévorer Paris.

*

* *

En cette fin de janvier, le Relais gourmand, au cœur du bois de Boulogne, avait été retenu pour la grande soirée annuelle des « Tops » – rien à voir avec les fêtes de *Casting Magazine* pour les top-models et au vu des lauréats se dandinant lourdement vers l'estrade pour y recevoir leur trophée, aucune confusion n'était d'ailleurs permise. La question l'avait taraudé des nuits entières, et lui valait des yeux hagards, un teint de papier mâché et un sourire crispé. De ses yeux de myope, il cherchait sa taupe avec autant de discrétion que l'agent 007 s'apprêtant à fondre sur une proie féminine.

Pierre décida de planter sa tente près du buffet, où un essaim de pique-assiettes s'était agglutiné afin de se sustenter sans perdre une miette du spectacle.

Pour savourer l'instant, il faut songer à un safari africain, lorsque les grands fauves et les vieux éléphants convergent vers leur point d'eau. Amassés devant des plateaux généreusement garnis de petits fours, de pains surprise, de corbeilles de légumes frais à tremper dans des sauces crémeuses, les convives les plus distingués se métamorphosaient en meute affamée piétinant leurs semblables pour accéder à des délices convoités : cuillères surprises et gélatineuses, ramequins prétentieux au goût asiatique et saveurs japonisantes par lesquels les traiteurs veulent faire la démonstration de leur créativité. L'essentiel était de prendre racine à un endroit stratégique et de ne céder sa position de choix qu'une fois l'estomac rassasié. Tout en ne laissant rien paraître histoire de continuer à donner le change en se montrant seulement prodigue de sourires, de démonstrations de joie, et de gloussements sans qu'on sache vraiment s'ils ponctuaient l'ingestion de ces délicieux œufs de caille ou un échange urbain de compliments.

Aux premières loges, une authentique altesse et vraie chipie, parente pauvre d'une famille royale allemande détrônée, s'empiffrait de canapés avec le même enthousiasme gourmand que s'il se fût agi de curiosités artistiques. À ses côtés une duchesse, choucroutée comme seules le sont les Américaines de Palm Beach, semblait amortir les frais de toilette de sa sortie mondaine mensuelle. Elle était d'ailleurs connue dans tout Paris pour son sens de l'économie domestique et son goût immodéré des sitcoms à la télévision. « C'est une ruine qui a épousé des miettes », disait-on d'elle, tant l'empire immobilier de son pair de mari s'était effrité sous l'usure d'une mauvaise gestion.

savoir que le prince Tchouvrotsky s'est fâché avec la fille du prétendant au trône impérial, le grand-duc Wladimir, après qu'elle l'a éconduit aux funérailles de son père à Saint-Pétersbourg, au profit du prince Cheremetieff... C'est regrettable, vous ne trouvez pas ?, l'entreprit sans reprendre haleine la comtesse de Sasky-Trumhoff comme s'il se fût agi d'un cataclysme mettant en danger les grands équilibres du monde.

Belle femme, maquillée comme une poupée russe, cette ancienne esthéticienne continuait de s'attacher des amis dans le monde où elle était entrée par mariage comme on se trompe de porte, en multipliant les oboles à toutes les œuvres de charité, même les plus fantaisistes, pourvu qu'on lui réservât au dîner un placement de table qui corresponde à son nom et à son titre. Elle s'était même inscrite à l'AROP, Association du rayonnement de l'Opéra de Paris, dont elle était devenue une fidèle des soirées de gala sans jamais oser confier qu'elle avait la musique lyrique en horreur. Elle clamait juste à qui voulait l'entendre qu'elle était « la plus heureuse des femmes ».

Si fort, que cela finissait par sonner faux. Un jour que la comtesse rebattait les oreilles d'une de ses victimes de la description détaillée de son bonheur, l'autre lui avait cité un proverbe chinois selon lequel : « Ce sont les tonneaux vides qui font le plus de bruit ». On ne saurait jurer qu'elle avait compris.

Elle s'était mariée à un homme beau comme Crésus, de vingt ans son aîné, qu'elle aima pour le confort et la sécurité qu'il lui apportait. Il avait eu la correction de la laisser veuve après vingt-trois ans, huit mois, deux semaines et trois jours de mariage – elle les avait comptés ! – sans enfant mais à la tête d'une jolie fortune immobilière qui lui dégageait un revenu mensuel assez confortable pour ne rien se refuser chez Chanel ou Hermès, ses deux repaires préférés.

De ses années passées dans son salon de beauté, Gina de Sasky-Trumhoff – elle en voudrait à quiconque de révéler son vrai prénom à l'état civil, Georgette – était passée maîtresse dans l'art du *small talk*, ce babillage charmant mais sans importance ni fond qui donne aux hommes le sentiment d'être intelligents. Depuis son veuvage, Gina aimait s'étourdir dans les soirées pour échapper à l'ennui qui la rattrapait inévitablement chez elle. Sa culture, à l'image de ses doigts de pied, était recouverte d'un vernis parfait que rien, ni personne, n'aurait réussi à faire craqueler. Instinctivement, elle savait que les chemins de la mondanité seraient pour elle sans embûche tant elle s'était résolue à ne fréquenter que ses semblables, imperméables comme elle aux tourments que pouvaient endurer leurs contemporains. Voulant un jour se mêler à une conversation où il était question de difficultés économiques et de chômage – sujets ô combien prohibés en société ! – elle avait lâché, pleine de compassion : « Le chômage ? C'est un fléau terrible ! J'ai tellement d'amis qui ont dû fermer leur usine… ».

Le seul véritable piège qui lui pendît au nez était d'entendre évoquer une soirée à laquelle elle n'avait pas été conviée ou, pis, un événement mondain dont elle n'aurait même pas entendu parler ! C'était là sa raison d'être. Elle n'avait d'autre existence que sociale. Sa conversation, la plupart du temps, se limitait à ces sujets sans risque : le dîner de la veille ou du lendemain, l'adresse d'un bon chirurgien plastique ou au moins celle d'un spécialiste des piqûres au botox, le nouveau régime minceur à base de sachets hyperprotéinés, etc.

*

* *

Tandis que Pierre l'écoutait distraitement pérorer, son esprit n'était occupé qu'à deviner l'identité mystérieuse du « justicier masqué ».

C'est à peine s'il réalisa deux secondes plus tard que la comtesse l'avait planté là, les bras ballants ; elle l'avait oublié comme le joujou d'un enfant désireux de s'amuser avec autre chose. Gina de Sasky-Trumhoff, s'éclipsant sans autre cérémonie, venait d'apercevoir par-dessus l'épaule de son interlocuteur l'ancien Premier ministre Raymond Barre et son épouse Ève.

Pierre était à peine remis de sa surprise, tout à la fois outré d'avoir été snobé mais tellement soulagé d'être débarrassé de cette encombrante bavarde, qu'un maître d'hôtel s'approcha pour lui remettre un billet. Aussitôt, le chroniqueur blêmit. La stupeur se lisait sur son visage. Il s'isola comme il put et déplia le feuillet.

*

* *

« *Regardez-le, votre sieur Pomponi ! Comme il vous semble beau, comme il parade. Ce vil faiseur est passé maître dans l'art de monnayer le vent et le rêve. Il a trouvé la combine pour rentabiliser l'affaire : d'un côté il propose à de généreux donateurs de leur remettre un prix Top en échange d'un chèque conséquent, de l'autre il offre à de jeunes fortunés sud-américains et à des Russes nouveaux riches de leur obtenir à grands frais des tickets d'entrée pour cette soirée exclusive. Il double ainsi la mise, mais nul ne songerait à se plaindre tant l'intérêt commun est bien compris.* »

Pierre, paniqué, jeta un regard alentour. Où pouvait bien se terrer le corbeau ? La suite de la missive lui faisait penser que son auteur ne pouvait se trouver bien loin.

« *Méfiez-vous du prince Tchouvrotsky. On croit à tort que c'est une bonne pâte qui a épousé une nouille (la princesse Simone est née Barilla), mais ils forment un redoutable couple de Thénardier des cocktails ; ce sont de dangereux pique-altesses qui sautent sur tous ceux qui portent une particule pour les accrocher dans leur salon comme un vulgaire tableau de chasse. Sous couvert de charité, ils prostituent leur nom pour avoir leur photo dans le* Journal *et leurs dîners rassemblent un ramassis de pourris.* »

*
* *

Le cœur de Pierre battait plus vite.

À peine venait-il de replier la missive et de la glisser dans sa poche que « le pique-altesses » se jetait sur lui, tel un vautour ayant repéré sa proie après une semaine de jeûne.

Le prince Tchouvrotsky fendait la foule, balayait les obstacles qui se présentaient sur son passage. Pierre, qui rêvait depuis longtemps d'être reçu dans l'intimité des Tchouvrotsky, était néanmoins trop sonné par ce qu'il venait de lire pour jouir pleinement de cette consécration.

— Ah, cher Pierre, nous vous cherchions. Enfin nous vous avons trouvé !

Le prince croyait savoir qu'en pareille circonstance, lorsqu'on s'adresse à un journaliste nécessaire, il est de bon aloi d'adopter un ton mielleux pour le prier, de la manière la plus pompeuse que l'on puisse imaginer, de participer à un dîner de bienfaisance.

— La princesse et moi-même serions très heureux de vous compter parmi nous, nous avons déjà la réponse positive du prince Sixte de Bourbon-Parme, du comte de Paris et de son épouse Micaëla, du Métropolite orthodoxe de Tbilissi, des Galitzine, Troubetskoï et Vorontsoff, bref tous les grands noms de notre sainte Russie seront présents avec le fleuron de l'aristocratie française. Sans oublier le Secrétaire perpétuel de l'Académie française, savourait-il, se délectant à énoncer, de mémoire, toute sa liste d'invités comme l'aurait fait le grand maréchal de la Cour impériale avant un bal au palais d'Hiver.

— Hélène Carrère d'Encausse sera là aussi ? s'enthousiasma Pierre, qui venait de lire sa biographie de Nicolas II, faisant mine de ne pas être impressionné par les autres noms qui le faisaient pourtant frissonner de plaisir.

— Vous pouvez, bien sûr, venir avec un photographe, voulut préciser le prince, ce qui signifiait dans son esprit que l'invitation, évidemment, ne tenait qu'en échange d'une parution en bonne place dans la chronique mondaine, ce qu'il se gardait bien d'énoncer. Et d'ajouter, histoire de planter le décor :

— Ce sera très amusant, vous verrez, nous tenons à nos dîners en smoking et robe longue. Vous ne trouvez pas que les traditions se perdent ? Les gens sont terriblement négligés à notre époque !

Le tout asséné avec des accents de sincérité, car si les Russes blancs avaient tout abandonné derrière eux, vastes domaines, palais, bijoux, fourrures, auxquels on aurait pu ajouter les moujiks et les serfs, ils n'avaient pas oublié d'emporter dans leur maigre baluchon un code strict de bonnes manières, un goût immodéré de la fête et la volonté farouche de maintenir, coûte que coûte, l'art de vivre pétersbourgeois.

— Mais c'est bien un dîner de bienfaisance, au profit d'une œuvre ?, crut devoir interroger Pierre qui avait déjà compris qu'il n'y avait plus à Paris de « fêtes gratuites », comme autrefois les bals de Carlo de Beistegui ou de Marie-Hélène de Rothschild, à l'exception peut-être des anniversaires ou des mariages.

Pour se donner bonne conscience, il fallait en effet désormais que tout amusement fût au profit d'une association caritative ou humanitaire tant il est vrai que la haute société digère mieux quand elle gloutonne pour récolter des fonds. Parfois, dans un éclair de lucidité, Pierre se disait « c'est tout de même fou de voir que les deux tiers de la planète meurent de faim alors que l'autre passe son temps à faire des régimes ! ».

— Oui, évidemment. La princesse et moi avons créé l'association Saint-Alexandre pour venir en aide aux jeunes filles russes désargentées qui sont rentrées au pays alors que leur famille a tout perdu pendant l'atroce révolution bolchevique, s'enflamma le prince en omettant de préciser que les jeunes filles en question devaient montrer patte blanche, afficher un pedigree irréprochable et attester de seize quartiers de noblesse.

— Oh, je comprends, c'est très louable et généreux de votre part, commenta le chroniqueur qui avait pourtant entendu un ragot selon lequel le nom des Tchouvrotsky avait été sauvé par un passage en cuisine du grand-père du prince qui avait succombé aux amours ancillaires.

Pierre essayait de chasser de son esprit les lignes perfides qu'il venait de lire, mais il sentit en prenant subitement conscience de cette pensée que, presque imperceptiblement, le venin commençait à faire son effet et que le poison de la médisance s'insinuait dans ses pensées.

*
* *

— Yé souis très heureux de vous accouillir à cette soirée des Tops de l'année...

La voix de Carlo Pomponi résonnait déjà dans les haut-parleurs, invitant les retardataires à rejoindre leur table où le dîner Potel et Chabot allait être servi.

Le ballet, interminable, pouvait démarrer. Celui des têtes d'affiche royales et des stars conviées à remettre des diplômes et un cadeau – un monstrueux bijou créé par un obscur styliste serbe cherchant ainsi à s'extraire de l'ombre que son talent, à l'inverse de sa gueule d'éphèbe, ne justifiait pas qu'il en sortît – aux célébrités du moment sacralisées « tops » par leur présence télévisuelle et médiatique.

Le prince et la princesse Victor-Emmanuel de Savoie, le comte de Paris et son épouse, son frère le duc d'Orléans, leur neveu le prince Charles-Philippe d'Orléans, les princesses Anne et Béatrice de Bourbon-Siciles, le prince Fayçal Bey de Tunisie, mais aussi la comtesse de Sasky-Trumhoff se plièrent de bonne grâce à l'exercice et se dirigèrent tour à tour vers la tribune pour remettre les douze prix « Tops » à Greg le Millionnaire, Marjolaine la séductrice, Jennifer et Gregory de la Star Ac cornaqués par Nikos Aliagas, les fermiers les plus célèbres de l'Hexagone en 2005, déjà ringardisés, Pascal Olmeta et Vincent McDoom en talons aiguilles et long fourreau Dior qui n'avait rien à envier à Mouna Ayoub exhibant fièrement des appâts rebondis et neufs, sans oublier Christophe de la Nouvelle Star, Marianne James, ou Élodie Gossuin jeune mariée dont les titres de gloire ne manquent pas pour mériter son trophée : conseillère régionale, fermière cathodique ou ancienne Miss France...

Pour les applaudir, une assemblée de visages connus où se mélangeaient pêle-mêle l'ancienne reine de la nuit Régine – qui passe sans peine d'un tour de chant à l'Espace Cardin à un tour de champ à la ferme de Visan avant d'essayer de monter sur les planches du théâtre –, la « putain de la République », comme elle se décrit elle-même, Christine Deviers-Joncour, l'éternelle dame au chapeau bicolore Geneviève de Fontenay, mais aussi quelques sportifs en vogue tels Laure Manoudou ou Frédéric Michalak, un quarteron d'acteurs, deux ou trois chanteurs de la nouvelle vague et un noyau de fidèles dont la divine Cyrielle Clair et l'inévitable reine du caméo cinématographique, Claudine Augé, qui fut autrefois une James Bond's girl, mariée depuis à un riche homme d'affaires mais qui éprouve par moments le besoin irrépressible de tester son taux de popularité en paraissant dans les soirées parisiennes. Gentils et bien élevés, les photographes la mitraillent pour laisser intactes ses illusions de reine de la pellicule.

Pour un peu, ce sont les nouveaux talents et les jeunes espoirs – venus souvent sur l'insistance de leur attaché de presse ou de leur agent – qui passent pour incongrus, comme Frédéric Beigbeder, Florian Zeller, Élodie Bouchez, Mélanie Doutey, le chanteur Raphaël et son amie Mélanie Thierry… mais que Carlo Pomponi estime indispensables.

— Tou sais, il me faut des jeunes, sinon les giornalistes ne mé passent pas les photos. Après, je dois les soupplier pour qu'ils mé poublient les vieilles altesses et actrices.

*

* *

Pierre regarda sans comprendre les icônes d'autrefois, Shirley Bassey ou Gina Lollobrigida, grimper sur le podium et poser l'une avec le grand promoteur de Crimée, Grigori Atanassiev, dont Pomponi assura que le projet Odessa Resort allait « faire oune tabac sur la mer Noire » et l'autre avec Giancarlo Pizzinotti, inventeur d'une nouvelle crème gommante pour les taches brunes de vieillissement.

Sans complexe, il expliqua à Pierre, médusé :

— Ce sont eux, les grands mécènes de la soirée… Tou crois que tou peux me faire quelque chose sour la nouvelle station balnéaire d'Odessa ? Mon ami Grigori peut t'inviter oune semaine et te faire voyager dans son jet privé…

Il faudrait encore du temps à Pierre pour comprendre que les cadeaux offerts pendant ces soirées aux journalistes n'étaient jamais gratuits et finissaient par coûter beaucoup trop cher. Tout bercé d'illusions, le chroniqueur quitta donc la manifestation les bras chargés de présents – séjour tous frais payés à Odessa, parfum Chanel, crème revitalisante Galanga De Luxe… avec le sentiment de sa propre puissance, et l'impression que grâce aux soirées mondaines, c'était tous les jours Noël.

Chapitre 2

Souvent, dans ses rêves secrets de réussite, Pierre s'était imaginé monter l'escalier monumental de l'hôtel particulier des princes Tchouvrotsky, tout éclairé de bougies, pour se retrouver dans le grand salon sous les tableaux d'ancêtres suspendus aux murs comme autant de témoins d'une immuable splendeur. Dans son imaginaire, leur salon avait la saveur de celui de la duchesse de Guermantes où le narrateur de Proust avait convoité d'être reçu.

Une fois par mois, ils offraient un cocktail ou un grand dîner dont le chroniqueur dévorait le compte-rendu dans la chronique mondaine de *Point de vue*. On y lisait les noms les plus illustres de l'*Almanach de Gotha* et Pierre était sincèrement ébloui par l'imposante concentration de sang bleu au mètre carré. Sachant ainsi qu'ils réunissaient chez eux la fine fleur de l'aristocratie russe et française et toutes les majestés en exil ou altesses royales de passage à Paris, le nouveau titulaire de « À la ville, à la scène » guignait la divine invitation comme un sésame lui permettant de les approcher. Il brûlait de gagner son entrée dans le monde, de s'élever socialement, et ce cercle fermé lui semblait la quintessence du bon goût et de la distinction. Il savait, par avance, qu'il serait alors présenté à toutes ces figures emblématiques dont il connaissait depuis longtemps la vie à travers les pages illustrées des gazettes, lesquelles daigneraient enfin jeter un regard vers lui et le prendraient maintenant en considération puisqu'il avait la charge et la responsabilité de diriger la rubrique mondaine du *Journal*.

*

* *

Il frémissait d'impatience, se sentant un peu nerveux et la gorge nouée, avant de pénétrer dans le salon où conversaient par grappes une centaine d'invités. Pour un peu, il aurait commis l'impair de serrer la main qui se tendait à son entrée… celle d'un majordome qui réclamait obligeamment sa carte de visite pour pouvoir aboyer son nom sans l'écorcher.

Il savait qu'en effleurant simplement de ses doigts gantés le petit carton, l'homme de l'art jaugerait l'importance de l'invité selon que sa qualité y serait imprimée, gaufrée ou gravée. L'aboyeur venait de se délecter en annonçant avec componction les convives précédant Pierre à l'entrée du grand salon :

— Son Altesse Sérénissime le prince Édouard de Lobkowicz, ambassadeur de l'Ordre souverain de Malte au Liban, et la princesse…

On avait bien senti au ton de sa voix qu'il aurait aimé ajouter, plus pour se gargariser lui-même de titres nobiliaires et étaler sa vaste culture généalogique que pour impressionner davantage un auditoire déjà comblé sur la question des particules : « … et la princesse, née Son Altesse Royale la princesse Françoise de Bourbon-Parme ». Il y avait sans doute renoncé pour ne pas avoir l'air de souligner la différence de prédicat qui, inévitablement, l'aurait fait passer pour un parfait mufle, faussement sourcilleux sur la question des mésalliances princières, puisque ce n'en était pas une !

Gêné et pour le moins intimidé, Pierre tendit à son tour une carte de visite professionnelle sur laquelle le *Journal* avait fait imprimer sobrement « Pierre Bonnard, chroniqueur “À la ville, à la scène” ». Il ne fallait pas être grand clerc pour deviner que l'aboyeur, tout gorgé de son importance et drapé dans sa dignité de grand introducteur, le regarderait avec mépris, considérant sans doute comme incongru qu'un « fournisseur » comme lui puisse être reçu avec tous les honneurs et déférence. « En d'autres temps, il serait entré par la porte de service et aurait été cantonné aux cuisines » devait-il se dire, avant de jeter le nom de Bonnard dans un demi-ton, considérant qu'il en avait déjà assez fait.

*
* *

Par chance, le prince Tchouvrotsky guettait l'arrivée de Pierre ; il se précipita aussitôt sur lui pour le couvrir d'amabilités sucrées et de marques d'estime, d'affection même.

— J'ai à peine entendu votre nom, cher Pierre, au fond, je crois que notre majordome est le plus snob de tous parmi cette assemblée. Vous n'imaginez pas combien il prend de haut des grands couturiers et des coiffeurs visagistes connus qui nous font l'amitié de venir dîner ! Pour un peu, il réserverait le même traitement au président d'EDF, sous prétexte qu'il fournit l'électricité… confia le prince, voulant rectifier le tir et effacer de l'esprit du journaliste ce qui aurait pu ressembler à une cinglante humiliation. Venez, que je vous présente à nos amis.

Il lui prit le bras et l'entraîna vers son épouse autour de qui faisaient cercle les duchesses de Noailles, d'Harcourt, de Sommerland et de Carrington.

*
* *

Cette dernière, tchèque d'origine et ancienne championne de natation médaillée olympique aux Jeux de Munich en 1972, avait épousé le très riche propriétaire terrien britannique, président de la Royal Association for Protection of Palm Trees, Sa Grâce le douzième duc de Carrington. Ils menaient des vies séparées, lui à Londres et dans leur château de Brocton Hall, au cœur du Gloucestershire, et elle à Paris, rue de Varenne, à l'étage noble d'un hôtel particulier entre cour et jardin... Ils se retrouvaient deux fois l'an : pour le Noël du personnel au château et pour la garden-party chez la reine à Buckingham.

Avec tout le zèle des nouveaux convertis, la duchesse, férue de grands noms, ne sortait jamais dans le monde sans avoir, au préalable, passé la liste des convives au crible de *l'Almanach de Gotha*, du *Bottin mondain* ou du *Who's Who*.

— Bonnard, Bonnard, seriez-vous parent avec le peintre ? demanda-t-elle à Pierre, pleine d'espoir, de sa voix rauque légèrement teintée d'un accent dont on aurait été en peine de dire s'il était anglais, tchèque ou juste prétentieux.

— Je le regrette infiniment, madame la duchesse, mais je crains que ce ne soit qu'une homonymie, répondit Pierre aussi platement que possible et comme pour amortir sa légitime déception. On se sent si peu de chose face à une telle figure...

— Ah, je vois... Alors, peut-être seriez-vous en famille avec le préfet Bonnard, qui ne manque jamais de venir me présenter ses devoirs quand je suis dans ma maison de campagne ? tenta-t-elle, comme pour donner une dernière chance au malheureux.

— Ma famille est dans les affaires, mon père travaille dans l'industrie près de Niort, avoua-t-il d'un ton aussi neutre que possible, préférant la voie de la vérité au risque de commettre un suicide mondain qui lui fermerait à tout jamais les portes des Carrington autant qu'il endormirait définitivement chez eux tout intérêt.

— Ma chère amie, vous avez su pour l'ambassadeur d'Autriche ?, reprit-elle alors en se tournant brusquement vers la duchesse de Noailles.

La délicieuse et zézayante Charlotte, incapable de malice vis-à-vis de ses semblables, fit mine de retenir Pierre à qui l'on venait pourtant de signifier son congé, tout en invitant, d'un regard interrogateur, son amie à poursuivre.

— Figurez-vous qu'il a une aventure depuis deux ans à Paris avec la comtesse de Freyssiniac. Mais que son épouse, l'ayant su, s'est précipitée à Vienne – où grâce à son argent et à ses relations elle avait grandement aidé à l'avancement de son époux – pour exiger qu'il soit immédiatement muté en Pologne ! Loin de changer les habitudes de l'ambassadeur, il y a entraîné sa maîtresse et, quand la princesse rentre à Paris, les méchantes langues – vous savez comme elles sont vipérines ! – chantonnent « Madame promène son cul sur les remparts de Varsovie… »

*

* *

Mais déjà le prince Tchovroutsky extirpait le jeune homme de ce cercle féminin et ducal pour le conduire auprès du prince Romanov dont la voix de stentor résonnait puissamment.

Il tentait d'expliquer au comte de Paris les raisons pour lesquelles la grande-duchesse Maria Wladimirovna ne pouvait être considérée comme l'héritière présomptive légitime du trône impérial de la sainte Russie. Il était question de droit d'aînesse, de renonciations, de titres octroyés par le dernier tsar et, argument massue, de mariage morganatique !

Poliment, mais sans grande conviction, le chef de la Maison de France défendit « sa cousine Maria », plus proche, selon lui, dans l'ordre de succession au trône russe. Non qu'il y ait eu urgence à trancher le débat, mais la question passionnait le petit cercle qui s'était formé autour des deux princes.

La comtesse de Bourbon-Busset se rangea résolument aux côtés du prince Romanov sans que l'on puisse savoir si c'était ses convictions qui la motivaient ou son rejet catégorique des princes d'Orléans et de tout ce qu'ils défendent.

Le prince Obolensky en tenait bec et ongles pour sa grande-duchesse Maria, invoquant les mânes de la Grande Catherine et même de la tsarine Elisabeth.

Le champagne aidant, les passions s'enflammaient, les raisonnements valsaient, et Pierre dut se contenir pour ne pas entrer dans la ronde des arguments généalogiques, à grands coups d'oukazes impériaux exhumés de l'Histoire, de codicilles familiaux et d'expertises légistes autorisées. On se plut, un instant, à imaginer ce qui se serait passé si l'idée saugrenue était venue à Poutine de restaurer le régime monarchique au Kremlin…

*

* *

— J'ai parlé de vous à Sa Majesté et Elle a exprimé le vœu de vous connaître, glissait à Pierre son hôte en l'entraînant par la manche de son smoking vers un petit salon, sorte de tabernacle de l'appartement, tapissé de velours rouge sur lequel des portraits en pied des derniers tsars avaient été accrochés.

Ne pénétraient là que ceux qui en avaient été priés. Tel un cerbère à la mine renfrognée mais aux manières urbaines, le Graf Georg-Friedrich von Erlingen-Götterich faisait rempart de son imposante carrure à tout intrus – « fût-il bien né » se plaisait-il à préciser – « qui aurait l'outrecuidance de vouloir approcher "Seine Majestät" sans sauf-conduit, lettre d'introduction ou de recommandation », adressée, il va sans dire, au secrétariat royal dont il avait l'honneur d'être le chef (et le seul membre) depuis une bonne vingtaine d'années. Il montait la garde auprès de son souverain avec la même componction et la même vigilance que le duc de Blacas régentant l'accès au roi Charles X exilé au Hradschin de Prague, tel que Chateaubriand le raconte dans ses *Mémoires d'outre-tombe.*

Le Graf donnait tant d'importance à sa mission qu'on finissait inévitablement par penser que sa charge devait être écrasante. Pour qui n'était pas initié ou simplement rompu à ce jeu de scène, les incantations du comte von Erlingen-Götterich laissaient supposer qu'il accompagnait un roi en visite d'État. Évidemment, il grandissait la majesté royale de son héros pour mieux se donner de l'importance et son existence tout entière tenait au crédit que l'on porterait au monarque. Cela suffisait à en impressionner plus d'un. Le prince Tchovroutsky lui-même, toujours si friand d'altesses en déshérence, se gonflait de l'importance de son hôte parce que sa présence donnait encore plus de relief à sa soirée.

Pierre avait été briefé en quelques mots par Renaud Castéja, son prédécesseur qui, amicalement, à l'entrée du salon, l'avait presque rassuré sur l'identité de ce roi mystérieux dont il n'aurait pas eu connaissance et qui n'était, en réalité, pas même un roi en exil comme le sont dans toute leur majesté Michel de Roumanie, Constantin de Grèce ou même l'ancien souverain devenu quelque temps Premier ministre, Siméon de Bulgarie, mais un simple prétendant au trône, l'héritier du royaume de Saxe, qui n'utilisait que son titre de margrave de Meissen.

*

* *

Autour du prince, s'empressaient de jeunes fidèles – Pierre avait dès ses débuts noté que si la mondanité parisienne est affaire de femmes, la fréquentation assidue des princes et l'érudition généalogique sont des occupations masculines – qui n'en pouvaient mais d'approcher une telle figure historique. Ils avaient su amadouer le Graf von Erlingen-Götterich à force de multiplier les courbettes serviles, et de ponctuer leurs péroraisons d'onctueux « Königliche Hocheit », qui, à défaut de flatter le roi présomptif de Saxe, les confortaient, eux, dans leur sentiment d'importance. Au fond, ils se cherchaient dans la fréquentation des princes une existence dans une Cour de pacotille, copiée sur le modèle d'autrefois, mais d'autant plus fantasmée que cette Cour ne les acceptait que parce qu'elle était morte !

Ils se plaisaient ainsi à lui parler à la troisième personne, et à placer toutes les trente secondes un judicieux « monseigneur » qui laissait penser que leur prise de conscience royaliste se résumait au visionnage en boucle des films *Angélique, marquise des Anges, Sissi Impératrice* et *Le Bossu* dont ils avaient retenu la réplique « Touchez ma bosse, monseigneur ». Là, dans ce petit salon au velours cramoisi, éclairé de bougies et meublé de bergères Louis XV au tissu élimé, de petites tables bouillottes surchargées de cadres à photo argentés, on se serait cru retiré de la vie moderne, dans l'arche miraculeuse ayant sauvé une tribu perdue, parmi les morts-vivants d'une noblesse défunte mais célébrée par des contemplateurs mortifères.

De jeunes royalistes, aux manières précieuses de petits marquis poudrés, faisaient assaut d'afféterie auprès du margrave de Saxe et comptaient s'attirer ses bonnes grâces en l'assommant d'un débat exaltant sur les droits respectifs des dynasties éteintes de Saxe-Weimar, Saxe-Hildburgshausen et les branches oubliées de Saxe-Anhalt et Saxe-Meiningen. Ils se haussaient tous du col lorsque Pierre fut enfin introduit dans le cercle où trônait le « roi » de Saxe, visiblement un peu dépassé par les événements.

*

*   *

— Mon épouse et moi avons tellement marché dans Paris que nous avons les pieds en compote. Elle craignait de ne pouvoir enfiler ses chaussures du soir, mais elle a une recette miracle ; c'est de prendre un bain de pied dans une eau très chaude avec un mélange de plantes médicinales que nous prenons toujours soin d'emporter dans nos valises, racontait-il à Pierre, d'autant plus surpris de cette confidence que la « Cour » se tordait le cou pour grappiller chaque mot tombant des augustes lèvres de « Sa Majesté » saxone comme s'il se fût agi d'une déclaration de politique générale avant de reconquérir le trône de Dresde. « Vous êtes venu comment ? », interrogea aimablement le « souverain », rompu à ces conversations de salon qui n'engagent jamais à rien mais font tellement plaisir à ceux qui les partagent. « Vous êtes arrivé depuis longtemps ? » poursuivait-il, laissant à Pierre le sentiment qu'il était, du moins sur le moment, la personne la plus importante de l'assemblée.

— Sire, monsieur Bonnard est le chroniqueur de la rubrique « À la ville, à la scène » que j'ai eu l'insigne honneur de faire voir à Eure Majestät hier soir. Peut-être Votre Majesté aimerait-elle l'entretenir des questions qui la passionnent, comme la sauvegarde du patrimoine royal de Saxe avec les palais de Moritzburg, Albertsburg et Wackerbarth, la reconstruction des monuments royaux de Dresde et de Leipzig, les nouvelles créations de la Manufacture royale de Meissen et, bien entendu, les différentes associations dont Votre Majesté assume le parrainage royal...

Il en avait tellement dans la bouche qu'on aurait pu penser qu'il touchait une prime de risque chaque fois qu'il prononçait le mot « royal » !

Sans doute en rajoutait-il un peu tant il mesurait l'impact du mot sur les fidèles, jeunes ou plus âgés, aux poses si délicates et qui semblaient chaque fois au bord de l'extase. Comme un chœur de vierges, ils s'écrièrent tous, émoustillés :

— Oh oui, Majesté, nous brûlons de connaître vos projets !

L'un d'entre eux, le visage d'ange dévoré par une longue mèche blonde voulut se distinguer du lot et ajouta :

— Y aura-t-il d'autres restaurations prévues aux châteaux de Potsdam et de Sans-Souci que j'ai visités avec bonheur l'été dernier avec ma grande amie la princesse Nathalie de Prusse ?

Les autres le fusillèrent immédiatement du regard en poussant des petits cris d'épouvante. Comment avait-il osé, devant l'héritier du royaume de Saxe, mentionner des châteaux prussiens et un membre de la famille impériale d'Allemagne, cette famille dont la chute à Berlin en 1918 avait provoqué la fin des royaumes, principautés, grands-duchés et duchés de l'ancien empire germanique !

— Notre fille, qui finit ses études à l'école d'arts appliqués Saint-Martin's à Londres, a dessiné un magnifique vitrail pour la cathédrale reconstruite de Dresde. Nous en sommes très fiers..., mentionna le prince, sans relever ce qu'il avait l'air de ne pas avoir pris pour un impair indélicat.

*
* *

— La princesse est servie !, aboya alors le majordome sans que l'on sache vraiment de quelle princesse – à commencer par la maîtresse de maison – il pouvait bien s'agir étant admis qu'il n'y avait que l'embarras du choix.

Les convives se levèrent prestement pour rejoindre leur place autour des cinq grandes tables qui avaient été dressées dans la salle à manger et dans le vestibule.

Pierre, qui espérait bien un jour se voir désigner une place d'honneur, n'eut pas la fatuité d'imaginer que son couvert avait pu être dressé ailleurs qu'entre deux vieilles aristocrates russes ressassant à l'infini les souvenirs « du bon vieux temps de Saint-Pétersbourg ».

Il fut presque peiné de constater que cette place maudite et redoutée avait été réservée au vicomte Paul-François de Blachy de Monrepos qui avait eu le grand tort, aux yeux du monde, « de se marier au-dessus de sa condition », puisqu'il avait épousé une princesse espagnole, certes lointaine mais authentique cousine du roi Juan Carlos. « Une heure de cérémonie, cinq minutes de plaisir et quarante ans de bout de table », lui avait prédit son beau-père lorsqu'on lui avait arraché son consentement à la noce. Depuis, Paul-François subissait en silence les humiliations que lui valait ce que le Gotha allemand appelle « l'inégalité de naissance », mais il se rattrapait dans les mondanités moins chic où il se hissait du col en jouant les rigoureux chefs du protocole, implacable au chapitre des titres nobiliaires, des appellations, des prédicats… Il commençait invariablement toutes ses phrases par « la princesse et moi », – il avait entendu le duc d'Édimbourg dire en toutes circonstances publiques « the Queen and I » – pour bien marquer son statut social, d'autant que ses manières efféminées laissaient peu imaginer, par ailleurs, qu'il ait pu se marier avec une femme. Véritable pisse-froid, il faisait payer à autrui le sort peu enviable du « mari de… », bien qu'il se fût mis lui-même dans cette situation lorsqu'il avait décidé de sauter le pas. On racontait qu'il avait alors ouvert *l'Almanach de Gotha* pour y trouver une princesse de sang royal qui fût, selon son expression, « une invendue de la quarantaine », donc moins regardante quant au pedigree de son époux. Son choix s'étant porté sur l'altesse ibérique, perdue en dévotions et assez proche finalement des portraits que Goya fit de ses ancêtres, il n'avait eu aucun mal à la courtiser, et ne s'était pas trop fait violence, estimant « qu'une couronne valait bien un bec-de-lièvre » !

*

* *

Tout heureux et flatté d'avoir été admis à la table de la princesse Tchouvrotsky qui présidait avec le margrave de Saxe, Pierre était trop occupé à les observer pour prêter d'abord attention à ses voisines, la comtesse de Sasky-Trumhoff à sa droite et, ô délicieuse surprise, à sa gauche la princesse Naddyâ d'Égypte, demi-sœur du roi Farouk jadis mariée en premières noces à un émir du golfe Persique qui l'avait répudiée parce qu'elle ne pouvait lui donner l'héritier tant attendu.

Certes, la princesse n'avait plus la beauté légendaire et la silhouette de sylphide qui en avaient fait une star de magazines illustrés, mais elle avait conservé, malgré les ans, un port altier, son inimitable moue boudeuse qui la faisait ressembler à Brigitte Bardot et surtout un regard vert de braise qu'elle mettait en valeur par la profusion de ses émeraudes, vestige bien tangible de la générosité de son ex-mari. Elle les portait ce soir-là sur une longue robe fourreau de son couturier préféré Valentino, comme pour dire à la noble assemblée que seuls ces babioles et ces souvenirs permettent de digérer les blessures sentimentales.

— Que voulez-vous, j'aime le vert mais c'est bien normal après tout car c'est la couleur de l'islam, non ?, expliqua-t-elle à Pierre tout en sirotant son quatrième whisky de la soirée apporté par un maître d'hôtel.

— Votre jus de fruit, Altesse, lui dit ce dernier tout en présentant à la princesse Naddyâ le verre d'alcool dissimulé dans une serviette en papier blanc comme il avait vu faire pour la princesse Margaret d'Angleterre, lorsqu'il avait servi comme extra à Kensington Palace à la fin de sa formation de *butler* outre-Manche.

La princesse d'Égypte se proclamait d'autant plus une fidèle servante du Prophète que ses actes démentaient constamment ses propos et, en vérité, elle ne tenait à cacher son réel penchant pour l'alcool qu'afin d'éviter d'être photographiée dans une position sacrilège qui aurait été aussitôt exploitée au Caire, à Abou Dhabi ou à Koweït City.

*

* *

Pierre se sentit passablement flatté d'intéresser, au moment du dessert, la princesse qui avait été accaparée pendant tout le dîner par un académicien aussi bavard qu'ennuyeux. Bien vite, hélas, ses propos se firent plus décousus, sa pensée moins cohérente, et il dut se rendre à l'évidence : sa voisine était ivre. Elle n'en était que plus libre et elle ne tarda pas, au risque de choquer son interlocuteur, à sortir des convenances pour exprimer son « ardent désir de faire l'amour sur une couverture de vison ». La bouche pâteuse, le regard vide, la princesse commençait doucement à s'affaler sur Pierre qui ne savait comment redresser la situation.

Par chance, la maîtresse de maison se leva, aidée galamment par le margrave de Saxe, et annonça à haute et intelligible voix :

— Le café est servi au salon, ces messieurs peuvent fumer le cigare dans la bibliothèque.

— Restez donc un peu près de moi, jeune homme, balbutia la princesse Naddyâ comme si elle sentait venir avec angoisse la fin de la soirée.

— Altesse, je crains de vous gêner avec la fumée de mon cigare, mentit-il en rougissant, trop content de trouver un prétexte pour s'éclipser.

*

* *

D'ailleurs, il était aux anges, sa chronique de la semaine était faite grâce aux princes Tchouvrotsky et son photographe était déjà reparti avec une centaine de clichés. Il ne lui restait plus qu'à prendre congé de ses hôtes, non sans avoir attendu que le margrave de Saxe l'eût gratifié d'une dernière poignée de main et d'une amabilité royale qui valait tous les anoblissements.

— Venez donc nous rendre visite au château de Pillnitz au mois de mai à l'occasion de la floraison de notre camélia – le plus vieux et le plus gros d'Europe ! – afin que nous puissions poursuivre notre intéressante conversation sur le patrimoine, lui dit publiquement le « roi » saxon, sous le regard jaloux et suspicieux de ses « fidèles », abandonnés ainsi à leurs rêves chimériques.

*
*   *

En récupérant son manteau que lui tendait une jolie soubrette au vestiaire, Pierre se répétait les mots du « souverain » et son invitation.

Ce n'est que dehors, marchant dans la rue déserte du VIIe arrondissement parce qu'il voulait, loin du tumulte de la ville, prolonger la rêverie d'une soirée inoubliable, qu'il s'étonna de trouver dans la poche droite de son pardessus, celle où il glissait habituellement ses clefs de voiture, une lettre que quelqu'un avait dû placer là à son insu.

Son sang ne fit qu'un tour.

« Le corbeau ! » songea-t-il en la décachetant fébrilement.

Il s'approcha d'un réverbère pour découvrir ce que le mystérieux auteur avait à lui dire. L'écriture était identique au billet qu'il avait reçu à la soirée des Tops. Il frissonna. L'angoisse resurgissait. Et ce qu'il lut acheva de le glacer.

*
*   *

« *Quand donc cesserez-vous d'être la dupe de toutes ces simagrées où vous paraissez vous complaire. Je vous avais pourtant mis en garde contre les manières et la moralité à géométrie variable du prince Tchouvrotsky. Comme vous étiez ridicule à vous rengorger auprès du soi-disant roi de Saxe, avec toute cette cour de prétentieux et de ringards, croyant que leur érudition tenait lieu de légitimité. Pitoyable spectacle ! Ainsi, vous vous êtes cru vous aussi membre de la Cour ? Dites-vous bien, pauvre fat, que si cette Cour en était vraiment une, elle ne vous aurait jamais admis au-delà de l'antichambre, pas plus, du reste, que cet agent immobilier à la retraite, cet avoué sans avenir ni clientèle qui joue les petits marquis à talons rouges. Ils n'ont tous à la bouche que regrets et nostalgie d'un passé magnifié où leur place aurait été du côté des écuries ou des offices...* ».

Alors le texte résonna étrangement dans l'esprit de Pierre Bonnard. Il y était soudain question du plan de table en des termes qui semblait trahir leur auteur.

« *Vous-même qui vous croyiez si bien placé à la droite de la princesse égyptienne, dites-vous qu'il est parfois préférable d'être assis entre deux vieilles comtesses russes à bout de souffle qu'à portée de main d'une momie nymphomane. Jeune ignorant, vous auriez dû savoir que la princesse Naddyâ, lorsqu'elle est suffisamment imbibée et désinhibée, exerce le droit de cuissage ottoman sur son voisin de droite. C'est en effet la place que ses hôtes initiés réservent de droit au gigolo de service qu'ils invitent pour son plaisir, prenant soin de réserver la place de gauche à un bel esprit suffisamment âgé pour qu'il n'y ait aucune confusion possible. Avouez que je vous ai joué un bien mauvais tour en échangeant votre carton avec celui du jeune prétentieux blond ami des altesses saxonnes ! La prochaine fois, avant de vous moquer, informez-vous, n'est-ce pas votre métier ?* ».

*

* *

Refusant de s'imaginer dans les bras d'une princesse égyptienne à l'haleine chargée, Pierre se tourmentait. Ainsi donc, tout paraissait désigner le vicomte Paul-François de Blachy de Monrepos. En imaginant ce « frustré du bout de table » déversant son fiel dans ses billets vengeurs, il eut une nausée qui ne le quitta pas de la nuit. On venait d'attenter à sa candeur et d'écorner ses rêves.

Chapitre 3

La soirée s'annonçait longue et éreintante. Certes, Pierre commençait à avoir un sérieux entraînement, mais « tout de même, c'est une épreuve aussi sportive qu'un marathon », se disait-il, en emportant consciencieusement les quatre cartons d'invitation comme autant de jalons organisant précisément son programme.

Son menu risquait d'être indigeste, mais Pierre était encore au stade de sa carrière de chroniqueur mondain où toute sortie l'amusait. Jamais blasé, il se faisait toujours une joie d'imaginer quelles stars il croiserait. Il est vrai qu'il finissait par être moins intéressé par l'originalité des buffets dressés ou la manière dont il serait stipendié commercialement que par « les people susceptibles de remplir ses pages ».

*

* *

Dès le matin, il avait songé à sa tenue : costume bleu foncé, chemise assortie avec de fines rayures d'un ton plus clair et une cravate dans les mêmes coloris constellée de petits chevaux. Cette cravate Hermès lui avait été offerte par l'épouse d'un riche homme d'affaires syrien qui voulait le remercier d'avoir publié un petit écho – « Mes amies ont été ravies d'être sur la photo », avait-elle ajouté, ne disant rien de sa joie personnelle, bien que la modestie ne fût pas sa qualité principale – sur la présentation de son livre *Une enfance à Damas* publié à compte d'auteur et qu'elle avait offert à toutes ses amies.

La première fois qu'il l'avait portée, au *Journal*, la rédactrice de mode Cassandra, dont le bureau était mitoyen, s'était moquée de lui :

— Pas mal, la cravate ! Ne me dis pas que tu es allé la choisir toi-même chez Hermès. Qui te l'a offerte ? C'est certainement pas un de tes aristos fauchés ! Je parie que tu as rendu un petit service à une de tes riches mondaines qui se damneraient pour une photo dans tes pages…

On ne pouvait pas raconter d'histoires à Cassandra. Cette fille franche et nature, lucide sur le petit monde de la mode dont les arcanes n'avaient plus aucun secret pour elle, s'amusait de voir Pierre courir après toutes les mondanités, elle qui ne s'y rendait que par obligation professionnelle. Au début, elle avait trouvé touchantes les illusions dont se berçait son collègue, mais au fil des semaines, elle avait fini par s'en agacer et s'était mis dans la tête de lui ouvrir les yeux.

— Tu devrais venir plus souvent au service mode du journal ! lui avait-elle suggéré. Tu serais surpris de voir à quel point nous sommes toutes courtisées. Ce n'est plus un bureau, c'est un vestiaire ! À l'approche de Noël, on se croirait dans une boutique de luxe tant les services de presse des grandes marques se croient obligés de nous remercier d'avoir juste fait notre travail en nous envoyant des foulards, des ceintures, des accessoires, voire des tailleurs !

De facto, il n'avait pas fallu longtemps à Pierre pour mesurer à quel point les mondanités à but lucratif finissaient par être rentables : les soirées mode alimentaient sa garde-robe, les ouvertures de boutiques lui garantiraient la remise de presse à moins 20 % et la plupart des entreprises entendaient appâter les stars et les journalistes en accrochant un hameçon aussi attractif que possible : téléphone portable dernier cri, appareil photo, minilecteur de DVD, montre, lunettes de soleil, paire de chaussures…

*
* *

La moisson du soir promettait d'être riche. Pierre avait établi dans sa tête le programme des festivités, selon un timing extrêmement serré :

18 h 30 : inauguration de la nouvelle boutique de parfums Marionnaud sur le boulevard Saint-Germain ;

19 h 30 : présentation du nouvel appareil photo numérique CX3000 près de la Bibliothèque nationale ;

20 heures : courte apparition au cocktail d'un grand joaillier place Vendôme, pour sa nouvelle collection de diadèmes ;

21 heures : lancement du téléphone portable dernier cri de la marque Nokia au VIP Room sur les Champs-Élysées…

Il avait dressé son plan d'action, comme un général prêt à livrer bataille devant une carte d'état-major, en tenant compte des horaires indiqués sur les cartons et de la position géographique des différents lieux à couvrir. Il ne lui restait plus qu'à saisir sa besace Louis Vuitton monogrammée – trophée d'une soirée inoubliable –, mettre son casque et grimper sur sa Vespa récemment offerte par la marque.

*
* *

— Ah, chéri, chéri, quelle joie de te voir ! J'avais tellement peur que tu aies un empêchement de dernière minute.

La voix aigrelette de Gisou Pride alpagua Pierre et le cueillit dès son entrée dans la boutique que le P-DG de Marionnaud venait d'ouvrir sur le très chic boulevard Saint-Germain qui avait accueilli, non sans tollé, l'assaut des boutiques de mode et des cuisinistes.

Gisou en faisait toujours trop. Elle était toujours trop bronzée, trop maquillée, trop apprêtée, trop dénudée à l'âge où il devient ridicule de se fagoter comme une lolita, mais surtout trop embrassante, trop empressée. Un vrai pot de colle. Elle s'abattait sur les journalistes comme la vérole sur le bas clergé. Quand elle en tenait un dans ses griffes effilées, elle ne le lâchait plus jusqu'à ce que, de guerre lasse, il s'avoue vaincu et cède à ses demandes sans fin réitérées. Chaque événement dont elle avait la charge devenait prétexte à un véritable psychodrame. Pour peu que Pierre ait le malheur, quand elle l'appelait, de lui répondre : « Je suis désolé, Gisou, mais je suis pris ce soir-là », elle s'abandonnait alors au désespoir et faisait mine de pleurer au téléphone. « Oh, chéri, tu ne peux pas me faire ça ! Je ne m'en remettrai jamais », sanglotait-elle. Parfois, cela marchait car Pierre, à bout de forces et d'arguments, cédait. Sinon, après moult pleurnicheries, Gisou, d'une voix presque éteinte et suppliante, demandait : « Tu crois que tu pourras malgré tout me faire un petit quelque chose dans tes pages ? ». Trop content de se débarrasser de l'importune, le chroniqueur sautait sur l'occasion et promettait tout ce qu'on voulait à condition qu'elle le laissât en paix.

Ce soir-là, il avait accepté de se rendre à l'invitation de Marionnaud autant parce que la chaîne de parfumeries était un important annonceur du *Journal* que parce qu'il était sûr d'y rencontrer la sublime et sculpturale fille de la princesse Caroline, Charlotte Casiraghi, dont le cheval de concours était sponsorisé par la chaîne, bien que son P-DG ait récemment été contraint de vendre son petit empire à un groupe chinois.

*

* *

Pierre y avait également donné rendez-vous à sa tante, toujours très introduite dans le monde des cosmétiques, et qu'il n'avait pas vue depuis une dizaine de jours. Il se sentait confusément coupable de ne pas lui avoir donné de nouvelles, mais après avoir habité chez elle les premiers temps de son arrivée à Paris, il avait fini par se trouver un studio tout équipé, certes petit mais divinement placé puisque situé à une adresse parfaite – mondainement parlant – rue Saint Dominique, dans l'un des rares immeubles neufs de cette rue. Pierre venait à peine de se faire remettre un panier garni des dernières créations de parfums qu'il aperçut sa tante au fond de la boutique, bavardant aimablement avec Danièle Gilbert, Sophie Favier, Vanessa Demouy et Veronika Loubry autour desquelles les flashs crépitaient.

— Que font-elles maintenant ?, s'était poliment étonné Pierre devant Gisou Pride, avant de rejoindre sa tante.

— Elles sont célèbres, on les voit encore régulièrement à la télévision, avait-elle répondu comme si être célèbre était devenu une profession reconnue.

On pouvait pourtant sans peine imaginer le drame pour elles comme pour tant d'autres de voir les feux de la rampe s'éteindre !

*

* *

— Tante Jeanne-Marie, puis-je te parler un instant ?, interrompit Pierre après avoir jeté un regard circulaire à l'assemblée qui s'était déjà agglutinée autour des buffets, en cherchant furtivement s'il tomberait sur le visage qu'il redoutait de croiser, Paul-François de Blachy de Monrepos, à n'en pas douter l'expéditeur des lettres anonymes. Rien. Même en cherchant bien, il ne le trouva nulle part. Se pourrait-il qu'il ait décidé de le laisser tranquille à présent ?

Ces dernières semaines avaient été éprouvantes ; il guettait son courrier comme autant de coups de semonce le mettant en garde contre tous ceux qu'il approchait. Le plus terrible était à ses yeux de se savoir espionné, épié, observé à tout moment. Il avait résolu de s'en ouvrir à sa tante Jeanne-Marie, sa marraine en quelque sorte puisqu'elle lui avait ouvert les portes du monde.

— Tu sembles soucieux, Pierre, y a-t-il quelque chose qui te chiffonne ? As-tu des soucis au *Journal* ? Pourtant, toutes mes amies raffolent de ta rubrique, elles se jettent littéralement dessus tous les jeudis…

— Je vis un vrai cauchemar depuis des semaines, tante Jeanne-Marie, je suis harcelé par un malade, un psychopathe sans doute, qui déverse sur moi son fiel et son ressentiment, crachant systématiquement sur toutes les soirées mondaines où il est sans cesse dans mon ombre. Je me sens harcelé, cerné. Et tu n'as pas idée du ton des lettres qu'il m'adresse, cela confine à l'infamie ! C'est un enfer…

— Des lettres, dis-tu ? C'est drôle, ça, car imagine-toi qu'avant de venir ici, la gardienne de l'immeuble, tu sais, madame Vargas, m'a monté un pli soi-disant urgent qui t'était destiné. Sans doute déposé par quelqu'un qui croyait que tu habitais encore à la maison. Tiens, je l'ai emporté avec moi. Attends que je le trouve dans mon sac à main. Ah, c'est une vraie pagaille là-dedans, mais c'est pour ça que j'adore ce Kelly d'Hermès, on peut tout y mettre. La voici !

Pierre sentit le sol se dérober sous lui. En se saisissant de l'enveloppe, il sut aussitôt qu'il avait affaire une nouvelle fois au corbeau. Cette lettre s'ajoutait donc aux vingt précédentes. Vingt et une missives en trois mois qui lui pourrissaient la vie.

*

* *

« *Vous mangez donc à tous les râteliers, puisque vous courez au premier bon de soupe. Les inaugurations de boutiques et autres soirées promotionnelles ne sont pour vous que le moyen de remplir votre caddie d'avantages en nature, de petits privilèges mesquins et de toutes sortes de cadeaux. Cette lettre vous trouvera sans doute chez Marionnaud, à la foire aux senteurs. Mais avez-vous seulement jamais été mis au parfum des us et coutumes mercantiles ? Qu'est devenu l'aristocratique boulevard Saint-Germain sinon une annexe du Sentier ? Même les cafés littéraires ont été détrônés par les marchands de fripes !*

Vous vous faites le complice d'un gigantesque marché de dupes. C'est le grand bazar de la vanité. Regardez ces stars qui n'acceptent de sortir de chez elles que pour y rentrer les bras chargés de cadeaux, tant il est vrai qu'elles ne se montrent plus jamais gratuitement ! Vous êtes entouré de starlettes de supermarché qui acceptent d'être considérées comme des têtes de gondole, de se faire photographier et de prêter leur nom à la promotion de produits qu'elles reçoivent gratuitement, alors que nombre d'entre elles pourraient enfin se les offrir ! Sans doute savent-elles qu'une photo d'elles publiée vantant un parfum, un sac, ou un produit de lessive assurera à la marque des bénéfices aussi grands qu'une campagne publicitaire.

Quelle triste société, celle où pour entretenir les pauvres dans leur rêve de possession matérielle, on offre des cadeaux de grands prix à ceux qui ont les moyens. Ne protestez pas, je connais la pente dangereuse sur laquelle vous vous êtes engagé : votre itinéraire m'est familier. En échange de quelques lignes dans votre rubrique "À la ville, à la scène", vous irez ce soir chercher les colifichets de votre gloire : un panier garni de parfums, un appareil photo numérique, pour finir en apothéose au VIP Room où vous croiserez toutes les stars de cinéma venues toucher le salaire de leur présence sous forme d'un téléphone portable nouvelle génération.

Ouvrez les yeux, grands dieux ! Celles et ceux que vous portez au pinacle en sont réduits au triste état de quémandeurs, prêts à ramper devant les puissances de l'argent, non pour des milliers d'euros, mais pour un gadget, une babiole. »

*
* *

— Tu as l'air bien pâle, Pierre. Que se passe-t-il ? Des mauvaises nouvelles ?

Jeanne-Marie aurait bien aimé remonter le moral de son neveu.

— Ce n'est rien, tante Jeanne-Marie, toujours ce maudit corbeau.

— Toi, tu as besoin de te changer les idées. Tu tiens vraiment à aller à ce VIP Room ce soir ?

— Comment sais-tu que je comptais y aller ?

— Je ne sais pas, Pierre, toutes mes amies m'en parlent, je suppose que tout le monde y va.

— J'ai encore un cocktail et un lancement de produit. Il faut que je file. Je t'appelle un de ces jours. Embrasse Georges et les enfants pour moi.

Il avait besoin d'être seul, de prendre l'air. Il était la proie d'un nouveau doute. Comment sa tante pouvait-elle savoir qu'il devait se rendre au VIP Room ? Avait-elle lu la lettre du corbeau ? Ou pis, l'avait-elle écrite ?

*

* *

Quand il arriva à l'Atelier, près de la Bibliothèque nationale, la distribution des prix avait déjà commencé. Tous les héros de la télé-réalité, mais aussi des animateurs du petit écran et des jeunes espoirs du cinéma français essayaient déjà leur nouvel appareil photo numérique généreusement offert. Le grand jeu était de jouer les arroseurs arrosés, de prendre la pose en essayant le petit bijou technologique.

Véronique Zeitoun, l'attaché de presse, virevoltait avec dextérité entre le patron de la marque et les célébrités. D'une main, elle leur offrait l'appareil photo que tous recevaient avec une surprise feinte, et de l'autre, elle les poussait vers le P-DG en costume gris, tout heureux, mais presque gêné d'être mitraillé au milieu de toutes ces vedettes.

— C'est ma femme qui va être contente, elle vous adore ! Elle ne manque jamais une de vos émissions, disait-il à Daniela Lumbroso, tandis que Véronique levait les yeux au ciel comme pour dire « Heureusement qu'il me paie cher pour lui présenter des stars de premier choix, mais quel plouc il fait celui-là ! ».

Chaque journaliste pouvait mesurer son degré d'influence ou de notoriété à l'empressement que mettait Véronique Zeitoun à l'accueillir, à le bichonner, à le choyer et à le récompenser d'être venu.

Pierre savait que, dès le lendemain, elle lui enverrait les photos légendées et un dossier de presse complet avant de commencer la sempiternelle danse du ventre, certes justifiée (elle ne volait pas son argent), en vue d'obtenir au moins dix lignes dans le *Journal*. Le ballet était toujours immuable : le premier coup de fil, aimable, venait s'assurer que le dossier de presse était arrivé à bon port. Les jours qui suivaient, Véronique déléguait à ses assistantes – sortes d'esclaves du téléphone – le soin de procéder aux relances. « Bonjour, je vous appelle de la part de Véronique Zeitoun, pourriez-vous me dire quand paraîtra votre article sur la soirée de l'appareil photo numérique ? » Pierre hésitait toujours entre répondre, agacé, « Abonnez-vous ! Vous verrez bien en lisant le *Journal* ! », et vérifier sur son planning la place dont il disposait avant d'annoncer fièrement une date de publication qui allait le mettre à l'abri de nouveaux appels intempestifs. Certaines attachées de presse poussaient le vice, mues par une légitime angoisse de perdre le budget de leur client, à forcer l'entrée du journal en passant, au mieux, par la régie publicitaire si sensible à plaire aux annonceurs, au pire par Jean-Jacques Bombon, toujours prêt à tout promettre pourvu qu'on ne l'importune plus.

« Tu verras, l'avait prévenu Cassandra, elles te poursuivent jusqu'à ce que l'article sorte, et ensuite, pfuitt, plus rien, tu n'existes plus. Ni merci, ni bravo. Elles ont juste à découper ton papier, à le coller sur une farde de presse et à l'envoyer à leur prescripteur. » Cassandra avait même raconté à Pierre que, tous les jeudis, les directeurs de communication des grands groupes de luxe établissaient pour leur P-DG un dossier de presse complet avec l'ensemble des parutions de la semaine dans lesquelles une de leurs marques était citée, et ces derniers les épluchaient consciencieusement, pesant le poids de chaque article et de chaque photo en regard de la concurrence. Si la récolte était moins copieuse, ils téléphonaient immédiatement au journal, tançaient la directrice de la publication et menaçaient la régie publicitaire de diminuer le nombre de pages de pub ! « Tout s'achète et tout se vend. N'oublie pas que si pour toi c'est de la mondanité, pour eux c'est du business ! » avait-elle rappelé à Pierre, encore un peu naïf.

*
* *

Au vernissage qui suivait place Vendôme, Pierre allait devoir affronter une autre de ces sangsues d'attachée de presse, Gwendoline Gomez – que tout le monde avait fini par appeler Gégé –, sorte de harpie faussement chic qui avait adopté un ton snob en pensant qu'elle serait ainsi assortie aux produits de luxe dont elle entendait être l'indispensable RP (comprenez Relations Publiques).

Obséquieuse avec les puissants et odieuse avec les faibles – il lui arrivait aussi de commettre des impairs en se fiant à l'apparence comme le jour où elle avait fait barrage chez Ledoyen à un baron de l'industrie arrivé à vélo à une réception qu'elle organisait, ou lorsque, à l'inverse, elle avait déroulé le tapis rouge à un faux prince polonais mais vrai escroc –, elle s'investissait tant dans les soirées qu'elle orchestrait qu'elle finissait par croire que c'était elle qui recevait, profitant de l'occasion pour inviter ses amis à qui elle s'était promis de rendre des politesses.

Elle avait tous les culots, toutes les audaces, ne reculant devant rien pour avancer sans entrave, même en grimpant sur celles et ceux qui l'avaient aidée à parvenir là où elle était. Elle faisait tout cela avec une telle décontraction, un si grand aplomb souriant que nul, pris par surprise, n'aurait songé à s'en plaindre ou à se révolter. De plus, elle semblait diriger une grande banque d'informations sur la vie de chacun – sans doute pour compenser la platitude de la sienne – lui permettant de « tout savoir sur tout et sur tout le monde », afin, le cas échéant, de colporter et d'entretenir les rumeurs, ou de montrer l'étendue de son réseau. « C'est aussi mon métier d'être bien informée », susurrait-elle dans un sourire qui se voulait énigmatique. Pierre avait appris à s'en méfier.

*
* *

Au moment où il garait son scooter sur la place Vendôme, son portable se mit à sonner. C'était Sophie de la Motte-Deferre – non qu'elle soit fière du jeu de mots de son patronyme, mais elle soupçonnait qu'accoler à son nom de jeune fille celui de son époux, proche parent de l'ancien ministre de l'Intérieur, lui assurerait une position sociale plus respectable à l'extérieur – qui avait eu son numéro par on ne sait quel moyen et qui le relançait pour la soirée téléphone portable au VIP Room.

— Tu ne m'oublies pas, j'espère ? Ne viens pas trop tard car toute la joyeuse équipe des *Bronzés 3* viendra au début de la soirée…

Sophie était d'une efficacité redoutable, même si son petit défaut était, à la longue, de se prendre elle-même pour un people. C'est bien simple, elle était pratiquement sur toutes les photos et Pierre devait déployer des trésors d'imagination pour la couper lorsqu'il organisait ses pages avec le maquettiste du journal. Cela confinait à du grand art, un peu comme au temps du Politburo au Kremlin… Mais à l'entendre, toutes les stars étaient ses amies. Elle les cornaquait comme une maîtresse d'école un jour de sortie culturelle. Elle les rudoyait aussi, surtout s'il y avait des témoins, afin que ceux-ci n'ignorent rien de l'emprise qu'elle avait sur eux. « Allez, mettez-vous là, on fait la photo et ensuite vous vous installez sur ce canapé », disait-elle à une célèbre actrice blonde maintes fois césarisée. Elle était aussi l'agent de talentueux humoristes et d'hommes de scène qui étaient prêts à en faire une, et violente, si elle ne leur obtenait pas le téléphone portable. C'était du donnant-donnant. Une photo en échange du mobile. Chacun y trouvait son compte. Même Sophie de la Motte-Deferre qui s'attirait les faveurs des organisateurs, celles de ses poulains et repartait aussi avec des portables. « Comment s'étonner si, ensuite, les stars se mettent elles-mêmes à faire du business et préfèrent défendre leurs propres produits », se disait Pierre en songeant à Carole Bouquet et Gérard Depardieu se faisant les ambassadeurs de leurs vins et de leurs restaurants.

— Écoutez, Sophie, je crois que je ne vais pas réussir à être à l'heure au VIP Room. Je préfère annuler, désolé, répondit Pierre, passablement excédé d'être dérangé sur son portable.

— Oh non, ce n'est pas possible, gémit-elle, comment je vais faire, j'ai réuni toutes mes stars pour des photos avec le téléphone portable.

— S'il y a des photos, tout va bien. Le *Journal* les achètera aux agences de presse. Vous n'avez pas besoin de moi, résolut-il.

— Mais cher Pierre, ce n'est pas la même chose. Je me désespère de vous voir. Vous savez combien vous êtes apprécié, que vais-je dire aux actrices qui seront déçues de ne pas vous voir ? Non, il faut que vous veniez, c'est essentiel…, tenta Sophie, persuadée que la flatterie aussi éhontée soit-elle l'ébranlerait, tant elle avait vérifié dans sa propre vie qu'avec les hommes, les ficelles les plus grosses sont celles qui les attachent le mieux !

— Non, Sophie, n'insistez pas, je ne peux pas ce soir ! lâcha Pierre, qui en avait assez entendu pour la journée.

Étaient-ce les premiers effets pernicieux du corbeau, mais il s'entendit ajouter :

— Je vous propose l'alternative suivante, chère Sophie ; soit je viens, soit je fais un papier sur la soirée dans ma rubrique ?

Pierre ne se berçait d'aucune illusion sur le choix de Sophie. Il se sentit soudain soulagé. C'était le métier qui entrait.

Chapitre 4

— Alors, cher Pierre, que pensez-vous de notre artiste ? C'est un génie, vous ne trouvez pas ? Il a un talent fou, vous savez. Incontestablement, il est l'un des grands espoirs de la peinture conceptuelle. Bientôt, on s'arrachera ses œuvres. Elles ont tellement de force…

La volubile Jacqueline d'Arcole papillonnait autour du chroniqueur alors qu'elle exposait dans son salon du boulevard de la Tour-Maubourg les œuvres de Slobodan Hluvokar, un jeune et « prometteur » artiste plasticien qu'elle avait découvert l'été précédent « dans une galerie improbable », sur l'île de Hvar, en Croatie, où le bateau qu'elle louait avec des amis avait fait escale le temps d'une soirée.

— J'ai un certain flair, croyez-moi, assurait l'hôtesse qui se voyait déjà en nouvelle Gertrude Stein. Il a fait grande impression à la biennale de Split et le musée de Dubrovnik vient d'acheter deux de ses œuvres.

Pierre n'avait d'autre choix que de suivre le mouvement. Des essaims de convives s'extasiaient à l'envi devant ce qu'on aurait été bien en peine d'appeler des toiles : des grandes bâches militaires – sans doute abandonnées par les unités de la Forpronu – semblaient d'abord avoir été maculées de boue séchée mélangée à de l'huile de vidange avant d'être artistement agrémentées de précieux collages, réalisés à partir d'affiches de propagande, de filets de camouflage, de morceaux de barbelés, de câbles électriques et même de Kleenex usagés.

*
* *

— Ma chère Jacqueline, c'est tout simplement génial. J'en suis fou ! Tellement amusant, non ?, commentait, tout fort, Jean-François Dussault, journaliste en vue à *Artistes* et qui prétendait à qui voulait l'entendre qu'il n'y avait rien « de plus tendance que ces mécènes comme la divine Jacqueline qui suspendent à leurs cimaises, chez elles, les œuvres d'artistes dont elles acceptent de partager le talent avec leurs amis proches ».

Comme d'autres le faisaient avec des Tupperware ou des méthodes accélérées de régime minceur à base de yoga et de poudres en sachet, Jacqueline d'Arcole, en authentique femme de salon, ne jurait que par ses buffets culturels qui réunissaient chez elle tous les amateurs d'art autour d'artistes encore inconnus. Peu lui importait, il est vrai, qu'ils ne soient guère rompus au cirque mondain et, de fait, Slobodan Hluvokar, accompagné de sa jeune épouse Milena, ressemblait à un lapin pris dans les phares d'une voiture.

*
* *

Ce soir-là, il y avait la veuve de l'ancien président de la République, Claude Pompidou, les anciens ministres de la Culture Jack Lang et Jacques Toubon. Ce dernier, d'un tempérament blagueur, écoutait attentivement l'avis éclairé de son épouse, Lise, qui, d'abord perplexe, avait lâché devant les œuvres de Hluvokar :

— Comme c'est intéressant ! Tout à fait inattendu, et d'une force qui en dit long sur les souffrances endurées par les populations de l'ancienne Yougoslavie…

Suivait alors une brillante démonstration digressive qui l'avait conduite de l'art à la politique afin que son époux s'y sentît plus à l'aise pour exprimer son opinion.

Jamais en retard sur une exposition d'avant-garde, Jack et Monique Lang semblaient visiblement heureux de retrouver là le maître incontesté de la peinture conceptuelle, « le génie absolu », Georges Catheus, lequel ingurgitait les compliments qui lui étaient adressés avec plus d'aisance que le verre de Perrier qu'il tenait d'une main tremblotante et dont le contenu coulait sur sa cravate. Indira, sa compagne indienne, devait tout à la fois l'aider à boire et répondre aux amabilités, car elle avait à traduire en français le charabia incompréhensible du génie dont elle seule avait les clés d'interprétation. Elle était devenue la voix de son maître ; c'est elle qui répondait aux interviews, elle qui orchestrait les expos, c'était elle encore qui fixait les prix et signait les chèques. Indira promenait Catheus comme une relique présentée à la vénération des fidèles. Le malheureux se laissait exhiber comme une bête de foire. Alors que tous les invités, de l'impératrice Farah Pahlavi à l'ancien Premier ministre Édouard Balladur, en passant par la comtesse Hubert d'Ornano, Hélène David-Weill ou la baronne Gérald de Waldner, s'empressaient autour de lui et faisaient assaut de civilités, Georges Catheus ne songeait qu'à engloutir les petites brochettes tomates-cerises et mozzarella qu'Indira devait lui mettre en bouche de peur qu'il ne se blesse avec les piques de bois. Elle veillait surtout à ce qu'il ne se tache pas car souvent ses vestes rouges ou vertes – il ne portait pas d'autres couleurs – étaient tellement maculées de mayonnaise qu'elles faisaient immanquablement songer à ses palettes de couleurs.

*
* *

Aux yeux de Pierre, ce qui lui paraissait le plus grotesque n'était pas la figure pathétique du vieux maître atteint par la limite d'âge pour sortir le soir, mais les petits cris de contentement que poussait Jean-François Dussault, tout bouffi de l'importance de son statut à *Artistes*.

S'il n'avait été de sexe masculin, on aurait pu le confondre avec la grande-duchesse de Gerolstein, non tant pour son attrait de la soldatesque que pour ses airs, ses mines, ses poses. Il s'écoutait parler. À l'entendre, c'est lui qui établissait seul le marché de l'art et déterminait les cotes des artistes. Là, il faisait sa cour devant le vieillard.

— Oh, cher maître, vous vous souvenez de la rétrospective de votre œuvre à la Documenta de Kassel, l'année qui a suivi celle du Met à New York, je vous avais bien prédit ces succès éclatants et cet étourdissant accueil de la presse, n'est-ce pas ?, minaudait-il, en se donnant toujours le premier rôle.

*
* *

Dans le même temps, son confrère de *Nouveaux Regards sur l'Art*, ô combien moins exubérant, était entré dans une discussion pointue avec l'artiste exposé aux murs. Sous le regard ahuri de Pierre, Tristan Poitevin, en des termes presque incompréhensibles pour qui n'était pas versé dans l'art contemporain, assurait qu'il « voyait dans ces œuvres un univers riche de fantasmes sublimés »... auquel Slobodan Hlubokar lui-même n'aurait pas songé ! Le critique d'art, petites lunettes cerclées et un collier de barbe finement taillée autour des lèvres, s'était embarqué dans une brillante démonstration sur l'art plastique comparé au XXe siècle.

*
* *

Il aurait été bien en peine de trouver des contradicteurs à sa mesure dans cette noble assemblée tant il est vrai que les invités de Jacqueline d'Arcole s'étaient rendus à son invitation plus pour se montrer que pour admirer les toiles de son dernier protégé. En d'autres temps, ce défilé n'aurait eu pour seul effet que de remplir, dans le vestibule de l'entrée, un plat en argent d'une montagne de cartes de visite cornées.

Pierre avait cru d'abord que ce public d'initiés, parmi lesquels des collectionneurs qui acceptaient de temps à autre de montrer leur cabinet de curiosités dans la presse, assaillirait de questions le jeune Croate déniché par son mécène. À sa grande déception, tous jetaient un regard poli aux murs en évitant soigneusement de le croiser, avant d'aller tranquillement converser entre eux autour du buffet.

Là, les langues se déliaient, comme par enchantement.

*
* *

Madame Patricia Germain-Crassard, spécialiste mondiale de l'art thrace et qui avait fait carrière comme commissaire général d'expositions avant de diriger à présent une fondation artistique dont le siège était à Gland, en Suisse, était un avis aussi redouté qu'éclairé. Rien ne trouvait grâce à ses yeux et elle ne se privait jamais de le dire haut et fort.

— On n'a qu'à pas me demander mon avis, si on ne veut pas que je le donne !, grinçait-elle méchamment, imperméable au bla-bla mondain.

Et d'ajouter :

— Ce sont des croûtes, des vulgaires croûtes qui ne méritaient pas qu'on leur fasse faire le déplacement. Comment cette pauvre Jacqueline a-t-elle pu se laisser embobiner par ce Serbo-Croate sans talent. Il faudrait me payer cher pour que je l'en débarrasse !, maugréait-elle, perfide, oubliant qu'elle était elle-même un vieux tableau, devant un éminent membre de l'Institut qui l'interrogeait.

— Vous avez raison, ma chère amie, ni lui ni son œuvre ne présentent aucun intérêt. À l'Académie, nous ne cessons pas d'être dérangés par de tels « peintres du dimanche » qui sollicitent notre parrainage pour des expositions, surenchérissait ce dernier, commençant toutes ses doctes phrases par de répétitifs « à l'Académie », comme pour souligner l'immortalité de son propos, mais en se gardant bien de préciser « à l'Académie des beaux-arts ».

Hélène Germain-Crassard était aux anges, la bienveillance n'ayant jamais été sa qualité première. Son grand jeu consistait à médire des acteurs du monde de l'art et de pester contre la politique culturelle de la France.

— Cela fait vingt ans que je le dis !, soupirait-elle, s'étonnant que personne ne l'écoute.

Elle avait trouvé un interlocuteur à sa mesure en la personne de Clément Lorenzi, conservateur en chef du musée d'Art moderne de Vienne (pas la capitale de l'Autriche, évidemment !), et à qui tout effort condescendant pour regarder l'œuvre d'un artiste secondaire, ou pis mineur, coûtait douloureusement. Convaincu d'avoir la science infuse, il confondait étrangement le musée dont il avait la charge avec une collection personnelle, tant il marquait son mépris et son dégoût d'un public « qui salissait tout ».

Même Pierre, pourtant mû par un respect naturel, et qui trouvait géniaux les conservateurs du Louvre et de Versailles (c'est dire), le jugea vite « suffisant », à défaut d'être nécessaire.

*

* *

— Attention, voilà cette vieille toupie de Virginia Norton qui vient encore taper tout le monde pour restaurer une commode Louis XV dont chacun se fiche ou sauver un tas de ruines ayant un lien avec La Fayette. C'est une de ces Américaines assommantes avec leurs récoltes de fonds ! On a toujours l'impression qu'elles veulent compenser leur défaut d'histoire par un excès de zèle. Et qu'ont-elles à se gonfler les lèvres, on croirait qu'elle s'est fait greffer un appareil à nettoyer les aquariums.

À peine Patricia Germain-Crassard avait-elle craché son venin que la dame d'œuvres d'outre-Atlantique, championne toutes catégories du *fund-raising*, lui sautait dessus, presque heureuse de retrouver son « bourreau », et flattée d'échanger trois mots avec « une authentique figure de l'art ».

— Oh-mon-Dieu, *it is simply amazing, darling*, s'enflammait-elle de sa voix rocailleuse dont l'accent prononcé faisait penser à Donald Duck.

Virginia, comme une victime prête au sacrifice tendit sa joue fardée et poudrée à la mégère qui consentit à l'embrasser en visant la carotide. Si elle avait pu, elle l'aurait mordue. De sa voix sèche, elle siffla en réponse :

— On voit bien que vous n'y connaissez rien en art contemporain. Sortie de Versailles et de votre Association pour sauver Venise, vous êtes vite perdue, ma pauvre Virginia.

Il en fallait plus pour décontenancer la belle Américaine. S'assurant que son *Palm Beach crash helmet* – sorte de casque de cheveux crêpés et surlaqués – avait résisté à l'épreuve, elle reprit un sourire de circonstance en apercevant Hélène Hinfinger, antiquaire quai Voltaire, qui toisait l'assistance de sa superbe, sans que l'on sache vraiment si cette arrogance digne de la Cruella des *101 Dalmatiens* était due au pedigree du Yorkshire brushé par Marie Poirier qu'elle exhibait comme un manchon, ou bien à sa liaison publique avec le comte de Maison-Rouge. En la quittant, le vieil aristocrate avait reconnu l'enfant de l'amour, Laetitia, qui maintenant suivait sa mère comme un second petit chien. Hélène, qui se montrait surtout aimable à qui pouvait servir ses intérêts, manifesta une joie démesurée à retrouver là Virginia, qu'elle savait à la tête d'un réseau d'excellents clients pour la galerie.

L'Américaine, plus prompte à se pâmer devant un toutou que devant les œuvres de Hluvokar, sauta sur l'occasion pour lui narrer la mésaventure survenue à son amie new-yorkaise Gwendie Cavendish.

— Oh, darling-chérie, tu ne savez pas comment est mort Mitsie, son petit york ? Il a été sauvagement écrasé.

Elle prononça ce dernier mot avec un savant mélange de dégoût du sang et d'un certain goût pour les catastrophes et les faits divers.

— Écrasé ?, frémit Hélène en serrant fortement contre sa poitrine son propre « bébé », écrasé par quoi : par une voiture en traversant Fith Avenue ?

— Non, bien pire. C'est vraiment horrible. Elle faisait un *drink* à son maison pour des amis. Il y avait là « Queen-Kong », tu savez, le fashion gourou André Léon Talley, du *Vogue*, qui est énorme, c'est un géant et très gros avec ça. Sans le faire exprès, il s'est assis sur la pauvre bête et il ne s'en est rendu compte que lorsqu'il s'est relevé. Alors, il a vite pris le yorkshire tout mort mais il ne savait pas comment partir et dire au revoir avec ce chien étouffé sous lui. Alors, il a mis le cadavre dans la poche de son grand manteau comme il porte toujours et il s'est levé. Avant de quitter l'appartement, il a vite jeté le chien morte dans le porte-*umbrellas*. Gwendie a cherché son Mitsie pendant trois jours. Elle ne comprenait pas comment il avait pu disparaître. C'est le bonne qui a fini par le retrouver à cause de l'odeur, tu savez...

Hélène reçut le faire-part de la mort de Mitsie avec ce qu'il fallait d'émotion vaguement dégoûtée, de stupéfaction et de colère rentrée. Cette anecdote allait lui gâcher sa soirée !

*

* *

Sa fille Laetitia en profita pour prendre congé.

— Maman, je dois filer, avec le décalage horaire il ne faut pas que je manque les appels de nos clients new-yorkais.

La voie était libre pour Henri Lagrange, marchand d'art à Paris, qui voulait entretenir Virginia « d'un petit service en Sèvres ayant appartenu à l'infortunée Marie-Antoinette et qui, s'il ne trouvait pas acquéreur parmi les généreux amis de la reine, risquait fort de partir à l'étranger ». Il semblait oublier lui-même qu'il s'adressait à une Américaine, certes de mère française née à Saint-Barth.

La mine compassée et les manières un peu trop onctueuses, Lagrange, star des antiquaires, avait l'art d'hypnotiser ses clients potentiels sous des dehors très vieille France qui cachaient mal un côté rentre-dedans à couper le souffle. Il avait insisté pour que ce service de provenance royale, auquel les héritiers ruinés tenaient tant, soit inclus dans la vente des biens de leurs parents récemment décédés, lors de la dispersion !

Virginia se méfiait de cet homme trop flamboyant, dont le menton fuyant était presque dissimulé sous le nœud papillon et, prude comme le sont ses congénères de la côte Est, avait été *upset* de le voir convoler bien tard avec Marie-Benoîte de Torchy, filleule du propriétaire de la plus puissante charge de commissaires-priseurs, cela après avoir partagé quinze ans la vie de son coiffeur. Pour tout dire, Virginia trouvait ce « *social climber* trop arriviste ». Futée, elle déjoua la manœuvre et promit « qu'elle réunirait ses amies de la Friends of Marie-Antoinette Foundation pour tenter de dissuader les inconscients vendeurs d'un tel trésor national ». En réponse, elle reçut un long gloussement qui tenait plus du cri douloureux d'un homme dont le jeu avait été découvert que du rire de connivence.

*

* *

Jacqueline d'Arcole venait d'accueillir un petit groupe de ses amies « inconditionnelles ».

— Venez vite que je vous présente Slobodan, vous allez l'adorer, leur disait-elle, tellement désireuse de faire partager son enthousiasme.

— Oh, chérie, c'est un nouvel amant ? Raconte !, s'intéressa Corinne Isambert, grande bourgeoise qui s'était juste donné la peine de naître d'autant qu'elle portait depuis son mariage un nom illustre dans l'industrie laitière, sans prêter la moindre attention aux cimaises.

Comme elle, Carole Moulinart, épouse du P-DG des Transports Moulinart fondés par son beau-père, s'était fixé pour but dans la vie « de marquer l'art de son empreinte et de soutenir la culture » car, c'était, à l'entendre, « un moyen de rendre à la vie tout ce qu'elle lui avait apporté ». Carole expliquait, à qui se donnait la peine de l'écouter, qu'il « fallait soutenir la culture sous toutes ses formes ». Cliente de haute couture – disons plutôt qu'elle se faisait prêter une robe pour une autre achetée (au prix prêt-à-porter) « car je suis une sorte d'ambassadrice, sans cesse photographiée » justifiait-elle –, elle ne ratait jamais une inauguration, un vernissage ou une exposition (« même dans le quartier de la Bastille, mais que voulez-vous, c'est plus fort que moi »), ajoutant à cela la présidence du « Blue pique-nique » annuel dans les jardins de Bagatelle, « en hommage à Picasso ».

*
* *

À Pierre, que Jacqueline venait de présenter à son amie, Corinne eut la franchise d'expliquer que « pour ma part, je n'aime que l'art orientaliste » en songeant au maître-nageur tunisien qui lui avait fait découvrir des plaisirs que, depuis longtemps, son mari était bien en peine de lui offrir. Méchante de nature, elle n'était que perfidie et prenait un réel plaisir à blesser autrui. Voulant résolument apparaître comme une femme moderne, elle parlait de « cul » ouvertement et en public, avouant même, pour pimenter la conversation que son fantasme « c'est de faire l'amour dans un confessionnal », mais fermant, dans le même temps, la porte de sa maison à sa fille parce qu'elle lui avait avoué être lesbienne. Par chance pour elle, elle ne savait pas encore que son fils aussi avait mordu à la « brioche maudite » et vivait une passion torride avec un coiffeur décoloré de Sitjès, commençant à vivre au grand jour des tendances homosexuelles que son propre père avait prudemment refoulées.

Véritable mante religieuse, sa mère, elle, se frottait aux hommes en leur glissant, tout à trac, « je ne porte jamais de culotte » avant de les blesser, presque malgré elle, au moment fatidique, d'un « oh, mais je ne t'imaginais pas si poilu ! » qui avait l'art de casser l'ambiance.

Au physique, Corinne ressemblait à une poupée Barbie qui aurait été abandonnée sur un radiateur, où elle aurait tristement fondu. C'est peu dire qu'elle se souciait de Slobodan Hluvokar comme de sa première paire d'escarpins. Elle venait chez Jacqueline d'Arcole pour ne pas qu'on puisse dire qu'elle n'avait pas été conviée chez une amie – il lui en restait si peu – autant que pour trouver un public qu'elle pourrait à son aise piquer de ses flèches assassines. Elle évitait soigneusement l'autre teigne de la soirée, Hélène Germain-Crassard, sachant qu'il valait mieux ne pas se frotter à cette brillante universitaire qui usait à son endroit d'odieuses métaphores laitières.

— Alors, chère Corinne, vous vous surveillez comme du lait sur le feu ? Il est vrai qu'en matière de culture, vous pataugez comme dans du yaourt avec votre air de lait caillé.

*

* *

Les amabilités pleuvaient, tout sourires, dans un bras de fer où l'art n'avait plus sa place. Qui seulement songeait encore à Slobodan Hluvokar ?

Pierre délaissa un instant ces dames pour aller interroger le peintre croate, afin d'étoffer son article. Ce dernier était retranché dans un coin obscur du salon avec son épouse endimanchée, Milena, qui bougonnait :

— Avoir échappé aux atrocités de la guerre pour être ainsi livrés aux lions, je t'avais bien dit que nous n'aurions jamais dû accepter d'être exhibés comme des bêtes de foire chez les riches.

L'intrusion inopinée du journaliste – fût-il chroniqueur mondain – raviva leur espoir. L'artiste s'angoissait :

— Vous croyez qu'elles ont aimé mon œuvre ?

Chapitre 5

Cassandra venait de passer la tête dans l'embrasure de la porte du bureau de Pierre.

— Est-ce que ça te dit de venir avec nous à la Fête de la mode organisée par la Fédération de la haute couture ?

Elle s'était fait la réflexion qu'avec toutes les rédactrices de mode du *Journal*, il manquerait singulièrement de mecs pour les accompagner. Or rien n'était pire à ses yeux qu'un banc de filles entre elles, condamnées à faire tapisserie.

— Je croyais que les soirées mode étaient organisées à l'issue des défilés en janvier et en juillet, nota Pierre, qui ne voulait pas laisser deviner son enthousiasme tout en montrant qu'il était lui-même informé.

Didier Grunbach, le président de la Fédération de la haute couture française, cercle très fermé qui défendait ardemment l'un des derniers bastions du savoir-faire artisanal et du luxe hexagonaux, lui avait également adressé une invitation, mais cela ne lui disait rien d'y aller seul. Il se sentait plus à l'aise dans les salons compassés parmi une volée de vieilles chouettes qu'à se trémousser béatement sur des rythmes effrénés de house music ou d'électro. En même temps, l'idée de manquer une fête « où il y aurait tout le monde » lui était autant insupportable que la perspective de partager une atmosphère enfumée de « jeunes crétins branchés qui feraient mieux de réviser leurs partiels plutôt que de baver devant des top models anorexiques ». Certes, il y allait un peu fort, mais il devinait bien en lui-même que c'était lui qui en vérité y serait déplacé.

Touché que Cassandra, qu'il connaissait finalement assez peu, l'invite, Pierre mit ses préventions en sourdine et accepta de la suivre dans le tourbillon de la fête parisienne.

*

* *

La soirée avait été imaginée par l'un de ces metteurs en fête que Paris s'arrache tant ils ont l'art de vendre du vent et de faire espérer aux commanditaires que leur événement « entrera dans les annales par une fête décoiffante ».

André Lainé était non seulement un as de la mise en fête, mais il savait se mettre en avant, se faire mousser comme personne. Grande gigue aux allures de dandy, une fine moustache sur une lippe dédaigneuse censée faire penser à Brummel, un air faussement détaché et désinvolte pour bien cacher les tourments que lui causait l'organisation de la moindre soirée, il s'était associé à une jeune aristocrate déjantée, un rien fofolle, dont la voix gouailleuse faisait merveille dans les assemblées les plus coincées, et dont le carnet d'adresses faisait pâlir de jalousie tous les attachés de presse, Cayetana de Torremolino y Rio Grande. Elle tutoyait la terre entière – peut-être parce qu'elle était tout simplement espagnole – et invitait aux soirées qu'elle organisait des actrices de renom, des jeunes héritiers de l'aristocratie ou des affaires, ainsi que tous les satellites de la planète People.

Auparavant, Cayetana avait été associée à Hermione de Tocqueville, attachée de presse dans le cinéma, qui avait vite demandé le divorce en s'apercevant que Cayetana profitait surtout des soirées qu'elle était censée organiser pour entretenir son carnet d'adresses et retrouver ses copines dans les toilettes dames « afin de se bourrer le pif de coco ». Le ressentiment et la jalousie constituaient un cocktail redoutable : Hermione s'était vengée en révélant que Cayatana n'avait d'aristocrate que l'apparence du nom, trompeuse évidemment. Celle qui, dans toutes les soirées qu'elle organisait, faisait ronfler son titre de comtesse de pacotille comme un étendard, oubliait un peu vite que son propre grand-père avait été adopté par l'authentique comte de Torremolino, héritant du nom mais pas du titre. Le brave hidalgo s'était dit « le ridicule passe, le titre reste », et s'était empressé de faire graver ses nouvelles armoiries. Celles qu'utilisait sa petite-fille Cayetana étaient donc tellement fraîches qu'elle entendait parer à toute question perfide en sortant de son sac à main une généalogie complète des Torremolino. On l'aurait volontiers mise en garde contre toute exploitation illégale d'un titre usurpé à défaut, comme d'autres, d'un nom d'emprunt, en lui rapportant le mot de la reine Victora-Eugénie d'Espagne alors en exil à Lausanne qui recevait chaque année l'hommage d'un fidèle, lequel, croyant se faire bien voir ou voulant monter en grade, ajoutait une particule et une allonge à son patronyme. « Faites attention, cher monsieur, lui avait dit l'ancienne souveraine, au rythme où vous allez, vous finirez bientôt comme nous ; en exil ! »

*

* *

Mais tout cela, évidemment, nous éloigne de la soirée branchée et « top tendance » que Cassandra avait vantée à Pierre et qu'André Lainé avait organisée au musée des Arts forains, dans le XIIe arrondissement de Paris.

« Le Carrousel du Louvre, Versailles, les grands hôtels ou les boîtes de nuit, c'est trop ringard, c'est du déjà-vu mille fois. Non, je vais vous organiser une mégafête – il avait hésité un instant à parler de "mégateuf" mais s'était dit qu'en voulant paraître jeune et branché, il serait apparu lui-même complètement dépassé – dont vous vous souviendrez dans un endroit qui déchire. »

Comble de l'originalité, André Lainé avait pris à revers les couleurs de la mode qui venaient d'être mises en lumière par les derniers défilés – le vert amande et le jaune moutarde – pour imposer un thème : le tigre moucheté. « Ce n'est pas plus simple de dire panthère ? » avait questionné un responsable de la communication de la Fédération de la haute couture, vite renvoyé dans ses buts avec l'insulte suprême, « trop conventionnel ».

*

* *

— On doit y être à quelle heure ?, avait demandé Pierre, qui avait opté sobrement pour un costume noir agrémenté d'une pochette tigrée.

— Inutile de te précipiter pour y être à l'ouverture selon ton habitude, l'avait gentiment rudoyé Cassandra. C'est d'un plouc d'arriver à l'heure précisée sur le carton ! Il n'y aura vraiment personne avant onze heures, minuit.

Pierre allait vite comprendre que pour être dans le coup, il convenait d'obéir à des règles strictes et respecter des codes aussi impérieux que ceux du grand monde.

*

* *

À l'entrée du musée des Arts forains, des barrières avaient été dressées de chaque côté d'un tapis rouge que devaient fouler les invités. Les personnalités apparaissaient donc au milieu d'une haie formée par des badauds constitués de fans, de curieux, et du noyau dur de chercheurs d'autographes tellement bien informés du listing d'invités et des endroits où ils sortent le soir qu'on aurait pu penser qu'ils appartenaient à un tour operator les acheminant sur les lieux giboyeux en people !

— Eva, par ici !

Les appels des fans se mêlaient à ceux des photographes et une salve de flashs saluait l'arrivée d'Eva Herzigova.

Parfois, les remarques, énoncées à haute et intelligible voix, pouvaient se montrer plus cruelles envers les stars.

— Vous avez vu la Claudia (Schiffer) ? C'est fou ce qu'elle a grossi, disait une dame un peu forte sans qu'on puisse déceler dans son propos du soulagement ou du reproche.

— Tiens, regardez, c'est Adriana Karembeu, elle est plus grande qu'à la télé, assenait une autre.

— Et lui, là, comment il s'appelle déjà ? On ne voit que lui à la télé !

— C'est Laurent Boyer, le mari à Alice Dona, répondait une voix.

Tous les visages connus du petit écran défilaient et passaient entre les fourches caudines des spectateurs qui réclamaient une signature ou une photo.

Ce qui finissait par être presque gênant, c'est l'indifférence générale que suscitait l'arrivée des gens de mode, à l'exception du spectaculaire Karl Lagerfeld, la silhouette filiforme sanglée dans un ensemble de cuir et de satin, les mains gantées de mitaines d'où sortaient ses doigts lourds de bagues ethniques. La foule, maintenant nombreuse, l'acclamait, mais lui faisait mine de l'ignorer, jugeant sans doute ces effusions trop vulgaires. Le même enthousiasme se manifesta lorsque Jean-Paul Gaultier descendit de voiture, laissant apparaître une coiffure tigrée. Quant à John Galliano, il était tellement dénudé qu'on l'aurait pris pour un dompteur de lions.

Ce qui était inutile, vu que les fauves qui avaient été empruntés au zoo de Vincennes dormaient tranquillement au fond de leurs cages disposées près de chaque buffet à l'intérieur du musée. Le remarquant, Cassandra glisserait plus tard dans la soirée à Pierre : « Je crois bien que c'est nous, les fauves affamés ; je me sens en cage ici ».

*

* *

Pour l'heure, Pierre entouré des cinq rédactrices de mode du *Journal* poireautait à l'entrée du musée des Arts forains dans une file d'attente soi-disant « réservée à la presse » mais qui aurait plus clairement pu être baptisée « accès aux non-VIP ». Ni tapis rouge ni hôtesse souriante, juste un gorille à lunettes noires pour vérifier les cartons d'invitation avec la même vigilance soupçonneuse que le gardien à l'entrée du Pentagone. À l'inverse du code de la route, la file de gauche, celle des people, avait la priorité.

Comme un chroniqueur mondain, plutôt courtisé, déteste attendre et, pis, ne pas être reconnu, ayant déjà pris le mauvais pli des passe-droits et des coupe-files, Pierre cherchait par tous les moyens à pénétrer au plus vite dans le saint des saints.

C'est alors qu'il aperçut François-Amédée Mathieu-Bertin, célèbre couturier qui, à l'instar des génies comme Yves Saint Laurent ou Pierre Cardin, révolutionna la mode en créant les « manches bouffonnes » et qui habilla toutes les grandes stars du cinéma autant que les altesses royales comme la princesse Margaret, ou la princesse Soraya. Il avançait péniblement de sa démarche hésitante, soutenu – pour ne pas dire porté – par une sorte d'assistant-majordome qui jouait les nounous en échange de l'insigne honneur de marcher à l'ombre du grand homme. Le spectacle était pathétique car le maître devait se laisser guider comme un enfant. Pierre avait pour lui la plus grande admiration et, n'écoutant d'abord que son cœur, le héla à haute voix et lui adressa des signes pour attirer son attention.

— Monsieur Mathieu-Bertin, ouh, ouh, je suis là. Pouvons-nous rentrer avec vous ?

Pierre avait vu là un signe providentiel, le sésame miraculeux pour arriver plus vite dans le cœur de la fête. Interpellé, le maître interrompit ses petits pas traînants, chercha des yeux d'où venait la voix tandis que son tuteur foudroyait du regard l'insolent perturbateur. Ayant reconnu Pierre, le couturier tenta une réponse, hélas incompréhensible, qui se perdit dans un filet de bave que son guide voulut contenir en lui tamponnant la bouche d'un mouchoir blanc.

Par chance, l'épouse du président de la République, Bernadette Chirac, arriva peu après et Pierre, escorté de son quintet de rédactrices émoustillées, put s'engouffrer dans la brèche ainsi ouverte par la première dame.

*

* *

À l'intérieur du musée des Arts forains, tendu de tissus tigrés et mouchetés façon savane, la fête battait son plein, ce qui, en langage clair et décodé, signifiait que les stars de la mode étaient compartimentées dans le wagon première classe, à savoir l'espace VIP, tandis que la foule anonyme des gens de la nuit se trémoussait au son des musiques que mixaient Ariel Wizman et son ami DJ Castro. Les premiers regardaient avec envie les seconds s'amuser en toute liberté, tandis que ces derniers rêvaient de s'introduire dans le cercle magique réservé aux VIP. Où se sentir à sa place ?

Cassandra et ses amies venaient d'entraîner Pierre au pied d'un podium où des gogo-dancers en string léopard faisaient une démonstration plus de leur souplesse corporelle que du stylisme de leurs vêtements de bain. De là, elles pouvaient tout à loisir observer l'assistance.

Pierre avait d'abord été surpris de constater que toutes les journalistes de mode invitées, loin de faire l'effort d'arborer un vêtement ou un accessoire tigrés, semblaient porter un uniforme d'une seule couleur, le noir. « C'est étrange, s'était-il fait la remarque, voilà des filles qui décrivent à longueur de pages les tendances de la mode sous des titres impératifs : "Osez le jaune !" ou "L'été sera rouge" voire "Hors du vert, point de salut"... et qui estiment sans doute que ces thèmes colorés sont juste bons, au choix, pour trouver de nouvelles idées d'articles, pour susciter de nouveaux désirs chez les clientes assoiffées de conseils et de pulsions d'achats ou pour plaire aux grandes marques condamnées à innover pour vendre. »

Mais demander aux rédactrices de mode de porter ce qu'elles suggèrent aux lectrices reviendrait à exiger des architectes qu'ils vivent eux-mêmes dans les tours qu'ils bâtissent pour d'autres !

*
* *

Cassandra donna un coup de coude à Pierre, ce qui eut le don de le sortir de ses pensées.

— Regarde là, à droite, c'est Paul-Loup Carruchi, le grand patron de l'agence Number One, il est en pleine « réunion de travail » avec « ses filles ». Tu as là Irina la Bulgare, Jossefa la Polonaise, Katuchka la Russe, Marianna la Tchèque, Anna l'Ukrainienne, Vigis la Lettone, et les autres je ne les connais pas mais je suis sûre qu'elles viennent de l'Est. Autrefois, on appelait ça la « traite des blanches », maintenant ce sont « des échanges culturels et artistiques ». Il est en train de les briefer avant de les envoyer sur le terrain avec pour mission top-secrète de séduire par tous les moyens les directeurs de casting présents, voire, éventuellement, de donner le goût des langues slaves aux barons de l'industrie invités et dont le portefeuille est aussi rebondi que leur panse libidineuse.

Cassandra ne cachait pas son mépris pour le personnage de Paul-Loup Carruchi qui faisait miroiter un eldorado de luxe à des malheureuses alouettes sublimes de beauté mais naïves, bientôt réduites à poser pour des photos de charme cheap qui seraient disponibles sur l'Internet dès qu'elles auraient la chance miraculeuse de percer dans le mannequinat.

— Paris est devenue une plaque tournante, expliquait Cassandra, qui fabrique du malheur sur le socle de leurs illusions perdues. Regarde-les bien, elles vont toutes aller à tour de rôle aux toilettes ; les unes pour se faire vomir, les autres pour se poudrer le nez de coke.

Pierre écarquillait de grands yeux. Il avait juste admiré de sculpturales beautés blondes qui lui souriaient aimablement dans leur petite robe tigrée terriblement suggestive. Visiblement, on devait payer plus la griffe du tigre que la quantité de tissu !

*

* *

— C'est tout simplement génial, vous ne trouvez pas ? Cet ensemble est ravissant ! Il me le faut absolument. Qu'en pensez-vous, cher Pierre ?

Carole Moulinart venait de s'approcher du petit groupe et s'extasiait à son tour devant les top models avec le même hochement de tête approbateur que si elle se fut trouvée à un défilé privé dans le salon d'un grand couturier. Cassandra, moqueuse, lui lança, un rien provocatrice :

— Ça vous irait très bien, en effet, mais je doute que vous ayez beaucoup d'occasions de la porter. Je ne vois guère que deux circonstances où cette robe s'impose : dans votre chambre à coucher pour raviver les ardeurs de votre mari, ou dans un bar d'accueil à Pigalle.

Surpris, Pierre se mit à rouler des yeux affolés. Comment arrêter Cassandra qui continua à déverser un flot d'horreurs sans cesser de sourire aimablement. Carole Moulinsart, qui se voulait une égérie de la mode, et qui se définissait elle-même comme « une muse faite pour le caprice des couturiers », blêmissait de rage.

— Évidemment, répliqua-t-elle vertement, quand on est rédactrice de mode, voir toute la journée des filles somptueuses porter des robes que l'on rêve d'essayer sans jamais pouvoir entrer dedans, ça finit par aigrir le caractère.

L'attaque était d'autant plus gratuite, songea Pierre, que Cassandra était fort joliment faite, certes pas du tout sophistiquée ni BC-BG, mais éclatante de charme et de santé. Le regard de Pierre s'attarda un instant sur son jean noir qui moulait des hanches parfaitement dessinées et qui laissait entrevoir, juste sous le nombril qu'un T-shirt noir révélait, une peau cuivrée et veloutée. Amusée, Cassandra semblait vouloir marquer son ascendant sur Pierre. Peut-être pour lui donner une leçon.

*

* *

Elle héla d'une voix forte et joyeuse un jeune créateur de ses amis qu'elle venait d'apercevoir. Stéphane Cormier était un couturier dont le talent et l'imagination n'égalaient que sa simplicité et sa gentillesse.

Il était malheureusement accompagné de deux de ses confrères, puants d'arrivisme et de prétention confite. Ils n'en pouvaient plus de suffisance, Simon Loranscher pour avoir habillé Bernadette Chirac lors d'un voyage officiel à l'étranger, et François Doragar pour avoir dessiné la robe que portait une grande star de cinéma à une cérémonie des Césars. Plus stars que leurs clientes, ils paradaient au milieu de la foule, distribuant avec parcimonie des sourires et des baisers, comme pour éviter de décoiffer leur mise en pli ou de rider leur peau qu'ils avaient visiblement pris grand soin de crémer tout l'après-midi. On sentait leur besoin vital de se faire remarquer, admirer, aduler. Sur la piste de danse, quelques instants plus tôt, Pierre les avait vus, par des mines et des poses, chercher à capter l'attention. On n'aurait pas été surpris d'apprendre qu'ils passaient plus de temps à s'habiller qu'à habiller leurs clientes, à travailler leurs relations publiques que leurs collections. Et pour faire bonne mesure, ils ne sortaient jamais sans être accompagnés d'une jolie muse au nom ronflant et claquant au vent de l'Histoire – « Rien de tel pour qu'elle devienne un portemanteau de charme régulièrement photographiée et publiée dans les magazines », avait noté Cassandra – ou d'une authentique princesse – fût-elle divorcée en gardant son titre – réduite au rang subalterne de Relations publiques.

*

* *

— Vous prendrez bien un verre de Tiger Rhum ?

Un serveur venait de s'approcher d'eux pour proposer à Pierre et à son aréopage de jeunes femmes la nouvelle boisson *in* à base de rhum, de glace pilée, de sirop de goyave et d'écorces de bois bandé, servie dans des bouteilles mouchetées dont le design avait été signé par Starck ou Putman, Cassandra ne s'en souvenait plus, pas plus que ses copines qui avaient juste entendu dire que ce cocktail « déchirait grave en boîte de nuit et redonnait la banane quand on avait perdu la frite ».

— Écoutez, écoutez ça, c'est trop mortel !, interrompit Justine qui venait d'aspirer sauvagement sur sa paille pour mesurer toute la saveur du Tiger Rhum. C'est la dernière compil'à la mode.

— Laisse-nous deviner, répondirent en chœur les autres rédactrices de mode. Café del Mar, Buddha Bar, Costes, Flore…, énumérèrent-elles, autant de lieux dont elles connaissaient par cœur la carte du restaurant et la musique *lounge*.

— Vous n'y êtes pas, les filles !, triompha Justine, c'est la musique du Belleville Café ! Sur des airs de salsa et de bossa, ils ont remixé des chansons de jeunes artistes inconnues à la voix nasillarde. Retenez bien leurs noms, elles vont cartonner ; il y a Damia, Fréhel, Colette Renard et d'autres dont j'ai oublié le nom…

Pierre se garda d'intervenir. Il était impossible d'arrêter en vol un escadron de jeunes filles à la mode emportées dans la folie des endroits branchés et des adresses tendances. L'une était une adepte forcenée du bar à eaux de chez Colette avec une prédilection pour la Suédoise Ramsöla, une autre parlait de son coiffeur-visagiste avec des trémolos dans la voix en précisant « le fin du fin, c'est de demander Romuald pour le shampooing, sinon oublie ! »... Il ne leur fallut pas une heure pour dresser la liste des boutiques, des restaurants, des bars, des coiffeurs, qui méritaient qu'on leur jetât un cil. Pierre avait presque le tournis à écouter ce tourbillon infernal et ridicule à travers lequel les endroits à la mode de la capitale étaient passés au crible. Ce qui hier encore était vénéré au nom de la nouveauté se voyait soudain déboulonné de son piédestal, car considéré comme dépassé et obsolète six mois plus tard.

*

* *

L'air empressé, André Lainé voguait d'un groupe à un autre pour s'assurer que tous s'amusaient.

Sa préoccupation essentielle était pourtant de guider au mieux Liliane Petzek, la grande chroniqueuse de mode à la télévision, réputée difficile à contenter et qui se prenait pour la conseillère occulte des géants comme Karl Lagerfeld, John Galliano, Christian Lacroix, Jean-Paul Gaultier... à force de les côtoyer et de les interviewer. Ils avaient beau la remercier en lui offrant, de temps en temps, un ensemble-pantalon ou en lui prêtant, comme ce soir, une robe longue, elle avait toujours l'air mal fagotée en haute couture. Sans doute parce qu'elle voulait y ajouter une touche personnelle, signe de son sens inné du *fashion*, qui avait pour effet imparable de casser l'harmonie du vêtement. Elle croyait naïvement lancer les tendances, en un mot : faire la mode.

N'était-ce pas elle qu'on attendait toujours lors des défilés, alors même que Bernadette Chirac, Catherine Deneuve et Liliane Bettencourt attendaient sagement que le spectacle commence ? Liliane Petzek pensait que pour être respectée, il fallait être une emmerdeuse. Et de ce point de vue, elle répondait à toutes les attentes ! Capricieuse, elle exigeait la meilleure place au premier rang des shows mais ne rejoignait son siège que lorsque tous les invités de marque étaient installés. Il fallait qu'on la voie. Que tous admirent le ballet bien huilé selon lequel son entrée donnait le signal du départ. Elle abaissait alors les lunettes noires qu'elle portait en serre-tête. Le signal était donné. La lumière s'éteignait, on envoyait la musique et les mannequins pouvaient enfin s'avancer sur le podium. La « reine » était là.

Une « reine » plus crainte qu'aimée, mais respectée pour son professionnalisme, même si on aurait été en peine de la prendre en défaut de critique à l'égard d'un couturier ami, ses commentaires variant du « génial » à « extraordinaire ».

— Elle est trop achetée pour être libre, susurra Cassandra. Elle aurait pourtant aimé être la nouvelle Diana Vreeland unanimement louée outre-Atlantique et dont Suzie Menkes avait pris la suite pour ses chroniques dans le *Herald Tribune*.

Cassandra tira ensuite Pierre par la manche :

— Regarde la veulerie d'André Lainé, il rampe devant la Petzek comme un ver de terre. As-tu vu comment il manœuvre pour être sans cesse à l'image ? Il joue avec servilité les maîtres de cérémonie pour se placer sur tous les plans avec les grands couturiers… Elle a trouvé aussi cabot qu'elle !

*

* *

André Lainé, bien qu'organisateur de cette soirée tigrée, s'était gardé de respecter la couleur demandée. Faire original était pour lui un métier, mais absolument pas dans sa nature !

À l'inverse, Yogi Yoschikawa, un héritier nippon et vrai excentrique, était tigré des pieds à la tête selon son habitude, fier d'être l'un des seuls hommes au monde habillé sur mesure par Christian Lacroix.

À ses côtés, Pierre reconnut le très amusant Raoul Callaud qu'il croisait dans toutes ses mondanités. Pilier de toutes les fêtes, Raoul aimait se divertir, mettant le même enthousiasme à danser à moitié nu sur la piste du Queen (non sans avoir absorbé une pilule d'ecstasy), à escorter des veuves chic dans les soirées de gala ou à inviter chez lui sur un même pied un ancien Premier ministre et les dernières recrues de son club de gym. Détestant par-dessus tout la solitude, Raoul Callaud se montrait tout à la fois conservateur dans ses idées et ses fréquentations politiques mais progressiste dans sa vie personnelle, voulant faire l'expérience de toutes les nouveautés pourvu que l'enfer soit pavé de jeunes gens musclés. Homme de réseau, il pouvait tout à la fois faire acheter ou vendre un appartement, organiser des rencontres politiques au sommet ou gérer un impressionnant fichier d'amis et d'amants.

— Pierre, comment vas-tu ? Moi, j'étais hier au gala contre la maladie d'Alzheimer où j'accompagnais…

Raoul n'aimait rien mieux que dérouler le fil de ses activités mondaines qui meublaient ses journées et peuplaient sa vie.

— Au fait, il faut que tu viennes avec moi dans cette nouvelle boîte qui vient d'ouvrir, la Piscine. On doit laisser tous ses vêtements au vestiaire à l'exception d'un maillot de bain et de ses baskets. C'est trop génial et tu verrais la camelote !

Toujours pris en étau entre la peur d'être discourtois et la crainte de manquer une occasion unique, Pierre murmura un « oui » qui, bien que sans enthousiasme, sonnait comme un engagement ferme de sa part.

*

*   *

Plus sous l'effet de la colère que du Tiger Rhum, Cassandra explosa soudain.

— Mais ouvre les yeux, mon pauvre Pierre. Tu ne te rends même pas compte que tu as mieux à faire de ta vie que t'étourdir jusqu'au petit matin dans des fêtes qui te détournent de toi-même. S'amuser est une chose, se divertir en courant la nouveauté en est une autre. C'est sortir de sa route, perdre son âme plus que son temps. Tu vaux mieux que cela.

La charge était lourde, mais convaincante. Pierre, d'abord surpris, irrité même, en fut ému. Cassandra voulait le mettre en garde, lui ouvrir les yeux. Pour son bien. « C'est donc qu'elle pense à moi », se dit-il dans un éclair de lucidité.

— Je te ramène ?, proposa Pierre qui n'avait vraiment plus envie de rester là, comme dégrisé d'un coup par cette diatribe ayant visé juste.

— Volontiers, tirons-nous de là, sourit-elle avant d'embrasser à la hâte ses copines du *Journal*.

*

*   *

Pierre récupéra son véhicule auprès du voiturier et conduisit Cassandra, en silence, jusqu'au pied de son immeuble, à deux pas de la Bourse.

— Merci. Merci pour tout !, lui souffla-t-il en l'embrassant avec tendresse sur les tempes.

Cassandra s'éclipsa en un éclair sur un vague :

— Salut, à demain !

Pierre resta quelques instants hébété dans sa voiture avant de remettre le contact et redémarrer en direction du VIIe arrondissement. Il redescendit sur terre en apercevant sur le siège du passager une lettre dont il reconnut l'écriture et qui ne faisait aucun doute sur son auteur. « Non, ce n'est pas possible ! Le corbeau recommence. J'aurais dû m'en douter... » Sans plus attendre il décacheta le pli et le lut fébrilement :

*

* *

« *"Être dans le vent, voilà une ambition de feuille morte !" Vous seriez inspiré de réfléchir à cela avant de vous jeter la gueule la première dans ces divertissements imbéciles où l'on se pique d'originalité. Ah, elle est belle, la course à la nouveauté, cette spirale infernale qui les entraîne tous hors du vrai chemin de leur vie pour épouser la pente dangereuse vers le néant que d'aucuns appellent "la branchitude". La mode, lorsqu'elle est bien comprise et assumée par les couturiers, se nourrit de l'air du temps, témoigne d'une époque et permet à chacun de se réapproprier son corps. Combien de fois faudra-t-il que je vous dise d'ouvrir les yeux sur les effets pernicieux d'une mode éphémère et fugace qui pousse les âmes faibles à toujours consommer plus. En vous faisant le complice de ces nuits fauves où n'importe quel gogo vous ferait accroire la plus grande ineptie sous couvert de nouveauté, vous vous égarez et vous éloignez de ce qui, à portée de vous, constitue ce qui doit vous être essentiel.* »

*

* *

Ces derniers mots ne cessèrent pas d'intriguer Pierre. Cette mise en garde, presque amicale cette fois, résonnait comme familière. Il y pensa, encore et encore, au moment de se coucher tandis que l'écho de la fête s'amenuisait dans sa tête. « Cassandra, ce sont ses mots ». Et si c'était elle ?

Chapitre 6

Le château de Versailles brillait de mille feux au couchant, ressuscitant ainsi la munificence des fêtes du Roi-Soleil lors du solstice d'été. Des gardes républicains en tenue de gala faisaient une haie d'honneur depuis la grille principale jusqu'à l'entrée au pied de l'escalier du pavillon Gabriel, et la statue équestre de Louis le Grand, pas encore déménagée, se reflétait dans leurs casques rutilants. Un incessant ballet de voitures officielles roulant sur les pavés de la place déposait au compte-gouttes les invités en grande tenue de soirée accueillis par des valets de pied en livrée à la française tenant à la main des torchères, tandis que la fanfare de la garde interprétait les grands thèmes de Lully et de Charpentier. On se serait cru dans une reconstitution historique, à mi-chemin entre le tournage d'un téléfilm et le son et lumière qui accompagne chaque été les Grandes Eaux musicales. Le palais des rois de France reprenait, enfin serait-on tenté de dire, du service !

Si l'on ne connaissait la sainte horreur du président Chirac pour tout ce qui touche à l'histoire des rois de France, on aurait pu penser un instant que Versailles servait de cadre à l'un de ces banquets d'État qu'y organisèrent les présidents de Gaulle, Pompidou, Giscard d'Estaing ou même Mitterrand pour un sommet resté mémorable. La République, fondée sur les débris de l'Ancien Régime après l'abolition des privilèges nobiliaires, s'était glissée avec une joie suave dans les pantoufles de la monarchie. Aux avantages de la naissance, on avait juste substitué ceux liés au pouvoir, à l'argent et à la célébrité.

Les barrières étaient toujours en place qui séparaient le peuple dit souverain et ceux qui le représentaient. Il est vrai que le protocole élyséen avait dû se mobiliser car l'épouse du chef de l'État avait non seulement accordé son parrainage mais honorait également la soirée de sa présence. Les services de sécurité étaient sur les dents. « Il y aura du lourd ce soir, soyez vigilants, les gars ! » avait prévenu le capitaine des gendarmes chargé de la protection des personnalités.

*

* *

Pierre, qui avait lu et relu le carton d'invitation avant d'enfiler son smoking, ne fut guère surpris de voir défiler un cortège officiel de têtes couronnées et de premières dames annoncées sur le précieux bristol.

— C'est la reine Sirikit de Thaïlande !, souffla-t-il admiratif à Cassandra qui avait accepté de lui servir de cavalière et avait, pour l'occasion, emprunté une somptueuse robe du soir chez le couturier Roberto Cavalli.

— Elle est accompagnée de ses dames d'honneur qui semblent avancer accroupies car le protocole ne leur permet pas d'être à la même hauteur que leur reine, ajouta-t-il en pressant le pas, pour ne rien manquer des arrivées qui se succédaient à présent à un rythme effréné.

Les fanions des voitures officielles annonçaient les illustres occupants : la présidente des Philippines, l'épouse du président indonésien, la reine de Malaisie, le sultan de Perak…

Très aimablement, les organisateurs avaient proposé à Pierre de lui envoyer une limousine pour l'acheminer jusqu'à Versailles, grâce à la générosité d'un concessionnaire heureux d'être associé à une noble cause.

Car si Versailles renouait avec sa tradition historique de fêtes royales, il fallait bien qu'il y ait une raison d'importance capitale : le professeur de médecine Jean-François Delaroche avait convié toutes les sommités internationales au gala annuel de lutte contre l'obésité infantile en Asie du Sud-Est.

Une charte venait d'être signée à l'Élysée afin de mobiliser toutes les énergies et de récolter des fonds pour cette croisade internationale qui suscitait une émotion légitime dans l'opinion publique. Seul *Libération* s'était étonné d'une telle mobilisation contre l'obésité infantile « dans une région du monde où l'aide internationale peine encore à arriver pour enrayer la famine qu'a provoquée la destruction des récoltes dans les rizières au lendemain du tsunami ».

Loin de la polémique, l'heure était à la fête et les généreux donateurs résolus à faire bombance à Versailles pour voler au secours des malheureux bambins victimes d'obésité.

*

* *

L'apéritif était d'abord servi dans la galerie de pierre menant, par l'aile du nord, à l'Opéra royal. Les grandes marques de champagne avaient bataillé dur pour s'assurer ce marché juteux constitué de décideurs asiatiques qui, d'après un responsable du marketing de la maison Roederer, vainqueur au final, « pourraient être tentés dans les années à venir à abandonner le thé vert et l'alcool de riz pour le champagne français ». Une coupe de breuvage pétillant à la main, les invités devisaient aimablement en attendant que le protocole les invite à rejoindre leur place dans le théâtre.

Les organisateurs avaient vendu, très cher, des tables à des entreprises mécènes qui pouvaient dans un même élan faire l'éclatante démonstration de leur extrême générosité et régaler à bon compte des clients qui leur voueraient une reconnaissance éternelle !

*

* *

L'entregent de la présidente du Comité, Marie-Laure Gratard, n'était pas étranger au succès de la soirée.

Chaque fois qu'elle vendait une table, elle devenait extatique de bonheur comme si elle jouait à la marchande. Et parfois, on se demandait presque si elle se souvenait de la cause caritative qu'elle était censée soutenir. À dire vrai, ce qu'elle préférait, c'était être présidente. Peu importe, après tout, qu'il s'agisse de l'obésité infantile en Asie du Sud-Est car elle aurait très bien pu prendre la tête d'organisations de défense des lémuriens en Océanie, de la sauvegarde des bougainvillées en Crète ou du festival de la chanson paillarde à Brive-la-Gaillarde…

Le terme anglais de *pushy* avait été inventé pour elle, tant elle aimait se mettre en avant, se propulser aux premières loges et figurer sur les photos avec son sourire dit « de gala de charité ». Forcément, cela finissait par agacer, et l'utilisation abusive qu'elle faisait de son titre de présidente pour obtenir des rabais, des passe-droits, des privilèges et autres avantages lui avait valu son surnom de « Gratard, Gratter, Gratuit » ! D'autres l'avaient appelée « notre petite sœur des riches » car elle marquait beaucoup de sollicitude aux imposés de l'ISF.

Redoutablement efficace, faisant tourner l'organisation comme une PME, elle balayait tout ce qui pouvait entraver sa marche. Elle avait ainsi évincé du Comité l'épouse d'un riche banquier qui voulait mettre son nez pointu dans les comptes et qui avait osé s'étonner, lors d'un houleux conseil d'administration, que Marie-Laure ait fait financer par l'organisation humanitaire un soi-disant « voyage préparatoire » d'une semaine avec son mari et ses quatre enfants sur un vol Air France en première classe avec séjour « dans le meilleur hôtel de Phuket qui avait résisté au tsunami » où elle était supposée rencontrer les médecins nutritionnistes cambodgiens, vietnamiens et thaïlandais.

Marie-Laure se faisait assister, aux frais de l'organisation, par une charmante et dévouée jeune femme qui – lorsqu'elle ne réglait pas les problèmes domestiques de sa « patronne » – occupait les fonctions de secrétaire générale du Comité d'organisation de lutte contre l'obésité infantile en Asie du Sud-Est. C'est elle qui avait soigneusement épluché tout le fichier des entrepreneurs français, européens et même asiatiques susceptibles d'acheter des tables pour le gala de Versailles. Son discours était parfaitement rodé lorsqu'elle avait en ligne un directeur financier un peu réticent ; elle disposait au choix d'arguments massues : « Vos concurrents ont tous pris des tables, ce serait dommage que vous ne soyez pas présent ! » ou « Le marché du sud-est asiatique est porteur, vous pourriez au cours de cette soirée nouer des contacts profitables avec les gouvernants des différents pays ». Et, en coup de grâce : « Je vous enverrai aussitôt après un reçu Cerfa pour votre déduction fiscale, ah, quand on sait combien les entreprises sont imposées et taxées dans notre pays... ».

Tous les constructeurs automobiles, les géants du bâtiment et des travaux publics, quelques grands groupes de luxe, sans oublier les laboratoires pharmaceutiques… tous avaient répondu à l'appel, plus pour ne pas briller par leur absence que par engagement contre ce nouveau fléau mis à jour en Asie. Même une célèbre marque de soda – que tous les experts avaient désignée comme une des responsables de la pandémie chez les enfants asiatiques – avait pris une table de dix couverts facturée cent vingt mille euros. On peut vraiment dire que les invités étaient tous au taquet dans le vénérable château !

*

*   *

— Quel est le programme ce soir ? C'est une première d'opéra, non ? Mon mari, lui, doit savoir, mais il ne me dit jamais rien ! souriait une jolie blonde d'une trentaine d'années qui avait sorti de ses armoires tout ce qu'elle avait de plus cossu, sans vraiment se soucier de vérifier si l'ensemble pouvait être coordonné.

— Il paraît que le gala est au profit d'Action contre la faim en Afrique, mais je finis par m'emmêler les pinceaux entre le sida, le cancer, la maladie d'Alzheimer !, affirmait une autre en haletant (sans doute parce que son embonpoint avait entravé sa longue marche dans la galerie), soucieuse de montrer qu'elle suivait l'actualité de la planète.

Et d'ajouter dans un souffle rauque :

— Mon mari est concessionnaire automobile à Montargis, c'est lui qui a remporté cette année le concours des meilleures ventes de la marque, alors nous avons gagné une soirée de gala exceptionnelle à Versailles. C'est la première fois que je viens, vous pensez si j'ai le trac ! J'ai dû emprunter une robe à ma belle-sœur car je n'avais rien à me mettre…

— Voyons, madame, comment pouvez-vous ignorer qu'il s'agit du dîner pour l'obésité en Asie ?, l'interrompit Isadora Darker, membre du comité d'honneur de la soirée et qui, par le plus grand des hasards, avait entendu la conversation.

— Vous ne dites pas ça pour moi, j'espère ! L'obésité, moi je suis plutôt contre, rétorqua, pincée, la dame de Montargis.

*

*   *

Tête d'affiche de toutes les soirées en vue, Isadora Darker était ce qu'il convient d'appeler « une figure parisienne ». On aurait été bien en peine de dire quel était son métier. Certains affirmaient qu'ils l'avaient vue jouer au théâtre aux côtés de Francis Huster mais personne n'aurait été capable, à l'énoncé de son nom, de citer une seule pièce, voire un film dans lequel elle serait apparue. Irradiant de sa beauté solaire toutes les assemblées, même les plus simples, elle posait sur ses admirateurs son regard bleu avec, aux lèvres, un sourire forcé légèrement condescendant et une bienveillance automatique à la limite de l'arrogance qui semblait toujours admirer le savoureux spectacle.

Ce soir de juin, la sculpturale Isadora Darker promenait de long en large sa silhouette de sylphide moulée dans un long fourreau largement fendu sur ses longues jambes fines mais musclées de la maison Valentino (prêté, sans doute) en faisant des mouvements de hanches pour que nul n'ignore la perfection de ses courbes. À l'entendre vanter les vertus du lien matrimonial selon la règle édictée par sa mère – « Valorise ton couple à l'extérieur » –, ce numéro de charme – c'est à cela que d'aucuns attestaient qu'elle était une excellente actrice – était destiné à réjouir son époux, Jean-Baptiste Colineau, qui feignait de croire que la belle l'avait choisi pour son irrésistible humour et non pour sa réussite professionnelle et sa colossale fortune à la tête d'un empire dans l'industrie du bois et du papier.

— Il détruit des forêts et fabrique du papier pour voir imprimer les photos de sa femme, s'amusa Cassandra en observant la ruée des photographes vers Isadora Darker.

— Cher vicomte, comment allez-vous ? Et la princesse, elle n'est pas avec vous ?

Isadora tendit sa main à baiser à Paul-François de Blachy de Monrepos qui se précipitait vers elle dans l'espoir que son geste galant et chevaleresque lui vaudrait l'attention des photographes et, ensuite, le privilège de figurer en bonne place dans la rubrique « À la ville, à la scène » de Pierre.

Cet espoir le consolait d'avoir toujours aussi bien peu palpé les dividendes de son « mariage princier », d'autant qu'il avait enfin fini par se rendre compte, en épluchant tous les magazines le jeudi, qu'on ne publiait jamais, malgré ses insistances, de photos de lui avec son épouse tant il est vrai que la presse, dans son irrespect des codes et du protocole, considérait que, dans la balance, le titre de la princesse pesait moins lourd que son étonnante laideur.

*

*   *

Parmi ces messieurs photographes, il y avait bien ceux qui, à l'instar de Bertrand Rindoff-Petroff, usaient de manières délicates et attentionnées, finissant même par se lier d'amitié avec certains de leurs

« sujets » qu'ils rudoyaient gentiment, tutoyaient souvent et auxquels ils ne manquaient pas d'adresser quelques clichés en souvenir des soirées où ils les avaient photographiés.

D'autres, plus rustres à moins qu'ils ne fussent meilleurs gestionnaires de la pellicule, se contentaient de mitrailler les têtes connues en calculant mentalement combien leur rapporterait un quart de page publié dans les magazines. Quand on leur indiquait du menton un jeune député, un brillant chercheur, une avocate redoutée… ils haussaient les épaules d'indifférence et d'ignorance avant de lâcher le couperet assassin :

— Mais c'est qui, celui-là ?

— Laisse tomber, c'est personne !

Le « c'est personne ! » résonnait comme la sanction absolue de l'être et du néant mondain. Autant dire qu'ils concentraient leur attention sur les stars dûment estampillées et ignoraient superbement les « petits poissons aux grands noms » qui n'intéresseraient que Pierre !

*
* *

C'est dire si Katherine McPhillips avait bataillé pour parvenir à cette consécration : être mitraillée de flashs à son entrée, certes spectaculaire, au château de Versailles. Les galas de charité, c'était un peu son domaine. Non qu'elle fût une de ces dames d'œuvres voulant toujours expier le péché originel en faisant le bien autour d'elle – elle n'était pas du genre à porter un sac de riz en Afrique, sauf si on avait pu lui en trouver un griffé Gucci ou Prada – mais elle savait combien ces soirées étaient l'occasion rêvée pour étaler sa fortune et exhiber son indécente réussite aux yeux du monde.

— Elle a pris la relève de nos riches mécènes arabes, expliquait Anne-Sophie Tupin à qui l'interrogeait sur son système de financement, car dans les années 1980, Adnan Kashoggi, Samir Trabulsi et Akram Ojjeh se sont fait ouvrir les portes de Paris en achetant généreusement lors de tous les galas de charité.

Certes, Katherine ne devait rien à personne. Elle n'avait rien à prouver, elle n'avait pas volé son argent et avait trimé pour bâtir son empire fondé sur les jeux et les paris sur le Net. Cette blonde Américaine, mariée et associée à Jonathan McPhillips, avait décrété un jour qu'il leur fallait vivre à Paris, « la capitale du chic et de l'élégance ». À son arrivée sur les bords de la Seine, cette « fille de province » ne connaissait personne et chercha, par tous les moyens, à percer dans le grand monde. Une directrice de maison de couture où elle commença à dépenser un quart de million d'euros – on lui avait expliqué comment Lynn Whyatt, Nan Kempner ou Betsy Bloomingdale étaient devenues des reines de la High Society en achetant à Paris les dernières créations de Dior, Chanel ou Givenchy – fut bientôt chargée de l'introduire dans la bonne société et de lui ouvrir les portes du Tout-Paris. L'ascension fut fulgurante. L'impatiente Katherine engagea très vite une PR (à prononcer avec l'accent bien sûr) à plein temps pour lui organiser un réseau de relations. « Il me faut des amis parisiens très chic, lui avait-elle demandé. Je suis prête à payer le prix qu'il faudra. » Ce ne fut, dès lors, que dîners, cocktails, réceptions ; un jour elle louait une loge à l'Opéra pour y convier ses « nouveaux meilleurs amis », le lendemain elle achetait une table à un gala de charité… Le sommet avait été atteint lorsqu'elle avait décidé de célébrer son anniversaire par une croisière sur le

Danube en y invitant des princesses royales, des barons de la finance et des capitaines d'industrie qu'elle ne connaissait pas la veille. « Débrouillez-vous pour que tout le monde en parle sans qu'aucune photo ne soit publiée », avait-elle exigé de sa PR, histoire de créer une aura de mystère autour de sa personne, organisant son intrusion dans la vie parisienne comme une introduction en Bourse. Très vite, elle fut à son tour fêtée, invitée, cajolée et devint le chouchou des organisateurs de soirées caritatives.

Avec une générosité qui n'avait d'égale que son envie de faire parler d'elle, Katherine signait d'impressionnants chèques à toutes les œuvres qui la sollicitaient, prenant le soin d'être particulièrement large et royale avec les fondations présidées par des chefs d'État ou leurs épouses afin d'avoir la joie enfantine de les voir accrochés sur son tableau de chasse. Son dernier exploit n'en finissait pas de faire des remous à Paris : elle venait de voler le chef de l'hôtel Matignon à la barbe du Premier ministre pour le bonheur d'annoncer à ses invités, s'ils la complimentaient pour la qualité de sa table : « Oh, vous savez, je n'y suis pour rien, j'ai juste la chance d'avoir un chef exceptionnel. Je suis si heureuse qu'il ait accepté de quitter le chef du gouvernement pour moi ! » Cela faisait toujours son petit effet.

Dans son escalade sociale, Katherine avait juste un peu négligé ce qui, à raison, peut être considéré comme le moteur ou le sel de l'existence : une vie privée accomplie et l'équilibre affectif. Un matin, dans le petit salon qui lui tenait lieu de bureau au premier étage de son hôtel particulier entièrement décoré, sur les conseils avisés des plus riches de ses relations, par le grand décorateur Alberto Pinto, elle avait convoqué son mari pour une sorte de conseil d'administration improvisé. « Écoute, voilà la situation. Notre association n'a plus aucun sens ni de raison d'être. Le fait est que tu n'es pas au niveau. Toutes mes amies me disent que tu es trop *cheap*. J'ai donc décidé de te racheter tes parts. » C'est ainsi que la nouvelle *My Fair Lady* demanda le divorce dès qu'elle se sentit sûre d'elle, sûre de son emprise sur le microcosme parisien. Pourtant, les mauvaises langues ne tardèrent pas à colporter une autre version de la scène, ô combien plus piquante : Jonathan était dans son bureau à éplucher une liasse de papiers de banque lorsque, soudain, jetant un regard distrait sur l'écran de contrôle du système de télésurveillance hautement sophistiqué que son épouse avait exigé pour leur sécurité, il avait aperçu Katherine batifolant dans le jardin avec Ruby Simon, l'expert en œuvres d'art qu'il avait fait venir de New York sur l'insistance de Katherine. Celle-ci venait de se prendre à son propre piège et offrait aux *lawyers* américains les preuves irréfutables et éclatantes de son adultère.

Au demeurant, elle disposait surtout d'un atout majeur : elle se fichait du qu'en-dira-t-on. C'était une force car ses nouvelles amies, maniant l'hypocrisie mondaine avec adresse, ne se gênaient pas pour moquer son manque de goût, sans doute parce qu'elles ne lui pardonnaient pas de les avoir « achetées ».

*

* *

La pire peste était l'une de celles qui lui avait ouvert maintes portes hermétiquement fermées : sa compatriote Lynn Warner, pur produit de la côte Est américaine, et qui avait été à l'école avec Grace Kelly à Philadelphie, savait se montrer teigne avec les impétrantes aux manières texanes. Lynn, que l'on surnommait *The Social X-Ray* (le rayon X mondain) parce qu'elle avait fait sienne la devise de la duchesse de Windsor – « *Never too rich, never too thin* » (jamais trop riche, jamais trop mince) – détestait cordialement Katherine McPhillips sans que l'on pût savoir si elle lui reprochait ses formes appétissantes après une mamoplastie qui l'avait propulsée du 75 au 90B, ou si elle ne supportait pas sa pratique effrénée du *charity business*. Aussi avait-elle lancé à Paris l'odieux *nickname* (surnom) dont elle affublait Katherine McPhillips, « Mes deux seins sans frontière », prononcé avec un léger accent américain qui rendait la pique encore plus blessante.

*
* *

Katherine McPhillips avait décidé de frapper fort à Versailles. Non contente d'avoir financé le reboisement du parc après la tempête de 1999, elle avait manifesté son désir de figurer (en bonne place, évidemment) dans le comité d'honneur en échange de l'achat de cinq tables où elle comptait installer ses amis connus… de sorte qu'elle se fasse bien remarquer.

Elle s'était alloué un petit budget pour faire venir des stars : outre la prise en charge complète de leur séjour comprenant les frais d'hébergement à l'hôtel Ritz, une voiture avec chauffeur et table ouverte dans les cinq étoiles de la capitale, Katherine avait ouvert largement les cordons de sa bourse pour leur verser un cachet correspondant à leur prestation. Tous avaient d'abord protesté et décliné aimablement l'offre, prétextant qui un week-end familial au bord du lac Tahoe, qui un festival du cinéma américain au Liechtenstein ou un tournoi de poker à Oklahoma City. Comme chaque chose avait son juste prix, une rallonge de dix mille dollars avait achevé de convaincre les plus frileux. Pour trente-cinq mille dollars chacun, une dizaine de stars hollywoodiennes se déclarèrent « révoltées par le drame de l'obésité en Asie du Sud-Est ». Les larmes aux yeux, elles remercièrent publiquement Katherine « de leur avoir fait prendre conscience de cette terrible réalité qui justifiait qu'ils traversent l'Atlantique » pour dîner à Versailles !

Prête à manifester sa compassion extrême, la généreuse mécène avait poussé la vertu jusqu'à proposer aux organisateurs de faire venir de petits adolescents cambodgiens, vietnamiens, indonésiens, malaisiens atteints d'obésité précoce afin « de mieux sensibiliser l'opinion et de montrer aux donateurs pourquoi leur argent était nécessaire ». Toutes les stars, entourant « leur grande amie Katherine », prirent soin de se faire photographier avec les gamins en « surcharge pondérale » – le terme était destiné à moins les effrayer d'accomplir ce geste héroïque – avec la même conscience professionnelle que s'il se fût agi d'une journée de tournage.

*

* *

Aussitôt ouvertes les portes de l'Opéra royal, Pierre et Cassandra rejoignirent leurs places dans une loge de côté d'où ils pouvaient tout à loisir observer l'assistance.

Le placement obéissait à une étiquette très stricte et étudiée qui n'avait rien à envier à la Cour de Louis XIV. À l'orchestre, était remisé le *vulgus pecum*, à savoir la grande masse de ceux qui n'avaient jamais mis les pieds à Versailles et qui écarquillaient des grands yeux en admirant le plafond. Ils auraient tout loisir de se tordre le cou en cherchant du regard les mécènes qui les avaient invités et auxquels on avait réservé des places de choix dans les loges près de la corbeille. Ces derniers faisaient mine de ne pas contempler la beauté des lieux afin de paraître blasés, comme pour dire à « la plèbe » en contrebas « c'est là notre ordinaire, nous n'y prêtons même plus attention »... Restait la tribune d'honneur où des fauteuils en bois doré recouverts de velours rouge avaient été installés pour accueillir le séant des premières dames asiatiques, un peu perdues, mais heureusement guidées par Bernadette Chirac (qui ne comptait plus le nombre de galas de charité qu'elle avait présidés à Versailles) et la gesticulante Marie-Laure Gratard qui avait aimablement, mais fermement, consigné le professeur Delaroche à la droite de la vice-ministre des Affaires étrangères des Philippines.

Une salve d'applaudissements salua l'entrée de l'aréopage officiel derrière lequel Katherine McPhillips tentait vainement de se hausser du col. Certes, elle avait choisi la plus spectaculaire des créations de John Galliano pour être sûre d'être remarquée et admirée, et, pour faire bonne mesure, s'était parée de la plus incroyable parure d'émeraudes. Quand l'assistance se leva pour applaudir, elle sembla croire que l'ovation lui était destinée car elle se mit aussitôt à saluer la foule avec la main.

Le programme soigneusement sélectionné par le comité d'organisation était une savante déclinaison des danses asiatiques revues et corrigées par les plus grands chorégraphes de l'Opéra de Paris. La performance était à couper le souffle. La légèreté aérienne des danseuses et danseurs étoiles, la perfection de leurs mouvements étaient telles qu'il paraissait encore plus urgent d'éradiquer la surcharge pondérale où qu'elle se trouve dans le monde et de partir, toutes affaires cessantes, en croisade contre l'emprise du gras.

La musique couvrait tout juste les bâillements d'ennui de l'assistance autant que les coups d'éventail frénétiques de toutes celles qui – était-ce par émotion d'être là, par ennui ou impatience, voire pour s'aérer les méninges – se laissèrent submerger par une soudaine vague de chaleur dès la lumière éteinte. L'enthousiasme chaleureux qui se manifesta à l'issue de la représentation de quarante-cinq minutes tint plus du soulagement de voir le spectacle s'achever enfin que de la manifestation bruyante d'un véritable intérêt. Pierre entendit son voisin de gauche, Renaud Castéja, son prédécesseur au *Journal* à qui Marie-Laure Gratard vouait une reconnaissance éternelle pour l'avoir hissée en tête du hit-parade des femmes les plus photographiées dans la rubrique « À la ville, à la scène », lui glisser avec malice :

— Le spectacle de danse est une figure imposée dans le forfait du dîner de gala à Versailles. Tout le monde s'y ennuie, même avec élégance, mais nul n'oserait l'avouer. Et l'on nous ressert le même menu chaque année que chacun ici prétend trouver savoureux tout en se tordant le nez !

*

* *

De fait, Pierre et Cassandra purent très vite se rendre compte que le spectacle le plus cocasse était plus dans la salle que sur scène et que la mise en scène théâtrale concernait davantage les invités que les danseurs !

À peine le rideau baissé, les plus avertis des convives se précipitèrent dans l'étroit escalier en colimaçon pour rejoindre le foyer et prendre ainsi le départ, en pôle position, afin de courir le circuit qui les conduirait à travers les Grands Appartements jusqu'à la galerie des Batailles.

— Pierre, observe bien, personne ne regarde ce fabuleux décor éclairé. C'est pourtant féerique d'être là, presque seuls, en tenue de gala, à déambuler librement dans les salons de réception des rois de France. C'est vraiment fou, ils marchent tous en pressant le pas pour rattraper les épouses des chefs d'État ou faire le trajet à côté d'une personnalité connue !

Il y avait effectivement quelque chose d'incongru à voir cette foule hanter, tels des fantômes sortis de la nuit des morts-vivants, les lieux où régnèrent les Bourbons et continuent d'en symboliser la majesté royale. Pierre aurait aimé « plus de recueillement, en harmonie avec la magie » de l'endroit tant il était agacé par le caquetage imbécile de celles qui le suivaient dans son « pèlerinage ».

— Oh, ces couloirs, ça n'en finit plus !, disait l'une en faisant résonner ses talons aiguilles sur le parquet chevronné.

— Moi je trouve ça d'un sinistre, toutes ces pièces sans meubles, renchérissait sa voisine tout en mâchant un chewing-gum pour se rafraîchir l'haleine et en cherchant dans son sac le téléphone portable qu'elle avait dû éteindre à l'Opéra royal.

*

*   *

Au terme d'une longue marche, étourdissante de beauté pour quelques-uns, et interminable d'ennui pour la grande majorité, les invités parvinrent à la galerie des Batailles où devait être servi le dîner concocté par le chef étoilé des Trois Marches.

En pénétrant dans l'immense et imposante salle qui doit son nom aux peintures monumentales représentant les batailles victorieuses de la France, le contraste était saisissant entre les tables oblongues centrales réservées aux invités de marque, aux personnalités étrangères, et les rondes destinées aux entreprises (et leurs clients privilégiés) qui les entouraient comme des pièces de décor mises là pour la figuration. L'essentiel étant, bien sûr, d'offrir à chacun une vue imprenable sur les tables d'honneur pour que tous puissent dire « Hier, à Versailles, j'ai dîné à côté de la présidente des Philippines, ou de la reine du Cambodge… ».

À peine l'assistance était-elle installée que les maîtres d'hôtel en gants blancs défilaient selon un alignement parfait pour présenter d'appétissantes aumônières de foie gras aux truffes blanches tandis que les verres étaient remplis d'une exceptionnelle cuvée de Château d'Yquem. Les ventres affamés n'ayant pas d'oreilles, c'est dans un brouhaha indescriptible que le trop timide professeur Jean-François Delaroche tenta de faire entendre sa voix dans le micro.

— Majestés, Altesses royales, mesdames les présidentes, messieurs les ministres, messieurs les ambassadeurs, mesdames, messieurs, chers amis, c'est un grand honneur de vous accueillir ce soir à Versailles pour notre gala annuel contre l'obésité infantile en Asie du Sud-Est…

Le discours du brillant médecin se perdit dans l'indifférence générale tant les convives étaient occupés à savourer ce qu'ils avaient dans l'assiette. Même Jeanne-Marie Beaujet-Suchard, la tante de Pierre, invitée au dîner à la table de Lancôme, avait répondu sans arrière-pensée à son voisin qui s'étonnait de la voir dédaigner le foie gras :

— Mon diététicien m'interdit tous les pâtés, je dois faire un petit régime avant l'été si je veux pouvoir me montrer en maillot à Saint-Tropez…

— Si longtemps la famine a été mise en exergue dans les médias pour ses ravages sur les populations d'Asie du Sud-Est, l'obésité infantile est un fléau terrible, car récemment apparu et encore trop peu connu, martelait le professeur Delaroche tandis que la salle lui renvoyait l'écho des bruits de fourchettes.

Suivait un long exposé sur « les effets pervers de la mondialisation culinaire qui supplantait la nourriture traditionnelle pour gaver les enfants asiatiques de hamburgers, de frites, de glaces crémeuses et de sodas ».

Pierre se sentait mal à l'aise. Nul, autour de lui, ne semblait se soucier des malheureux enfants asiatiques obèses. Pis, un humoriste à la mode jouait le bouffon du roi et faisait de l'esprit en racontant à haute voix des blagues avec l'accent chinois.

— Quand je pense qu'enfant, mes parents me grondaient si je ne finissais pas mon assiette sous prétexte que les petits Chinois mouraient de faim. Vous croyez que les médecins nutritionnistes qui tentent de les faire maigrir aujourd'hui les encouragent avec des photos de Kate Moss ?

Devant la mine horrifiée de sa voisine, il dut amortir le choc :

— Mieux vaut en rire, vous ne croyez pas ? Tout cela, finalement, ne va pas vous couper l'appétit, non ?

*

* *

Assise en face de Pierre, Cassandra tentait d'imposer le silence à ses voisins de table, se sentant concernée par la noble cause défendue au micro par le valeureux médecin.

Machinalement, Pierre se saisit du menu qui était posé devant ses cinq verres à vin, eau et champagne.

Et là il se sentit défaillir. En lieu et place de l'énoncé des délices préparés par le chef, une main hélas inconnue mais ô combien familière avait griffonné ces quelques lignes :

« *Contemplez sous vos yeux le spectacle indécent de la bonne conscience qui s'achète. Regardez tous ces pourceaux qui bâfrent à Versailles pour vaincre l'obésité en Asie ! Ils gloutonnent avec d'autant moins d'arrière-pensées qu'ils croient servir une cause humanitaire dont, au fond de leur cœur, ils n'ont que faire. Écoutez-les plutôt énumérer leurs soirées de gala comme autant de fléaux qui s'abattent sur le monde : sida, Alzheimer, cancer, famine, handicaps, mucoviscidose... C'est la pire forme de l'imposture mondaine qui consiste à croire que l'on sert une cause parce que l'on y boit à sa santé loin des victimes qui trinquent. Les intrigantes comme Marie-Laure Gratard y gagnent leurs lettres de compassion en s'y faisant mousser, les mécènes patentés comme Katherine McPhillips y achètent les clés de la ville, sans parler des stars payées pour leur présence qui étoffent leur compte en banque autant que leur image de star généreuse. Je veux croire qu'au fond de vous, vous n'êtes pas dupe de ce théâtre d'ombres fantomatiques qui n'inspire que répulsion et dégoût.* »

Pour la première fois, un sentiment nouveau étreignit Pierre en achevant la lecture de la mise en garde dissimulée dans son menu. Il y lisait, entre les lignes, moins de menaces et plus de conseils amicaux. « Le corbeau veut-il déjouer les pistes en ne se montrant pas forcément tel un ennemi ? », se demanda-t-il. « Quel est son jeu ? Pourquoi diable veut-il me faire croire qu'il souhaite mon bien ? »

*

* *

Il reposa le menu pour reprendre le cours interrompu de son dîner. Le professeur Delaroche se faisait applaudir avec effusion avant que tous ne s'attaquent à deux petites cailles laquées bien dodues délicieusement servies sur un nid de purée.

— La volaille, ça ne fait pas grossir, vous pouvez les manger tranquillement, voulut le rassurer sa voisine, l'épouse d'un professeur de médecine membre du comité d'organisation de la soirée, qui voyait avec chagrin Pierre chipoter dans son assiette alors qu'elle avait déjà englouti les petits volatiles.

Mais Pierre dut supporter en silence son calvaire et boire la coupe jusqu'à la lie.

*

* *

Plus tard, tandis que les maîtres d'hôtel servaient un savoureux dessert au chocolat parfumé d'arômes asiatiques sans doute pour donner une touche de couleur locale et rappeler en fin de repas le thème de la soirée, on annonça le début de la tombola dont les lots étaient divers mais somptueux, d'un séjour de luxe en thalassothérapie à Bali ou à Phuket jusqu'à une montre constellée de diamants offerte par la maison Chaumet.

Lorsqu'une main innocente tira le numéro gagnant correspondant à ce bijou, il s'écoula de longues minutes avant que l'heureux vainqueur ne se fasse connaître. Soudain Marie-Laure Gratard blêmit ; elle venait de reconnaître son mari Louis-Gaston, président d'un groupe pharmaceutique qui s'avançait pour recevoir son lot.

Le M. Loyal de la tombola lui proposa discrètement de remettre la montre en jeu, étant donné « qu'il était partie prenante dans la soirée ».

— Oh pourquoi ? Je ne vois vraiment pas où est le problème, assura-t-il avant de se tourner vers son épouse, cramoisie de gêne. Elle vous plaît, ma douce amie ?

— Oui, bien sûr, répondit d'une voix sourde l'organisatrice qui ne pouvait avoir l'air de la trouver moche du fait même qu'il lui était impossible de déplaire au président de la marque avec lequel elle avait monté, elle-même et depuis fort longtemps, le partenariat avec Chaumet.

Alors, à la stupéfaction générale du petit groupe assemblé autour du micro, il remercia pour la montre et l'offrit à son épouse.

— Ça tombe bien, ajouta-t-il, c'est notre trentième anniversaire de mariage. Je crois que ça serait même gentil de le dire au micro.

Lorsque l'annonce publique fut faite, des applaudissements polis résonnèrent dans la galerie des Batailles où se mêlaient des ricanements grinçants.

*

*   *

Profitant du brouhaha général, les couche-tôt en profitèrent pour s'éclipser, n'hésitant pas au mépris de toutes les règles protocolaires à circuler devant les tables d'honneur où patientaient sagement les premières dames.

Le vicomte de Blachy de Monrepos s'était levé, lui, non pour partir, mais pour aller fumer une cigarette au pied de l'escalier monumental, étant entendu qu'il est interdit de fumer dans le château. Sur le chemin qui le menait vers la sortie, il s'approcha de Pierre et lui glissa aimablement :

— Cher Pierre, je suis sûr que vous au moins vous avez apprécié le menu et qu'il était à votre goût.

Pierre ne sut que répondre. « Pourquoi me parle-t-il du menu ? Est-ce vraiment lui le corbeau ? Il faut que j'en aie le cœur net ! »

Pierre n'avait plus peur. Il commençait à ouvrir les yeux. Et puis, il ne se sentait plus seul. Cassandra, en face de lui, l'observait. Quand ils se levèrent enfin pour quitter la galerie des Batailles, ils purent faire éclater librement leur sentiment de dégoût mêlé à de la colère.

En chœur, ils prononcèrent le seul adjectif qui leur venait à l'esprit : « Écœurant ».

Chapitre 7

Depuis des semaines, les gazettes ne parlaient que de cela : « le mariage de l'année », « l'union du sang bleu et du billet vert », « les noces en or massif »... Les journalistes ne savaient plus quoi raconter pour maintenir le suspens, soutenir leurs ventes record et, surtout, tenir en haleine des lecteurs assoiffés de potins.

Pierre n'était pas peu fier d'avoir reçu au *Journal* le faire-part que lui enviait même Jean-Jacques Bombon qui, malgré sa cour empressée auprès d'un lointain cousin par alliance de la mariée, n'avait pas été inscrit sur la liste des invités.

« Le comte de la Gâtinière et la comtesse née Gersende de Beauvallon ont l'honneur de vous faire part du mariage de leur fils, le lieutenant Charles-Théodore de la Gâtinière, avec mademoiselle Églantine Buisson... qui sera célébré le samedi 16 juin en la cathédrale de Chartres. »

*

* *

Certes, le magazine *Point de vue* avait publié dans ses colonnes de larges extraits de la généalogie des La Gâtinière et des Beauvallon, établissant de façon irréfutable les liens de parenté du marié avec toute la noblesse beauceronne, mais aussi, par des méandres compliqués et sinueux, avec le prince héritier du Danemark, une archiduchesse d'Autriche, le chef d'état-major des Armées et une ancienne Miss France.

Il faut bien reconnaître que les milieux d'affaires étaient les plus émoustillés par la romance, car Églantine Buisson était le modèle idéal de la « pauvre petite fille riche ». Aînée de quatre sœurs, et la seule que son paternel avait associée à ses affaires, elle faisait figure de puissante héritière du président de Botanistar, le florissant groupe ayant quasiment le monopole en France des pépinières, du marché des plantes, des engrais et de l'aménagement des espaces verts. Tous, à la Bourse de Paris, connaissaient la valeur du cri de guerre lancé un jour par Georges Buisson, comme un slogan, « le Buisson cache la forêt », tant il avait su faire fructifier ses arpents de terre et sa plantation d'hortensias. Le roi du compost avait seriné ses filles depuis leur plus jeune âge pour qu'elles fassent « un beau mariage », ce qui, dans son langage, signifiait qu'il leur achèterait un joli nom pour mari. Durant toute leur adolescence, au moment où Georges Buisson et son épouse migraineuse Lucette – qui était la fille de Raymond Picard, un riche propriétaire terrien ayant eu jusqu'à trois cents têtes de bétail – commençaient à contrôler les fréquentations de leurs filles en forçant les portes les plus fermées des rallyes parisiens, Églantine, Azalée, Hortense et Camélia avaient entendu cent fois répéter ce mot de la marquise de Sévigné dont leur père avait fait une règle philosophique : « Il faut bien mettre de l'engrais sur les meilleures terres ». Avec une franchise qui en désarçonnait plus d'un et qui mettait ses filles au comble de la honte, il clamait à qui voulait l'entendre – et ne pouvait faire autrement – « que ce serait bien malheureux si on ne dénichait pas en France des petits hobereaux désargentés qui trouveraient ses filles belles, vues de dot ».

Au demeurant, les quatre filles à marier de Georges Buisson n'avaient pas eu à se plaindre des bonnes fées qui s'étaient penchées sur leur berceau : à la richesse, elles additionnaient la grâce, la beauté, l'intelligence, de brillantes études universitaires et une simplicité qui devenait frappante en présence de leur père tant il avait besoin d'étaler ses faits d'armes, ses titres de gloire et l'état présent de sa fortune.

Et toutes quatre rêvaient du prince charmant, non tant qu'elles croyaient aux contes de fées, mais parce qu'elles escomptaient bien que leur papa adoré leur achèterait un mari titré. À trop lire les pages mondaines des magazines, elles avaient fini par être gagnées par la frénésie d'y paraître en bonne place et s'amusaient, non sans arrière-pensée, à cocher les noms des fils de famille qui leur semblaient correspondre à leur idéal d'un noble établissement marital. Admirant la réussite de leur père, elles avaient même, un temps, jugé son mariage avec leur mère comme une faute de goût, une impardonnable mésalliance, en oubliant un peu vite que l'héritage du grand-père maternel agriculteur les avait gratifiées d'une maison sur la Côte d'Azur, d'un somptueux appartement parisien et d'une coquette somme chacune.

*

* *

Les La Gâtinière et les Beauvallon avaient d'abord fait la grimace lorsque ce bon à rien de Charles-Théodore, pour qui charmer était une seconde nature, leur avait présenté Églantine.

— Elle n'est même pas née !, avait protesté la comtesse douairière tout en dirigeant les opérations de sauvetage qu'elle entendait mener dans les combles du château ancestral de Bouvilliers pour faire replacer les seaux sous les infiltrations d'eau de la toiture usée par le temps.

Et d'asséner à la cantonade, peu soucieuse d'épargner les jeunes tourtereaux :

— Tout de même, un peu de décence ! Charles-Théodore ne s'est pas donné la peine de descendre des Croisades pour remonter par les graines.

— Mais enfin, grand-maman, vous oubliez Louise de Vilmorin ! Et au moins avec les Buisson, on construit sur un sol fertile, avait répondu l'héritier du nom, exaspéré, en jetant un regard perfide à ses deux grand-tantes restées vieilles filles à force de décliner tous les partis qui s'étaient offerts à elles et qu'elles avaient jugés indignes.

Charles-Théodore et Églantine s'étaient connus dans un rallye aristocratique parisien où les Buisson avaient fini par être introduits en échange de la promesse d'aider les autres mères à payer la très coûteuse location du Cercle Interallié ou des salons France-Amérique. Le futur comte de La Gâtinière avait hérité de ses aïeux d'un nom illustre, d'un château en décrépitude, d'une naturelle élégance et de manières aristocratiques impeccables qui contrebalançaient une capacité limitée à gagner sa vie. Le seul examen qu'il eût jamais réussi était celui de l'École des officiers de réserve. Il est vrai que Charles-Théodore avait été plus assidu aux cours d'équitation qu'à ses études de droit. Ses relations familiales à Coëtquidan et Saint-Cyr avaient fait le reste pour le déterminer à embrasser la carrière des armes. Mais Georges Buisson avait été formel : il se faisait un devoir d'établir son gendre ; il lui trouverait une situation peut-être à la tête du réseau de licences de pépinières Botanistar qu'il entendait créer, et préférait surtout l'avoir à portée de main, autant pour s'assurer par lui-même du bonheur conjugal de sa fille que pour l'exhiber fièrement à la foire aux Graines de Chartres. À dire vrai, il escomptait bien un retour sur son investissement.

*
* *

De fait, les noces d'Églantine et de Charles-Théodore n'avaient rien à envier aux mariages princiers dont Lucette Buisson avait lu avec passion les comptes-rendus dans *Point de vue* auquel elle était abonnée. Elle avait même suggéré à Georges de copier l'organisation sur celle du prince Pierre d'Aremberg qui avait affrété un train spécial de la gare Montparnasse pour convoyer ses invités jusqu'au château de Menetou-Salon.

Dès les fiançailles célébrées « dans la plus stricte intimité familiale » au château de Bouvilliers, chez les parents de Charles-Théodore, il fallut se rendre à l'évidence : la fusion de la vieille noblesse et des nouveaux riches ne résisterait pas aux premières civilités d'usage ! Comme des métaux mis en présence pour une expérience de chimie maintes fois tentée et cependant vouée à l'échec, ils ne tarderaient pas à reprendre chacun sa forme initiale. Le mariage des valeurs achopperait sur la permanence d'un système de castes irréfragable.

— Vous avez vidé le château de son mobilier pour installer les buffets ?, interrogea Lucette Buisson née Picard, dans un premier et immédiat moment de surprise.

— Le décor est, de loin, le plus bel ornement de cette antique demeure familiale, répliqua, du tac au tac, la comtesse de La Gâtinière, un brin pincée, ajoutant, comme pour expliquer la simplicité rudimentaire de l'ameublement intérieur : du reste, à la Cour de Versailles, les Grands Appartements étaient quasiment vides…

— Voyons ma chère, lui sourit sa belle-mère, la comtesse douairière, ne dites pas de sottises, vous savez bien que dans nos familles nous préférons transmettre de beaux objets historiques et des pièces de mobilier exceptionnelles, plutôt que d'accumuler à l'infini des choses hideuses qui remplissent, à n'en pas douter, l'espace où vivent les grands bourgeois et meublent ainsi leur vacuité familiale.

— Nous aimons également les jolies choses, se crut obligé de répondre Georges Buisson. Chérie, n'est-ce pas à la vente des margraves de Bade que nous avons acheté ce magnifique service de table ? Et tu te souviens, quand à l'arraché, j'ai pu me faire adjuger, sous le feu des enchères, le mobilier que les princes de Hanovre mettaient en vente ? Quand je pense à toutes ces illustres familles qui abandonnent ainsi des trésors hérités de l'Histoire, c'est se montrer si peu à la hauteur de son nom, vous ne trouvez pas ?

La perfidie fit quelque peu craqueler les sourires de façade. Et une demoiselle née Beauvallon ne pouvait, dans sa propre maison, se laisser ainsi insulter par des « gueux qui croyaient pouvoir s'acheter un joli nom en mettant leurs millions sur la table et en offrant une belle plante dans la corbeille de mariage ».

— Les acheteurs ont si peu de goût qu'ils ne savent pas faire la différence entre un mobilier royal et des pièces à usage domestique, susurra la digne Gersende au chignon blond parfaitement équilibré au-dessus de la nuque, en appuyant d'un clin d'œil complice sa pique empoisonnée. Vous n'imaginez pas combien les gens sont prêts à payer une fortune pour un pot de chambre ou un bourdalou armorié… Il n'y a guère que chez les antiquaires qu'une marquise puisse valoir deux bergères !

Après ce revers du droit comtal, Lucette Buisson n'eut d'autre choix que de remonter au filet.

— Au moins les bergères sont utiles et confortables pour un jeune couple, quand les marquises fripées sentent la naphtaline.

Et toc, prends ça dans les gencives.

Au fur et à mesure que le ton montait, le comte de La Gâtinière sentait une sourde colère bouillir en lui. Sans que nul ne s'en aperçoive encore, il s'échauffait intérieurement, mais son teint devenait progressivement rubicond. La Cocotte-minute finit par exploser à la surprise générale.

— Les meilleures souches généalogiques n'ont que faire de l'engrais pour continuer à fleurir, siffla-t-il d'une voix tremblante de colère et de ressentiment.

Après cette salve d'honneur, seul un silence gêné pouvait suivre. Qu'ajouter à cette sentence définitive ?

*
* *

Atterrés, Églantine et Charles-Théodore avaient assisté impuissants à la scène et ne savaient comment restaurer un climat devenu orageux. Dans un mutisme glacé, chacun piqua du nez dans les boissons rafraîchissantes qu'une bonne au tablier et à la coiffe immaculés venait de servir en esquissant une grimace chaque fois qu'un membre de la famille Buisson préférait le jus d'orange ou l'eau gazeuse au brou de noix de la propriété.

— S'il nous est permis de donner notre avis, commença Charles-Théodore après s'être raclé la gorge et alors qu'il puisait du courage en serrant amoureusement la main d'Églantine, pour éviter vos querelles ridicules de milieux sociaux, il vaut peut-être mieux que nous nous mariions seulement avec nos témoins dans la chapelle du château et nous demanderons à oncle Jean-Baptiste, le frère de maman, de nous bénir.

Cette annonce fit l'effet d'un électrochoc sur l'assistance. Les deux familles, qui se regardaient en chiens de faïence, étaient visiblement horrifiées par la perspective de ce suicide mondain : les Buisson n'allaient tout de même pas laisser passer l'aubaine d'en jeter plein la vue à leurs amis et relations d'affaires, tandis que les La Gâtinière entendaient respecter la tradition qui veut que l'on célébrât le mariage de l'héritier du nom avec un faste, que seul l'argent des Buisson pouvait financer.

— Laissons cela, et oublions nos querelles. Nous sommes là pour fêter le bonheur de nos enfants, lança avec le plus d'entrain possible la maîtresse de maison de sa voix la plus enjouée. Et comme je le disais pas plus tard que hier soir à un *drink* chez nos voisins Doudeauville, depuis l'empereur Vespasien on sait que l'argent n'a pas d'odeur : les revenus des pissotières valent bien ceux du fumier, n'est-ce pas ?

— De l'engrais, très chère, les Buisson font dans l'engrais, crut bon de préciser son époux, de peur qu'un malentendu ne ravive la polémique.

Par chance, Georges Buisson devenait intarissable sur les questions touchant à son métier et, bombant le torse, il n'aimait rien tant que raconter l'origine de son premier million grâce à ses plants d'hortensias. De son côté, Jacqueline s'impatientait à l'office.

— Madame n'aime pas qu'on retarde le service. C'est pas une heure pour déjeuner !, pesta-t-elle alors que Gersende de La Gâtinière, croisant et recroisant ses jambes sur sa bergère du salon, attendait obligeamment que le conteur ait terminé son exposé pour donner le signal à Jacqueline.

— Enfin, Georges, tu vois bien que tu ennuies tout le monde avec le récit de tes aventures, s'aperçut son épouse.

— Oh, mais pas du tout !, protesta la comtesse. Tout cela est épatant. Nous pouvons attendre que votre époux ait achevé de parler d'argent pour passer enfin à table.

— Madame la comtesse est servie !, vint alors proclamer Jacqueline d'une voix forte qui ne souffrait aucun retard et d'un ton presque réjoui dans lequel un fin auditeur aurait pu déceler toute la fierté d'appartenir depuis quarante ans à une noble maison où les titres nobiliaires ont gardé un sens plus profond que celui de la simple courtoisie. Il y avait dans l'intention comme une volonté de marquer toute la noblesse de la fidélité ancillaire et, sans qu'elle ne s'en fût offusquée, la fière Jacqueline aurait pu tout aussi bien dire « not'maîtresse » en insistant sur le possessif, afin que chacun comprenne l'obligation quasi familiale qu'avait la comtesse à l'égard de son personnel de maison.

*

* *

Au déjeuner, on se serait cru à une réunion de conciliation chez le notaire.

Sous le regard médusé d'Églantine et de Charles-Théodore, qui avaient compris qu'il valait mieux laisser leurs parents s'arranger entre eux pour peu qu'ils puissent au plus vite monter à l'étage faire une sieste crapuleuse, Georges Buisson mena les débats comme une négociation d'affaires.

Les engrais Buisson tentaient une OPA sur les La Gâtinière en s'assurant, un à un, du soutien des participants. Il ne fut pas long à comprendre qu'un crédit ouvert chez Ungaro pour les essayages avant la noce dériderait les vieilles tantes fripées, qu'une toiture neuve changerait le regard peu amène de la comtesse douairière... Après avoir campé sur leurs positions de principe, aussi solides que les fondations de Bouvillers, les La Gâtinière ne purent réprimer un soupir de soulagement lorsque, pour emporter le marché, Buisson résuma les termes de l'accord d'un air victorieux :

— La seule chose que je vous demande pour le mariage, c'est votre fils et le château... le temps de la fête, seulement ! précisa-t-il dans un rire tonitruant. Mais, vous savez, cher comte, j'ai quelques idées pour votre château. Au lieu de louer vos terres aux paysans du coin, on pourrait en faire un golf, et la ferme, là-bas – dit-il en désignant une jolie bâtisse en ruine du XVIIe siècle qui avait miraculeusement échappé aux outrages du temps – ça ferait un superbe club-house. Quant aux anciennes écuries, il faudrait y installer une boutique car les gens raffolent de toutes ces babioles historiques ou ces soi-disant produits du terroir fabriqués au château.

Rongeant son frein, le comte de La Gâtinière le regardait d'un air narquois : décidément, Georges Buisson connaissait bien « ces gens » dont il parlait avec une once de mépris sans oser s'avouer qu'il en faisait partie.

Après le café, les deux familles s'étaient finalement séparées sur un accord qui satisfaisait tout le monde : l'héritier des La Gâtinière se marierait religieusement en la cathédrale de Chartres avant un banquet et un bal au château familial de Bouvillers et Georges Buisson paierait la note globale couvrant l'impression des faire-part, les frais de la cérémonie religieuse – « décoration florale comprise, avait cru bon de préciser le généreux père en décochant un clin d'œil goguenard à sa fille Églantine. Il n'y aura qu'à se servir dans mes pépinières ! » –, le vin d'honneur, la réception sous des grandes tentes dans les jardins de Bouvilliers, le ballet de limousines pour effectuer le trajet entre Chartres et le château, le train spécial pour convoyer ses invités parisiens, sans oublier la robe de mariée commandée chez Balenciaga, les toilettes des pages et demoiselles d'honneur, ajoutant, dans un geste qui se voulait princier, un montant forfaitaire pour habiller les membres des deux familles…

— C'est pas le jour pour compter à la dépense, hein ?, sourit-il en inscrivant une colonne de chiffres sur un petit bloc.

*

* *

Le seul point qui avait suscité quelques protestations polies était la question du nombre des invités.

Georges et Lucette Buisson avaient dressé sommairement une liste de leurs clients et fournisseurs les plus importants auxquels ils avaient ajouté des personnalités politiques en vue à Paris, des vedettes de la télé et du show-biz ainsi que des journalistes people, ce qui ne faisait pas moins de cinq cents personnes.

— Si je vous donne trois cents faire-part et deux cents couverts invités, ça devrait vous suffire, avait glissé Georges Buisson, oubliant un peu vite que les La Gâtinière recevaient chez eux, même si c'était avec son bel argent.

— Vous n'y pensez pas !, avait aussitôt répliqué la comtesse, Dans la famille La Gâtinière, nous sommes déjà pas moins de deux cents, tout autant chez les Beauvallon, sans parler de notre parentèle Mortemart, Luynes, Villeneuve, Larivière, Noailles, de tous nos amis du Jockey-Club, de ceux de l'ANF, des conseillers généraux et régionaux. Ah, j'allais oublier notre cousine Habsbourg, les camarades officiers de Charles-Théodore, nos voisins et tout le village de Bouvilliers, monsieur le curé, mademoiselle Jeanne la maîtresse d'école, le maire monsieur Pommardeau…

Quand Gersende de La Gâtinière était lancée, on ne pouvait plus l'arrêter. Elle semblait réciter le *Bottin mondain* et *l'Annuaire de la commune* en égrenant les noms des invités indispensables que son statut, à défaut de sa fortune, l'obligeait à convier aux noces de son fils aîné. Il fut convenu que les La Gâtinière disposeraient de cinq cents faire-part, étant entendu que plus de la moitié ne devrait donner droit qu'au vin d'honneur.

*

* *

Pierre n'avait jamais reçu pareil document. Ce n'était pas un faire-part de mariage, plutôt une brochure dorée sur tranche dont tous les feuillets en vélin avaient abondamment été gaufrés pour y faire apparaître non seulement les armoiries des La Gâtinière – il avait fallu de longues palabres pour convaincre Georges Buisson du ridicule de se créer un blason pour l'occasion, ni même de faire figurer le *B* fleuri de l'entreprise familiale – mais aussi les décorations et les titres de tous les membres des deux familles. Églantine n'avait pas réussi à faire entendre raison à son père, lequel s'obstina à faire graver, sous son nom, le dessin miniature du poireau, autrement dit son mérite agricole alors que Charles-André comte de La Gâtinière n'avait pas jugé indispensable, pour sa part, de préciser qu'il était chevalier de l'Ordre souverain de Malte.

Pierre apprécia le travail en professionnel : tout était organisé comme un voyage de presse avec programme minuté, étourdissante avalanche d'informations utiles comme les horaires du train spécial affrété, le plan du parking de voitures, l'emplacement de la piste d'atterrissage pour les hélicoptères, les accommodations pour le logement des invités et celui de leurs chauffeurs, les cartons, badges, coupe-files, et autres laisser-passer pour assister tour à tour à la messe, au vin d'honneur, au banquet et au bal avec les précieuses précisions des codes vestimentaires que les La Gâtinière n'avaient visiblement pas eu la possibilité de viser et de corriger.

Pierre émit un petit gloussement ironique en lisant la mention « smoking pour les hommes ». « Une faute de goût, pensa-t-il, il aurait mieux valu écrire *"black tie "* ou "cravate noire"... ».

En revanche, il avait singulièrement apprécié que l'invitation lui soit adressée pour deux personnes, même s'il s'attendait à ce qu'une assistante lui ait demandé au préalable le nom de l'« Escort Pierre Bonnard » afin de ne pas donner à Cassandra, qu'il s'était choisi comme cavalière, le sentiment humiliant d'être une pièce rapportée dont l'identité, le sexe ou la qualité ne seraient que subsidiaires.

Pierre espérait de tout cœur que Cassandra accepterait de l'accompagner : d'abord parce qu'à la rédaction elle était bien la seule fille de son âge à pouvoir porter une robe du soir sans qu'on lui demande si elle l'avait empruntée à sa mère, ensuite parce qu'elle saurait apprécier l'événement sans jeter un regard cynique et blasé comme cette intellectuelle de Patricia, et enfin parce que Cassandra demeurait un mystère qu'il entendait éclaircir. Il voulait mettre à profit ce week-end d'intimité pour l'observer et tenter de déterminer son rôle dans l'enquête qu'il poursuivait contre le corbeau mondain.

— Avec joie, Pierre !, s'était exclamée Cassandra, j'adore les Buisson, d'ailleurs j'ai été en cours avec

Azalée, leur deuxième fille. Tu savais qu'elle avait eu un enfant hors mariage avec un adjoint de son père ? La petite s'appelle Pétula, non Pétunia, ils ont tous un nom de fleur dans cette famille, et c'est une des demoiselles d'honneur. Oh, merci, c'est vraiment super, je suis sûre qu'il y aura tous les grands patrons du CAC 40, la moitié du gouvernement et tout ce qui compte dans les affaires, sans oublier mon chéri, Nicolas Ghesquière, pour vérifier les détails de la robe car je sais que c'est Balenciaga qui a remporté le gros lot…

Pierre se demanda soudain à quel moment son corbeau, car il devait forcément être de la partie, se manifesterait à lui et de quelle étrange manière.

*

* *

Dès le début de la cérémonie nuptiale en la cathédrale de Chartres, Pierre nota que la messe était dite : l'archevêque, dans son homélie, fit le panégyrique des La Gâtinière, rendit grâce à cette « famille chrétienne fidèle depuis des siècles à l'enseignement de notre Sainte Mère l'Église », vanta les mérites de leurs traditions et chanta les louanges d'une noblesse au service du pays. Il avait visiblement fait l'impasse sur les Buisson, sans que l'on puisse dire vraiment si cela lui déplaisait alors qu'il fixait, au premier rang, les ministres de la République qui s'étaient précipités à la noce mais dont le regard cherchait leur montre avec insistance.

« Un point partout », songea Pierre lors de la quête, quand il vit Georges Buisson faire tomber ostensiblement un billet de deux cents euros alors que dans les rangs de la noblesse résonnait un bruit de pièces jaunes qui n'aurait pas déplu à Mme Chirac.

Instinctivement, l'assistance s'était placée par affinités et la distinction était flagrante entre la noblesse et le tiers-état. Cela frisait la caricature. D'un côté les vieilles jaquettes usées, de l'autre les habits de location ou les costumes-cravates. Les deux mondes se côtoyaient pour une heureuse circonstance, mais ne se parlaient pas.

Pierre, tout en écoutant d'une oreille attendrie les vœux des conjoints en prenant frénétiquement des notes sur son calepin, admirait le spectacle d'une noblesse impécunieuse mais dont il aimait le panache et les couleurs éclatantes du crépuscule. Il sentait bien que Cassandra, à l'inverse, était plus sensible à l'arrogance dispendieuse des nouveaux riches, plus pour leur liberté de ton et d'action que pour l'étalage clinquant de leur apparence.

*

* *

Sur le parvis de la cathédrale, les camarades officiers de Charles-Théodore firent aux mariés une haie d'honneur, sabres au clair, tandis que les parents rejoignirent leurs rejetons en bas des marches afin de poser pour une photo de famille.

— Venez donc sur la photo, monsieur le ministre, s'époumonait Georges Buisson, c'est pour le photographe de *Paris-Match*, il paraît qu'ils vont publier un grand reportage.

Les membres du gouvernement présents essayaient de se faire les plus discrets possible, même s'ils avaient compris que cette invitation au mariage leur coûterait cher. Il fallait les entendre tous expliquer aux journalistes empressés la raison de leur présence.

— C'est un grand contributeur national et l'un des hommes qui a créé le plus d'emplois dans le secteur vert, tenta habilement le ministre de l'Économie et des Finances.

— Il a largement financé notre programme de sauvegarde des monuments ruraux de la Beauce, renchérit son homologue de la Culture tandis que le ministre de l'Agriculture s'enflammait devant les caméras et les micros pour défendre la place de la France sur le marché mondial des fleurs où les « Buisson sont ardents ».

Côté La Gâtinière et Beauvallon, la vraie difficulté consistait à réussir baisemains et embrassades sans mettre en péril le port des capelines. L'occasion était trop belle et chacun en profitait pour mettre à jour dans la mémoire familiale des liens généalogiques compliqués dont eux seuls semblaient connaître les détours.

*
* *

Au vin d'honneur, Pierre et Cassandra découvrirent avec stupeur que les Buisson ne connaissaient pas le tiers de leurs invités.

— Tous mes compliments, bravo pour cet éclatant mariage, se précipita le P-DG de Belgosol en serrant chaleureusement les mains de Georges et Lucette Buisson.

— Vous êtes sans doute parents de Charles-Théodore, avancèrent-ils prudemment sans avoir jamais rencontré l'homme d'affaires belge qui venait de racheter le principal concurrent de Botanistar.

À tous ceux qui voulurent féliciter le père d'Églantine pour la réussite du mariage, il protestait humblement :

— Vous savez, nous avons voulu respecter le vœu de nos enfants et organiser un mariage en toute simplicité, sans chichis…

*

* *

— Ils ont dû se creuser la cervelle pour imaginer ce que signifiait la simplicité, murmura Pierre à Cassandra en voyant arriver les mariés en calèche paysanne remise en état et tirée par des chevaux de trait que les Buisson avaient naturellement préférée à la Rolls Royce Phantom IV qu'ils utilisaient ordinairement à Paris.

— Ils ont voulu faire tellement simple que tout devient compliqué, reconnut Cassandra en arrivant sous la tente où étaient dressés les buffets dans les jardins de Bouvilliers.

Pour coller à son image furieusement écolo, Georges Buisson avait pensé que seules des fleurs champêtres devraient agrémenter des buffets sur lesquels des plats en argent présentaient des mets campagnards, des produits du terroir…

— Heureusement que les Buisson ne sont pas alsaciens, vint se moquer gentiment Renaud Castéja, qui bien sûr avait été invité par Gersende de La Gâtinière en vieil ami de la famille, à l'oreille de Pierre. Pour un peu, ils nous auraient servi de la choucroute garnie en plein mois de juin !

*

* *

— Goûtez donc mon pâté, vous m'en direz des nouvelles, insista Georges Buisson en s'approchant du petit groupe que formaient Cassandra, Pierre et Renaud Castéja, lesquels durent réprimer une grimace pour se servir d'une tranche de foie gras fin aux truffes dans son pot à terrine. Cassandra, qui se réjouissait de retrouver le gratin des affaires, dut déchanter en observant son comportement.

— Le meilleur est à l'intérieur, sous la croûte, s'amusa Pierre alors que sous leurs yeux, à quelques mètres des tables, de nombreux invités – qui ne savaient pas très bien pourquoi ils étaient là mais qui en aucun cas n'auraient pu imaginer ne pas être de la partie pour, au choix, faire plaisir à leur épouse, défendre leur réputation ou leurs intérêts économiques, et entamer des négociations avec leurs semblables – avaient l'oreille collée à leur téléphone portable.

Les uns fixaient avec leur secrétaire les rendez-vous de la semaine à venir, d'autres profitaient de ce « temps mort » pour communiquer avec leurs enfants, mais Cassandra en entendit un, clairement, appeler sa maîtresse :

— Mais non, je t'ai dit que j'étais coincé ce week-end par un mariage à la con. Je te promets, mon petit poussin, que je serai avec toi tout le week-end prochain…

*

* *

Dans un salon du château, quelques amis d'Églantine Buisson, qu'elle avait connus à l'École des Roches avant qu'ils ne réussissent l'exploit de s'en faire expulser, s'étaient installés autour d'une table bouillotte transformée en tripot pour jouer au poker, indifférents à la fête qui battait son plein autour d'eux.

Pierre croyait avoir reconnu trois « fils à papa » dont l'un semblait être un Niarchos et une autre « pauvre petite fille riche », sans doute l'héritière de l'empire du BTP américain Carolina Hutchinson, lesquels, dans l'existence, ne s'étaient donné que la peine de naître. Depuis leur enfance dorée, ils traînaient d'institutions scolaires en conseils d'administration familiaux leur éternel vague à l'âme qu'ils trompaient avec de l'alcool et de la drogue. Incapables seulement d'exercer un métier, ils ne savaient que dépenser l'argent qu'ils n'avaient pas gagné mais qui occupait toutes leurs discussions : entre deux parties, ils fulminaient contre les Trustees que leurs géniteurs avaient mis en place pour gérer leurs millions d'argent de poche et encadrer des jeunes héritiers d'autant plus dangereux et prétentieux qu'ils n'étaient bons à rien.

— Si je dépense moins de dix mille euros en fringues par mois, je fais des économies, mais dès qu'il s'agit de mes voyages je sens qu'on me refrène !, se plaignait la jeune femme dont on disait qu'elle avait tenté de se suicider parce que le Trust Hutchinson s'était avisé que six week-ends mensuels en jet privé, cela dépassait la mesure autant que le vraisemblable.

— Moi, c'est pire !, renchérit l'héritier de l'armateur grec. Les Trustees me mettent systématiquement des bâtons dans les roues. Ils m'empêchent de vivre ma vie. Ils m'ont interdit d'acheter la nouvelle Aston Martin, sous prétexte que j'ai déjà douze voitures de luxe, et ils sont en train d'éplucher mes comptes pour voir s'ils peuvent m'autoriser à acheter la villa voisine de la mienne à Saint-Tropez. Les gens n'imaginent même pas l'enfer que je vis !

— C'est vrai, songeait Pierre en leur jetant une oreille distraite, quand on pense que la quasi-totalité des gens cherche un moyen de gagner leur vie, ce doit être cruel de trimer pour le dilapider.

Pour échapper à « cet enfer », ces bouches oisives s'étourdissaient donc dans les fêtes et les paradis artificiels…

*

* *

Tout aussi éloignée des buffets, sans doute parce que leur éducation leur avait enseigné la bienséance de ne pas se précipiter sur la nourriture même quand la faim vous tenaille, la famille de Charles-Théodore continuait de mettre à jour ses fiches d'état civil et de faire le point sur les derniers événements survenus dans la nombreuse parentèle.

La conversation, ennuyeuse pour qui n'était pas concerné, roulait sur les mariages, naissances, baptêmes, couches-culottes, sans oublier les difficultés de trouver des nounous dignes de ce nom et les sacrifices consentis pour entretenir des maisons prenant l'eau de toutes parts.

Le jeune attaché militaire de l'ambassade d'Allemagne, le lieutenant Archibald von Kalberkopf, tenait aimablement compagnie à Charlotte de La Gâtinière lorsque le vicomte Paul-François Blachy de Monrepos s'approcha avec un frêle vieillard décharné qu'il présenta comme le comte René de Rimonval dont on se demandait au premier coup d'œil s'il n'avait pas trouvé son titre dans une pochette-surprise. Ses manières onctueuses devenaient caressantes en présence d'un uniforme dès lors qu'il était masculin.

— Qui êtes-vous, jeune homme ?, demanda-t-il d'une voix chevrotante au jeune officier allemand.

Lorsque ce dernier eut fini de décliner son identité, son titre et ses états de service dans la Wehrmacht, le vieux comte eut un éclat dans le regard :

— Oh, je ne vous connaissais pas, jeune homme, en d'autres temps je les connaissais tous…

Devant le silence gêné que cette remarque provoqua, il crut bon d'ajouter que sa collaboration avec les uniformes allemands n'avait été que « passive et esthétique », en d'autres termes qu'il avait assuré le repos des guerriers.

*

* *

Alors qu'il se lançait dans une déclaration d'amour passionnée pour les colonels grecs, justifiant l'odieuse dictature qui régna à Athènes jusqu'en 1973, Pierre et Cassandra décidèrent d'un bref regard de s'éloigner. Polémiquer avec un vieil homme perdu dans ses rêves chimériques n'aurait servi à rien d'autant que, Pierre l'avait compris au fil des derniers mois parfois à ses dépens, le regard mondain ne juge jamais le fond du débat mais condamne à coup sûr celui qui a le malheur de le soulever en sortant des convenances et d'une platitude de bon aloi qui ne dérange pas les apparences et un état social bien établi.

— Le plus difficile, quand on rampe à plat ventre, c'est de se hisser à la hauteur de son nom, fût-il hérité de l'Histoire ou inventé.

La flèche venait d'être décochée dans un joli sourire par Cassandra opérant dans le même temps une volte-face, se saisissant du bras de Pierre pour une sortie de scène qui le laissa béat d'admiration.

*

* *

Quand ils se furent éloignés, ils éclatèrent d'un rire libérateur. Ils se trouvaient entre deux mondes, deux univers inconnus l'un pour l'autre, séparés plus par l'ignorance mutuelle que par la haine. Le spectacle risible de deux France : l'une figurant un monde racorni et replié sur son passé glorieux, l'autre aux dents longues, décidée à lui voler ses positions historiques, singeant même la première parce que voulant substituer son ambition dévorante à un héritage patiné par le temps, mais ne réussissant qu'à en copier l'apparence trompeuse par un snobisme confinant au ridicule. Quelque chose de mystérieux et de naturel à la fois venait de rapprocher Cassandra et Pierre.

Ils aperçurent les mariés Églantine et Charles-Théodore, indifférents au jeu social des huit cents invités qui les entouraient, amoureusement enlacés sur la piste de danse. Ils les rejoignirent d'un pas décidé, comme les voyageurs se dirigeant dans l'obscurité vers un point de lumière. Pierre serra Cassandra dans ses bras. Elle lui paraissait si douce, si légère. Étaient-ce les quelques coupes de champagne qu'il avait bues ou son parfum fruité qui l'étourdissaient ? Un sentiment nouveau l'envahissait. Il se surprit à éprouver un bien-être inédit. Cassandra posa sa tête sur son épaule tandis que l'orchestre entamait *My Way* sur un rythme lent. Pierre sourit. Cassandra avait chassé ses idées noires et même le corbeau semblait avoir reculé devant la naissance de l'amour. Pas un message, pas une lettre. Pourtant, ce mariage, il le savait, resterait à jamais gravé dans sa mémoire.

Chapitre 8

Le directeur du *Journal* avait convoqué Pierre dans son bureau. Généralement, ce genre d'invitation chez le big boss n'était pas de très bon augure et laissait supposer une doléance d'un annonceur passablement agacé par le manque de considération de la rubrique « À la ville, à la scène » pour les soirées auxquelles Pierre avait été convié. En son for intérieur, le chroniqueur se disait qu'il avait pourtant bien couvert le mariage Buisson – ce qui signifiait qu'il avait gardé pour lui la curieuse et désagréable impression de participer à une singerie ridicule qui l'obligerait à écrire une sorte de publi-reportage – et préservé habilement les intérêts du groupe Botanistar qui, pour faire bonne mesure, avait décidé de réaliser un prospectus publicitaire encarté dans le numéro de la mi-août.

Jean-Jacques Bombon était au téléphone lorsque Pierre entra dans son immense bureau, seulement décoré de « Unes » encadrées tandis que des piles de livres dédicacés, mais peu susceptibles d'être lus, constituaient un rempart derrière lequel semblait se retrancher le directeur.

— Ah, Pierre, je voulais vous voir de toute urgence. J'ai une question pour vous : que faites-vous en août ? Vous comptez prendre des vacances ?

— C'est-à-dire que, oui. En fait, j'envisageais de partir chez mes parents à Niort quelques jours avant d'aller deux semaines en Turquie où des amis, que je dois retrouver à Bodrum, ont loué un caïque, commençait à expliquer Pierre sans trop savoir s'il devait laisser une porte entrouverte dans un programme estival aussi chargé qu'imprécis.

— Bon, tout cela est très bien, mais j'aimerais vous confier une mission. Nous devons vendre nos numéros d'été là où sont nos lecteurs, sur la plage. Il nous faut être plus présents sur le terrain des fêtes estivales. C'est pourquoi j'ai pensé à vous pour assurer tout le mois d'août le suivi des grandes soirées : allez à Saint-Tropez et faites-vous inviter partout, je veux du potin, des gossips, et n'hésitez pas à vous lâcher un peu, il me faut aussi des histoires de cul, ça plaît aux gens de savoir qui couche avec qui l'été. Et puis, vous ne serez pas très loin de Monaco pour aller couvrir le gala de la Croix-Rouge..., ajouta-t-il, sachant que la perspective d'une soirée glamour en Principauté ferait passer la pilule des mondanités tropéziennes.

— De plus, tout est arrangé avec votre tante Jeanne-Marie Beaujet-Suchard qui est ravie de vous accueillir chez elle à Saint-Tropez ; vous ne trouverez pas de meilleur guide pour vous introduire dans toutes les fêtes où il faut être. Je vous avouerai que Saint-Tropez, ce n'est pas trop mon truc. Les gens sont tellement vulgaires, des « m'as-tu vu » insupportables... Personnellement, je préfère les eaux calmes du Pyla et ses habitués à cette faune qui vient voir ou être vue. Non, vraiment, j'ai du mal à comprendre l'attrait et la fascination qu'exerce encore ce petit port de pêche transformé en capitale de la jet-set. Enfin, pour vous c'est différent : vous vous devez à vos lecteurs !

Muni d'un tel viatique, il ne restait à Pierre qu'à acquiescer et à accepter l'offre qui lui était faite avec un enthousiasme seulement nuancé par la perspective d'annuler son voyage en Turquie et parce qu'il ne voulait pas paraître céder aux caprices d'un patron de mèche avec sa propre famille.

*
* *

Quelques jours plus tard, Pierre partait pour Saint-Tropez, à la grande joie de sa tante Jeanne-Marie qui veillait jalousement sur la carrière prometteuse de son neveu non sans l'arrière-pensée, somme toute légitime pour une ancienne reine de beauté, de récolter un peu de cette lumière qui éclaire toujours les chroniqueurs mondains, tant il est vrai que les maîtresses de maison aiment à inviter à leur table, parmi les ingrédients qui relèvent la sauce, un diplomate (signe d'ouverture internationale), une star du show-biz (excellent pour émoustiller les convives), un philosophe (histoire de donner du fond à la conversation) et un journaliste.

— N'oublie jamais, lui avait expliqué Jeanne, qu'on attend de toi non seulement un compte-rendu élogieux de la soirée, mais aussi d'y amuser la galerie avec les derniers potins en prenant soin d'égratigner élégamment et gentiment les hôtesses concurrentes pour qu'elles craignent qu'ensuite tu fasses de même le lendemain sur leur compte.

Lucide sur sa tante, Pierre savait pertinemment que Jeanne-Marie Beaujet-Suchard appartenait à la catégorie très répandue des mondaines honteuses. Ces femmes qui vous assurent avec des accents de sincérité qu'elles n'aiment rien d'autre que la vie de famille loin des feux de la rampe, qu'elles goûtent par-dessus tout le charme authentique des villages reculés où il n'y a rien d'autre à faire que des activités sportives, et qu'elles détestent sortir le soir, s'habiller et fréquenter leurs semblables. Dans le même temps, elles courent l'hiver à Gstaad sans jamais chausser une paire de skis et choisissent Saint-Tropez parmi tous les villages préservés de France où nul ne vous reprochera de ne jamais vous tremper dans la mer !

*

* *

La veille du départ, Pierre avait dîné en tête à tête avec Cassandra et avait ressenti un vrai pincement au cœur au moment de prendre congé.

Le sourire moqueur de Cassandra était devenu plus tendre au fur et à mesure qu'elle apprenait à connaître Pierre ; elle trouvait d'autant plus touchant son intérêt sincère pour l'écriture de sa chronique mondaine qu'il prenait chaque jour davantage de recul et n'était plus vraiment dupe du jeu social dont il dessinait les aimables parties.

— Je connais bien ta tante : elle feint d'être accablée de devoir tenir un long mois à Saint-Tropez. Ce serait pour elle honteux de ne pas y être, mais elle serait tout autant gênée d'avouer qu'elle y prend plaisir, lui avait-elle lancé, en fine observatrice désabusée des *Desperate Houseviwes* françaises.

*

* *

De fait, quand Jeanne-Marie avait appelé Pierre pour l'inviter à Saint-Tropez, elle lui avait tenu ce langage :

— Tu sais, nous, c'est différent. Nous avons loué une ravissante maison avec piscine dans les Parcs de Saint-Tropez, loin de la foule, et nous vivons retirés des autres. D'ailleurs, c'est bien simple, je ne vois personne, pas même les Arnault, les Pinault, les Arpels, les Seydoux et les Bolloré qui sont pourtant nos voisins : je fais mon marché tôt le matin et je ne sors pas de la villa le reste de la journée.

Pierre avait manqué lui demander pourquoi, dans ces circonstances, avoir loué à Saint-Tropez une maison à vingt mille euros la semaine. C'était tellement plus simple de louer un château isolé dans la Creuse…

« Au cas où… », Jeanne-Marie avait emporté dans la petite valise Vuitton qui lui servait de bureau portatif le dossier-chemise « Saint-Tropez », d'un joli bleu profond qu'elle rangeait, à Paris, avec ses semblables de couleurs différentes, portant les mentions « Deauville », « Biarritz », « Megève », « Monaco », « Gstaad », « Genève », « Bruxelles », « Portofino », « Porto Cervo », « Palma de Majorque »… Elle avait également ouvert des succursales intitulées « Londres », « New York », « Miami », « Los Angeles », et « Luberon » dans lesquels elle consignait avec un soin méticuleux les noms, adresses et numéros de téléphone des gens à fréquenter. Elle aurait pu tout aussi aisément les publier sous forme de « guide du jet-setteur mondain » tant elle avait l'art d'y consigner les adresses utiles des boutiques et des restaurants à la mode après en avoir copié les références dans ses lectures de magazines féminins.

— Je n'aime pas être prise au dépourvu, avait-elle souri à Pierre qui s'était moqué de sa curieuse manie. J'aurais trop peur d'oublier quelqu'un lors de la soirée que j'organise chaque année pour la fête de Marie, tu sais, ma soirée immaculée…

*

* *

À peine Pierre avait-il posé le pied dans l'ancienne cité du baron de Suffren qu'il lui fallut subir le premier supplice : la tournée des maisons pour prendre un verre de bienvenue, sorte de *sightseeing tour* hollywoodien pour que chacun puisse dresser un état des lieux.

La grande amie de sa tante, Monique Tatchvili, fournit à Pierre le plan précis de l'occupation des sols avec une rigueur que pouvaient lui envier les guides de Beverly Hills obligés de tenir à jour les déménagements des stars de cinéma... À qui voulait l'entendre, Monique disait qu'elle habitait le château de Saint-Tropez, dans les Parcs, ce qui n'était pas tout à fait faux puisqu'elle en occupait un étage... en copropriété. Pour Monique, il n'y avait pas vraiment de hiérarchie entre les propriétaires de villas et ceux, tout aussi riches ou connus, qui les louaient.

« Là, sur la plage, il y a la maison de Caroline Cellier », expliquait-elle avant de donner la liste exhaustive des dix derniers locataires, avant de les passer toutes en revue, insistant sur les noms les plus ronflants. Avec son accent russe – « géorgien » avait-elle cru bon de corriger – Monique Tatchvili égrenait, d'un air savamment détaché où perçaient cependant autant de la satisfaction qu'une pointe d'accablement, la liste des amis qu'elle avait conviés pour l'été. Elle commençait mezzo voce par les membres de sa famille – « nous sommes si unis » voulut-elle préciser – avant de lâcher le nom d'une grosse pointure susceptible de retenir l'intérêt tout en restant vague ; « Claudia Cardinale doit venir se reposer quelques jours, mais elle tarde vraiment à me donner ses dates ! ». Elle se plaisait visiblement à jouer les hôtesses débordées, et à faire partager à l'auditoire les affres d'une aubergiste perdue dans ses plannings. Pierre allait abonder dans son sens quand le téléphone sonna.

*

* *

— Ah, c'est toi, ma chérie !, hurla-t-elle dans son téléphone portable sans que l'on sache si elle voulait que chacun puisse entendre ou si la liaison était réellement mauvaise. Je suis ravie que tu viennes à la maison. Ne t'inquiète de rien, je t'envoie un hélicoptère te chercher à Monaco. Mais non, je t'assure, il n'y a aucun problème, ma chérie.

Monique avait le sourire jusqu'aux oreilles lorsqu'elle raccrocha.

— C'était Fanny… Fanny Ardant, lâcha-t-elle après un temps pour marquer un suspens. Elle s'installe à la maison le temps du Festival de Ramatuelle où Jean-Claude Brialy l'a invitée à jouer sa pièce de Duras.

Il était comique de voir la truculente Monique organiser le voyage VIP de ses amies après avoir négocié pour elle-même et ses quatre enfants les meilleurs tarifs aériens sur Internet et loué un minivan afin d'acheminer tout le monde depuis l'aéroport de Toulon.

— Que ne ferait-on pas pour une amie si chère ? sourit-elle en faisant tous les efforts du monde pour cacher combien sa radinerie souffrait de l'épithète « chère ».

Monique appartenait à ces êtres vivants et débordants d'énergie qui ne supportaient pas la solitude et qui, comme les plantes sans soleil, retrouvaient force et vitalité dans la lumière et le contact d'autrui. Son appartement tropézien – comme, du reste, celui haussmannien de Paris – était tout entier dédié à la réception et jamais elle n'aurait imaginé y aménager des petits espaces de tranquillité pour y réfléchir ou méditer sur le sens caché de sa vie.

Pierre remarqua qu'elle n'arrêtait jamais de parler, comme si le silence était pour elle une sorte de chape plus pesante que la mort. Monique venait d'entamer la vieille antienne de la nostalgie, refrain bien connu des pionniers affligés d'avoir été suivis par d'autres estivants :

— Il fut un temps, que vous êtes trop jeune pour avoir connu, où Saint-Tropez était le paradis sur terre, un endroit de rêve, sans aucun de ces touristes vulgaires qui s'agglutinent au camping. Ah, je regrette l'époque bénie où Françoise Sagan et Georges Pompidou devisaient avec tous leurs amis peintres sur la terrasse, alors peu fréquentée, de l'hôtel de la Ponche. Moi, personnellement, je trouve que Brigitte Bardot a raison de fulminer contre ces hordes de barbares qui défigurent notre joli port de pêche…

En lui-même, Pierre songeait qu'il aurait suffi de ne pas les y attirer. Les vagues de *Et Dieu créa la femme* et la série du *Gendarme de Saint-Tropez* avaient installé durablement la célébrité du village, y drainant dans le sillage des artistes, d'abord leurs riches mécènes, les stars de cinéma et du show-biz comme Johnny Hallyday à la Lorada, puis par strates successives et décroissantes, les patrons, les mondains, les fournisseurs – elle mettait dans le même sac les couturiers, les décorateurs et les coiffeurs devenus plus stars que leurs clientes –, les organisateurs de fête avec leur cortège de petites célébrités, enfin en queue de peloton, les nouveaux riches, russes pour la plupart, et toute une faune de célibataires (appartenant souvent à la communauté gay) appâtés autant par la concentration maximale de *Rich and Famous* au mètre carré que par la trépidante vie nocturne…

— Voilà comment notre paradis est devenu un enfer, conclut Monique qui n'aurait malgré tout, pour rien au monde, renoncé à cette folie tropézienne.

*

* *

Les deux premiers jours, tante Jeanne-Marie avait dit vrai ; elle ne sortit pas de chez elle.

Il faut dire qu'elle était suspendue au téléphone à sonner le rappel de ses amies. Le combiné d'une main, le crayon à papier de l'autre, elle organisait le planning des vacances comme autant de rendez-vous qu'elle consignait sur le grand agenda ouvert devant elle. Elle avait établi un subtil échelonnement de ses appels.

Elle avait d'abord contacté la veuve d'un grand éditeur parisien, Charlotte Ellimuche, dont la conversation était une purge qui permettait de trouver ensuite toutes les autres divertissantes. Charlotte, l'ennui fait femme mais qui se piquait d'être un esprit fin dont elle aurait hérité avec le douaire, et dont la richesse n'avait d'égale que sa laideur lui attirant tous les vieux beaux sur le retour mais authentiques gigolos, était aussi efficace qu'une agence de renseignements. Pas une fête, pas une soirée mondaine n'aurait été organisée à Saint-Tropez sans qu'elle en fût au moins informée, au mieux conviée.

— Bon, résumons-nous, ma chérie. Samedi, tu fais donc ta soirée orange (le blanc étant déjà pris par Eddie Barclay et son successeur le restaurateur Christophe Leroy, elle s'était rabattue sur le orange, couleur des couvertures de livres qu'éditait son défunt mari) sur la baie de Canoubiers ; jeudi, nous dînons chez le chirurgien esthétique, ce bon docteur Mirlac ; et demain nous allons prendre un *drink* sur le bateau du baron belge Van de Groete sur le port…

Jeanne-Marie inscrivit ensuite en pointillé toutes les fêtes chic dont Charlotte lui avait parlé, l'étape suivante consistant à appeler les bonnes personnes pour s'y faire inviter. Les espaces vierges dans l'agenda ne le resteraient pas longtemps après que Jeanne-Marie aurait contacté ses meilleures copines en bouche-trou…

« Quel boulot ! » pensait Pierre en voyant sa tante s'activer à remplir son planning, elle aussi prise par l'angoisse du vide dont rêverait pourtant son mari, Georges, épuisé par une année de dur labeur.

*
* *

À Saint-Tropez, on court en maillot de bain ou tenue légère les mondanités qu'on a manquées à Paris, en costume de ville !

— C'est ma liste de Schindler, avait coutume de dire de son côté Monique Tatchvili en exhibant fièrement son carnet tropézien, non en référence au sauveur de la dernière guerre mais au constructeur d'ascenseurs. Je profite de mon été pour rendre les invitations, solder les petits services qu'on me rend dans l'année et, surtout, me lier d'amitié avec des gens très utiles à connaître…

Monique avait en effet le flair pour dénicher les gros poissons au bord de la Méditerrannée. Même son mari Raymond prétendait qu'« à moins d'un million d'euros de revenus, elle ne prend pas la peine de sourire à son interlocuteur. Sauf s'il est connu, bien sûr, à commencer par les vedettes du petit écran… ».

*
* *

La première des soirées auxquelles Pierre participa se déroulait sur le pont arrière de l'élégant yacht le *Lady L.* – sans qu'on sache vraiment si son propriétaire, le baron Fraans van de Groete, l'avait baptisé du nom d'une de ses innombrables conquêtes féminines ou s'il faisait une référence littéraire à l'œuvre de Romain Gary – amarré sur le port de Saint-Tropez, stratégiquement situé face à la brasserie Sénéquier, là où il y a le maximum de passage.

Chacun, sur le port, s'amusait de le voir sacrifier ses journées en mer pour être avant 15 h 30 devant la capitainerie afin de s'assurer de son emplacement privilégié. Il aurait considéré comme un naufrage mondain de devoir amarrer son yacht en bout de quai, devant le Papagayo, ou, au pire, de se voir refuser l'entrée du port et dérouter vers celui de Sainte-Maxime avec vue plongeante sur les baraques à frites.

De fait, tandis que Fraans van de Groete accueillait ses invités, une superbe bimbo blonde accrochée à son cou, la foule des touristes continuait à déambuler sur le quai, s'arrêtant longuement devant le *Lady L.* pour bien lorgner les joyeuses agapes qui se déroulaient à bord. Il y avait un contraste saisissant entre le look apprêté que l'on aurait pu qualifier de faussement décontracté et la foule en short et tongs immortalisant la scène au pied du bateau avec des appareils photo numériques ou des téléphones portables.

De son côté, le baron belge ne faisait rien pour passer inaperçu et feignait de s'étonner de voir le public agglutiné devant son yacht tandis qu'il montait le son de sa sono, et faisait sauter les bouchons de champagne avec de grands cris enthousiastes.

— C'est drôle, vous ne trouvez pas, de voir tous ces gens nous regarder manger ?, s'amusait-il. Pour un peu, ils nous jetteraient des cacahuètes !

— Ils sont au zoo, ils viennent voir les espèces protégées, en voie d'extinction, répondit, du tac au tac, un de ses amis agent de change, Bertrand d'Alban.

Lequel avait été tellement refait par le docteur Mirlac qu'il méritait à lui seul de figurer dans un recueil de curiosités. Implants capillaires, allègement des paupières, réduction des rides, lifting, doublement des lèvres… il s'était résolu, semble-t-il, à tout miser sur son physique tant sa bêtise était flagrante. Les mauvaises langues le comparaient à la chanteuse Cher, qui elle-même n'avait plus rien d'origine.

— Oh, je ne t'avais pas reconnu !, gaffa Jeanne-Marie Beaujet-Suchard avant de glisser à Pierre, *mezzo voce* : comment ose-t-on appeler encore cela de la chirurgie esthétique ? J'appellerais plutôt cela de la chirurgie défigurante !

Chevalier servant des douairières liftées qu'il tentait d'imiter, on l'avait surnommé « le Silicon valet ».

*

*   *

Déjà Charlotte Ellimuche approchait, en faisant de grands gestes ridicules, de peur de passer inaperçue.

— Ah, vous voilà enfin ! Je vous ai manquée, non ? Vous avez vu l'article qui m'est consacré dans *Gala* de la semaine dernière ?

Ses questions, comme ses réponses, étaient centrées sur elle. Quand elle avait tenu la conversation une heure durant sur ses problèmes domestiques, la vie infernale à Saint-Tropez ou le travail que requérait le prix littéraire au nom de son défunt mari, elle concluait invariablement : « Bon, assez parlé de moi ! Vous avez lu mon dernier livre, je me suis battue comme une folle pour que le nouveau directeur des éditions Ellimuche le publie ? Après tout, j'ai encore 28 % des actions ! ». C'était assommant. Charlotte ratiocinait sans se douter une seconde que tout journaliste bien informé savait que les héritiers de feu son mari achetaient son silence et son éloignement des affaires en publiant la prose de ses protégés…

*

*   *

Pierre se détourna d'elle pour échanger quelques politesses avec le docteur Mirlac qui semblait toujours vous regarder avec un bistouri dans l'œil. Il exhibait fièrement son épouse comme la plus belle réussite chirurgicale de sa carrière, même si les yeux de l'amour feignaient d'ignorer combien l'édifice, déjà ancien et sans cesse ravalé, s'effritait. La plupart des dames d'un certain âge le saluaient avec la déférence qui sied envers celui qui connaît tous leurs petits secrets de fabrication et elles lui manifestaient d'autant plus de soins attentifs qu'elles en avaient reçus dans sa clinique. Dame Frances Dunlop cachait ses cicatrices sous des rivières de pierreries et Pierre l'entendit confier son « petit truc » à Cynthia Sinclair, suspendue malgré ses soixante-quinze ans sur dix centimètres de talons :

— En toutes circonstances, je porte des pendants d'oreilles en rubis. Tant que l'œil est attiré par les bijoux, personne ne regarde les attaches.

*

* *

S'isolant à l'avant du bateau, la comtesse de Santo-Balaguer, une Brésilienne richissime de Sao Paulo, hurlait dans son téléphone portable des ordres à son employée de maison qui, visiblement, l'entendait mal :

— Anna, s'il vous plaît, vous faites dîner les petits, vous les emmenez faire leurs petits besoins et vous les mettez au lit. Dans notre chambre, bien sûr ! Et allongez-vous sur notre lit en attendant qu'ils s'endorment. Comment dites-vous ? Ils se mordent ? Séparez-les tout de suite ! Maintenant ils se lèchent ? Ah, c'est trop mignon, ils me manquent tant…

Chaque fois que Marella et Ricardo de Santo-Balaguer devaient sortir le soir, ils vivaient comme un drame de laisser à la maison Jacky et Charlie, leurs deux pékinois qu'ils appelaient, sans rire, « les enfants ». Lorsqu'ils rentraient au Brésil, ils ne pouvaient faire autrement qu'utiliser un jet privé, afin d'éviter à leurs deux « petits » de voyager enfermés dans des sacs, même si ceux-ci avaient été commandés chez Goyard en toile enduite, chacun garni d'un chatouch confortable. Quand elle se commandait une rivière de diamants chez Stern ou une parure de saphirs chez Van Cleef, Marella faisait faire immédiatement au Gem Palace à Jaïpur la même en miniature pour ses chiens. À Saint-Tropez, la comtesse de Santo-Balaguer organisait même chaque été une « dog-party », véritable goûter d'enfants gâtés à quatre pattes.

Étrangement, les chiens invités reproduisaient les comportements de leurs maîtres ; règlements de comptes pour les uns, jeux de séduction pour d'autres qui pouvaient déraper en de terribles et dangereuses liaisons, comme lorsque le jack russell de Charlotte Ellimuche avait sauvagement pris d'assaut la chienne carlin d'Esther Darfan. Cette dernière eut quelques difficultés ensuite à placer les trois petits chiots bâtards dans des maisons amies, non tant en raison de cette mésalliance mais parce que les âmes charitables voulaient éviter tout sujet de controverse avec celle que l'on surnommait « la veuve infernale ».

*

* *

La compagnie d'Esther Darfan était, en revanche, des plus recherchées.

Surtout par les hommes, à l'exception du sien, certains oubliant dans l'instant leur situation matrimoniale. Quand elle lançait une invitation dans son immense propriété de Ramatuelle, les femmes se mettaient en ordre de bataille pour surveiller leur mari. À sa décharge, Esther Darfan avait épousé un homme de vingt ans son aîné, mais puissant et riche, qui s'était bâti lui-même sa fortune en exploitant une petite affaire de papier dans les Landes qu'il avait habilement su faire fructifier. À la tête d'une colossale fortune, il avait fini par vendre son entreprise florissante et plier bagage pour s'installer à Genève, parmi la petite communauté d'exilés fiscaux.

Esther Darfan profita de la petite sauterie sur le yacht de Fraans Van de Groete pour lancer ses invitations au dîner qu'elle projetait d'organiser vendredi soir, en prenant soin de préciser :

— Ce sera en toute simplicité et en petit comité.

Ce que Jeanne-Marie Beaujet-Suchard traduisit à l'intention de son neveu :

— Nous ne serons pas moins de cent personnes pour un souper assis et placé autour des trois piscines servi par ses dix-huit maîtres d'hôtel et femmes de chambre.

*

* *

Pierre était impatient de découvrir l'incroyable propriété des Darfan, avec ses quatre maisons hollywoodiennes, ses piscines à débordement se confondant avec la Méditerranée, ses courts de tennis, son spa, sans rien dire des maisons pour le personnel, l'héliport, les garages… La rumeur affirmait que l'un des meilleurs décorateurs français, Jacques Grange, avait magnifiquement œuvré (malgré le goût tape-à-l'œil de la maîtresse de maison) et qu'il était occupé à l'année par l'une des douze propriétés de la famille Darfan. Quant au jardin, c'est le grand Louis Benech qui avait officié, choisissant les espèces les plus rares et les fleurs les plus odorantes. Tout cela respirait l'argent, et constituait une étourdissante vitrine de ce que l'on appelait communément « la réussite sociale ».

C'est dire si, le vendredi soir venu, Jeanne-Marie et Pierre, au comble de l'impatience, se rendirent à l'invitation d'Esther Darfan, qui avait moulé son corps sculptural dans un chiffon de soie qu'Azzedine Alaïa semblait lui avoir cousu à même la peau. Elle avait hésité à porter ce soir-là, comme elle le raconta ensuite à Jeanne-Marie, une création de Donatella Versace, extrêmement sexy, avant d'y renoncer car elle la trouvait trop *show off* et ne voulait jamais prendre le risque de rappeler au monde ses origines mondaines.

Ce n'était un secret pour personne qu'Esther Darfan avait été introduite dans la bonne société comme l'une des amazones de la brigade de charme créée par Madame Claude. Elles y avaient toutes reçu une éducation parfaite, et, en grandes professionnelles, elles pouvaient tout à la fois, à l'horizontale ou à la verticale, soulager les hommes puissants au soir d'une dure journée de labeur, animer la conversation avec légèreté, diriger une maison, organiser des voyages… Comme pour les footballeurs, la retraite professionnelle les arrachait à leur métier vers la trentaine, âge où il était temps de trouver un nid douillet afin d'y fonder un foyer sans l'angoisse des mauvais jours. Esther avait su amadouer le vieux Francis Darfan, auquel elle avait fait la danse des sept voiles, le ferrant dans ses filets. Avant qu'il n'ait eu le temps de respirer, elle s'était fait épouser, lui avait donné en échange deux magnifiques enfants vite confiés à des nurses anglaises, et avait entrepris de l'aider à dépenser utilement son argent. Cette entreprise l'occupait à plein temps, comme du reste la constitution de sa garde-robe – renouvelée comme le Sénat par deux tiers, mais tous les ans – et les retrouvailles avec ses anciennes collègues au restaurant le Stresa lorsqu'elle faisait un saut à Paris. Toutes s'étaient reconverties et casées avec des capitaines d'industrie soucieux d'exhiber une superbe femme-trophée, ou des aristocrates convaincus, sur le tard, de renoncer à la chasse pour épouser un bel oiseau. L'ennui s'installant, Esther avait repris d'anciennes habitudes, s'offrant pour seul luxe indécent de n'écouter que son plaisir, tandis que Francis Darfan recrutait en permanence de nouvelles et jeunes secrétaires à qui le bureau de placement de Genève n'avait pas forcément indiqué l'étendue des compétences requises, ni ce que l'aptitude pour les langues signifiait.

*
* *

Pierre se sentit flatté d'être assis à la gauche de la maîtresse de maison, tandis qu'elle avait réservé la place à droite au président du patronat britannique. À la même table, mais en position moins choisie pour marquer une nouvelle hiérarchie de fait, Esther Darfan avait installé face à elle son prédécesseur, à une place qu'elle avait originellement destinée à Paul-François de Blachy de Monrepos, lequel venait d'appeler pour s'excuser d'un retard conséquent dû à une indisposition passagère de la princesse son épouse. Le maître d'hôtel avait vaguement murmuré à l'oreille de la maîtresse de maison : « Un coup de soleil avec allergie urticante » – avant de recevoir les confidences de « la reine Esther » :

— Oh, cher Pierre, vous n'imaginez pas combien j'avais besoin de ce repos bien mérité à Saint-Tropez. Je suis tout simplement épuisée. Je suis partie il y a quatre jours de Genève, je suis allée voir mon fils aîné dans son collège anglais, puis j'ai fait un saut à Megève pour surveiller les travaux de notre nouveau chalet, une halte à Paris pour la soirée Cartier… et me voici. Je sais, j'en fais trop, toutes mes amies me disent de lever le pied. À ce rythme je suis bonne pour une thalasso à Quiberon avant la fin de l'été ! Par chance, je suis assistée par des gens merveilleux. Vous savez une chose, le vrai luxe dans la vie, ce ne sont pas ces maisons, notre bateau, notre jet ou l'hélicoptère, que tout le monde pourrait nous envier mais qui, après tout, vont avec notre position. Non, ce qu'il faut, c'est parmi le personnel un employé qui vous soit exclusivement attaché, qui s'occupe de vous donner un peu de douceur, qui vous dépose la bonne eau minérale sur votre table de chevet, la petite friandise que vous aimez sur votre oreiller…

Nul n'aurait pu se méprendre sur le sens de ses propos car elle avait toujours réservé ses faveurs aux hommes d'argent ou de pouvoir. Lors d'une croisière en Croatie avec sa grande amie Laurence Ferrier, elle avait un jour donné toute la mesure de sa faculté d'oubli. « Vous ne sentez pas l'odeur du pain ? Dans tous les pays pauvres, le pain y est merveilleux, vous ne trouvez pas ? » avait-elle lancé, avec tout le zèle des convertis. « Enfin, ma chérie, tu ne te souviens pas combien il était sec et dur à nos débuts ? » lui avait répondu Laurence. Et là, sous la nuit tropézienne étoilée, elle confiait à Pierre sa philosophie de la vie, son secret du bonheur :

— Cher Pierre, n'oubliez jamais une chose : la personne la plus importante de votre vie, c'est vous-même !

Pierre ne sut que répondre tant il était accablé par une déclaration qui témoignait surtout, à défaut de la grande solitude de cette femme, le degré de perdition où elle se trouvait. Son sourire forcé, son bronzage parfait ne changeaient rien à l'affaire et les plis amers qui encadraient ses lèvres merveilleusement ourlées racontaient mieux qu'un récit, la tristesse de ses nuits sans sommeil.

*
* *

Laurence Ferrier, pour sa part, avait entrepris de chanter à Renaud Castéja les louanges de son époux, agent de change renommé parti suivre à Bruxelles l'argent de ses clients privilégiés, si fort que toute la tablée pouvait en bénéficier.

— C'est bien simple, Jean-Philippe ne me refuse rien. L'autre jour, en sortant de Bruxelles, je remarque une charmante auberge dans la province de Limbourg. Je lui propose de s'arrêter pour déjeuner, tant je suis séduite par l'endroit. Eh bien, vous ne savez pas quoi ? Au café, Jean-Philippe qui était parti régler, revient tout sourire et me lance : « Ça te plaît chérie ? » « Oui, j'adore ! » « C'est à toi ! » me dit-il ; il m'avait acheté l'auberge. N'est-il pas un ange ? J'ai tout de suite appelé Jacques Garcia pour qu'il m'arrange une petite maison d'hôtes ravissante, idéale pour un ou deux week-ends par an.

Sans doute Madame Claude avait-elle consigné dans son vademecum destiné à ses girls la manière de « valoriser son couple à l'extérieur ».

*
* *

La comédie de l'amour conjugal tournait pourtant à la farce. De tout le dîner, le fils aîné de Monique Tatchvili, Igor, ne lâchait pas la main de sa « fiancée » – c'est ainsi qu'il la présentait depuis quatre ans et demi – lui prenant même le cou et l'embrassant amoureusement dès qu'un photographe s'approchait. Ils formaient un couple à la mode parce qu'ils répondaient à l'équation idéale pour les magazines : beaux, riches, donc célèbres. Lui, que l'on surnommait « le joli coq de Gruyère », jouait les marchands d'art à Genève et elle, Natacha de la Sourdrière, avait une boutique de décoration rue de Grenelle à Paris. Jamais on n'avait vu un couple autant photographié dans les rubriques mondaines et Pierre lui-même les passait toutes les deux semaines tant ils avaient le don d'ubiquité. Un jour à Saint-Tropez, le lendemain à Marbella, ensuite Marrakech, Ibiza ou la Cala di Volpe en Sardaigne…

On aurait pu croire qu'à l'instar de certaines stars américaines voulant cacher leur homosexualité, il s'affichait avec Natacha autant pour détourner les soupçons que pour faire patienter une mère envahissante et de plus en plus pressante. Mais il réfutait ces allégations et affirmait qu'il allait l'épouser dès que possible. Elle, de son côté, aurait pu être soupçonnée de se servir de cette soudaine notoriété pour ses affaires, mais, des trémolos dans la voix, elle soupirait d'amour pour Igor… bien qu'il restât sourd à ce chant puisque ses amis attestaient de la chasteté de leur relation. Qu'importe, les photographes repartaient ravis de ce joli spectacle.

*

* *

Igor et Natacha proposèrent à Pierre de les suivre après dîner au VIP Room où Jean Roch leur avait gardé une table pour la soirée organisée par le nabab russe Grigori Atanassiev qui avait convoyé une foule d'amis de Moscou. Tout l'après-midi, à la Plage 55 ou à La Voile rouge, ils avaient sabré des magnums de champagne à cinq mille euros la bouteille en imaginant un jeu follement sexy : il fallait asperger les jeunes femmes dénudées et celui qui ne parvenait pas à ingurgiter en un temps record ce savoureux mélange de vin et de crème solaire devait payer la tournée générale. Au total, ils laissèrent deux cent quinze mille euros en cinq heures. Après cela, il fallait bien une soirée pour arroser cet exploit.

*
*   *

De son côté, comme il le confia à Pierre, le metteur en fête André Lainé avait trimé toute la semaine sous une chaleur caniculaire pour peaufiner son plan de table du grand dîner « Twist à Saint-Tropez » organisé au profit des orphelins de la compagnie de pompiers et des sauveteurs en mer. André Lainé s'était pris la tête pour trouver une date libre qui n'empiète pas avec la soirée blanche, le dîner orange de Monique Tatchvili, le gala de Marisa Pavan, la veuve de Jean-Pierre Aumont, la fête du millionnaire Tony Murray – l'ancien pompiste ayant fait fortune dans le marché des extincteurs s'y connaissait à mettre le feu dans sa résidence des Parcs – et le dîner de charité avec Leslie Caron pour la recherche sur la moelle épinière.

Pendant que les vacanciers se doraient sur les plages de Ramatuelle et de Pampelonne ou au bord de la piscine de La Messardière, André Lainé, dans son petit bureau installé place des Lices d'où montait la clameur des touristes applaudissant les célébrités jouant à la pétanque, suait tous les jours à grosses gouttes sur ses plans de table, coursait ses convives au téléphone, par SMS ou laissait des messages dans tous les hôtels de la ville. « Il faut placer Laure Manaudou à la table du député maire Jean-Michel Couve, mais pas à côté d'Amélie Mauresmo ! Qui a le carton de Steevy ? On sait s'il vient avec Martha Barrière ? Vous croyez que Marjolaine arrivera avec ce garçon de "L'île de la Tentation" ? ». Tout en donnant des instructions à ses assistantes, il appelait depuis son portable les attachés de presse du cinéma. « Tu n'aurais pas un ou deux acteurs à me refiler pour mon dîner ?, suppliait-il en se gardant bien de montrer qu'il manquait cruellement de têtes d'affiche. Même une actrice de "Sous le soleil" m'irait aussi ». Tous les matins, quelle que soit l'heure à laquelle il s'était couché la veille, il courait les cafés de la ville pour se brancher sur « radio-vipère », laissant les potins de la cité faire affluer à ses oreilles les informations dont il avait besoin sur les arrivées et départs de personnalités.

Les photographes étaient une mine de précieux renseignements dans la capitale mondiale des paparrazzi. André Lainé se souvenait parfaitement de l'été 1997 où Diana, la princesse de Galles, alors divorcée de Charles d'Angleterre, avait choisi la discrétion de la cité pour y abriter ses amours avec Dodi Al Fayed, le fils du milliardaire Mohammed Al Fayed !

— Elle s'était prêtée sans mauvaise grâce, raconta-t-il à Pierre, à une séance de photos soi-disant volées et avait alors lâché à l'intention des photographes : « Vous n'êtes pas au bout de vos surprises ». Je m'en souviens très bien car, le lendemain, c'était l'anniversaire à Londres de Camilla Parker-Bowles, la maîtresse de Charles, événement aussitôt passé inaperçu.

Le rendez-vous des photographes sur le port était, depuis longtemps, aussi précis que le rapport de police de la capitainerie. Nul n'ignorait le jour et l'heure de l'arrivée de Johnny et Laetitia, Arthur et Estelle, Yves Rénier, Nagui, Marcel Desailly, les secrets du shopping de David et Victoria Beckham, l'emplacement du transat de Paris Hilton à Nikki Beach, l'heure de la pétanque de Daniel Hechter et Jean-Claude Darmon…

— C'est comme aller à la pêche. Certains jours ça mord, mais il faut y partir de bonne heure et surtout avec de bons hameçons !

À Pierre, il confia sans fausse pudeur la difficulté de l'exploit.

— Si les dames d'œuvres perlousées se précipitent aux galas de charité où qu'ils se trouvent, les lolitas et les gogo-dancers préfèrent aller aux soirées de David et Cathy Guetta « F… me I'm famous », ils sont plus sûrs de s'amuser et de draguer ! Sans compter que Saint-Tropez est devenu un festival de starlettes inconnues en quête de célébrité, de vieux beaux sur le retour à la recherche de dots et de putes de luxe russes prêtes à échanger leur place au camping pour une cabine de yacht… Tout cela a bien changé. Et moi je ne peux pas organiser seulement des soirées de lancements de nouveaux produits solaires, de boissons aphrodisiaques, ou je ne sais quelle marque de téléphone !

Quand arrivait la fin de l'été, André Lainé, qui n'avait cessé d'afficher une bonne humeur de circonstance en chantant l'air de « les vacances à Saint-Tropez c'est merveilleux », était sur les rotules. Jamais il n'avait autant travaillé. Et presque avec soulagement, il entrevoyait la perspective de la rentrée même s'il n'osait s'avouer combien il était finalement heureux de remonter à Paris.

*

* *

Pierre n'avait pas boudé son plaisir au VIP Room avec Igor et Natacha entourés de leurs amis, appartenant aux meilleures familles du CAC 40. Suivant la devise : « Qu'importe le flacon, pourvu qu'on ait l'ivresse », ils jouaient toutes les nuits les nomades chic, écumant les boîtes à la mode au gré de la musique, selon un périple qui les conduisait aux Caves du Roy de l'hôtel Byblos, au Papagayo, au VIP Room et dans d'autres lieux seulement connus des noctambules d'où ils émergeaient aux premières lueurs de l'aube… Sans doute aussi pour s'étourdir au point de ne pas être confrontés aux réalités de leurs couples bancals.

Pierre avait passé une soirée divertissante en leur compagnie, mais, fatigué, il les avait abandonnés pour rejoindre la villa que louait sa tante. Il n'avait, du reste, pas trop le cœur à faire la fête dans la mesure où Cassandra lui manquait. Il s'endormit ce soir-là en pensant à elle.

*
* *

— Bien dormi, Pierre ?, lui demanda sa tante, le lendemain matin lorsqu'il apparut sur la terrasse pour prendre le petit déjeuner.

— Oui, merci, j'ai un peu la gueule de bois à cause de la caïpirinha que j'ai bue au VIP Room. Je n'aurais pas dû, après tout le champagne et le rosé que j'avais ingurgités chez les Darfan !

— J'ai appelé Esther ce matin pour la remercier, elle t'a trouvé charmant. En revanche, j'en connais d'autres qui sont repartis vexés de te voir si bien en cour.

— C'est quoi cette enveloppe kraft sur mon assiette ?, demanda soudain Pierre en remarquant un paquet. Est-ce toi qui l'as déposée ?

— Oui, un coursier l'a apportée ce matin, mais je ne l'ai pas ouverte. Qu'est-ce donc ?

Pierre avait reconnu l'écriture fine qui dessinait les lettres calligraphiées de son nom. Le corbeau était de retour.

D'un geste agacé, il décacheta le pli et répandit son contenu sur la table. Des photos. Toutes prises au téléobjectif. De la belle ouvrage pour un paparazzi patenté qui avait dû planquer des heures durant avant de voler ces instants d'intimité, livrant au regard ébahi de Pierre les secrets d'un joli monde dont il n'avait vu à Saint-Tropez que la façade souriante.

Toutes les images avaient été légendées avec, il faut le dire, un humour cynique digne du magazine *Voici*. « La face cachée de la lune », était-il mentionné sur la photo, terrifiante, de la malheureuse Frances Dunlop nue, abandonnant au soleil ses chairs distendues. « À la recherche du temps perdu », soulignait le cliché de Charlotte Ellimuche, ivre morte, la bouche ouverte et la tête en arrière, visiblement occupée à entreprendre un gigolo au Papagayo. Sur la photo très compromettante représentant Igor Tatchvili lancé dans un bouche-à-bouche langoureux, non pas avec Natacha de la Sourdrière, mais avec le frère de cette dernière, Jean-François, le redresseur de tort avait simplement écrit « secrets de famille ». Toutes les images constituaient un jeu de massacre. Tout y respirait l'odieux règlement de comptes par l'exhibition flagrante des mensonges mondains, des adultères, et révélait la vraie nature, cachée, des protagonistes.

Au fur et à mesure qu'il les passait au crible, Pierre sentant monter en lui une nausée, fut d'abord presque soulagé de ne pas y trouver Jeanne-Marie, rassuré de pouvoir se raccrocher à un couple sincère et solide ; le doute s'immisça en lui au souvenir qu'il avait d'avoir vu sa tante ce soir-là déambuler parmi les convives en brandissant l'appareil numérique qui ne la quittait jamais.

La dernière photo était une nature morte. Elle représentait une boîte à pilules en or sertie de diamants comme celle que possédait Esther Darfan. Tout laissait croire que le cliché avait été pris lors de la soirée qu'elle avait offerte dans sa villa. Sur la légende, pour tout commentaire, le corbeau avait écrit :

« *Ne vous fiez pas aux apparences mensongères du bonheur estival et de l'amour à la plage. À Saint-Tropez, le paradis et l'enfer se confondent et l'on y consomme autant de crèmes solaires que de comprimés de Prozac.* »

Un horrible soupçon venait de naître, clairement, dans l'esprit à nouveau tourmenté de Pierre : le corbeau forcément était à la table d'Esther Darfan et lui-même ! Lui aussi n'avait désormais qu'une hâte, remonter au plus vite à Paris.

Chapitre 9

Pierre avait trouvé l'idée amusante quand Gwendoline Gomez l'avait appelé pour lui proposer un « dîner de copines » chez Charlotte Ellimuche, où il serait le seul homme avec Raoul Callaud dont la spécialité, depuis longtemps, était d'escorter les dames âgées et solitaires pas seulement dans leurs sorties mondaines, mais si possible chez le notaire en espérant être couché sur leur testament... étant entendu qu'il y avait peu d'espoir qu'on le trouve couché dans leur chambre !

— Je vous assure, cher Pierre, ce ne sera pas un de ces dîners ennuyeux de retour de vacances où l'on exhibe son bronzage et le récit des conquêtes estivales. C'est une tradition de se réunir quand nos maris partent disputer à Saint Andrews en Écosse leurs compétitions de golf. Cette fois, il s'agit de la coupe de leur Oxford & Cambridge University Club.

La perspective de dîner en compagnie de Charlotte Ellimuche n'enthousiasmait guère Pierre, mais celle-ci parvenait à conserver malgré tout quelques amies peu regardantes sur l'intérêt de sa conversation et la rudesse de son caractère, pour peu qu'elle prît la peine d'organiser à ses frais ce dîner de rentrée. Charlotte répugnait à dénouer les cordons de sa bourse qu'elle tenait fermés avec un zèle qui, disait-on, n'était pas si flagrant lorsqu'elle signait les chèques à l'en-tête de la maison d'édition de feu son époux, mais elle entendait se faire violence en septembre pour que ses dernières copines lui rendent son invitation le reste de l'année.

Gwendoline Gomez était une fervente adepte de ces dîners de femmes car ils représentaient pour elle le plus sûr moyen de se tenir informée des derniers potins sur les gens célèbres qu'elle côtoyait, non seulement afin de mettre à jour ses « fiches de police », mais surtout histoire de meubler une vie terriblement dépourvue de fantaisie. Charlotte Ellimuche avait su en faire son obligée et Gwendoline, toujours prompte à ramper devant qui lui semblait puissant et à aboyer devant les subalternes, lui servait tout à la fois de souffre-douleur et de faire-valoir dans les dîners qu'elle l'aidait à orchestrer.

En appelant Pierre, ce dernier sentit combien elle salivait à l'avance de retrouver dans l'appartement de Charlotte, boulevard Saint-Germain, l'ancienne mannequin Bettina Sainquet, la vicomtesse Paul-François de Blachy de Monrepos – « née princesse de Bourbon » avait-elle cru bon d'ajouter –, l'ex-femme du collectionneur belge Françoise Nedergaans, Veronika Ottmüller qui dirigeait le plus grand cabinet de chasseurs de têtes spécialisé dans le luxe, et surtout la romancière à la mode Anita Leroux.

*

* *

Pour commencer, la soirée faillit tourner au drame lorsque le malheureux maître d'hôtel, impressionné sans doute de servir une coupe de champagne à la romancière qu'il avait vue encore la veille au soir dans l'émission de PPDA « Vol de nuit », fit valser le plateau en argent où il avait disposé les coupes en cristal et les biscuits salés à tremper dans des bols de tzatziki grec et de tarama. N'importe quelle maîtresse de maison aurait, même nerveusement, affiché un large sourire indulgent mais, tandis qu'Anita Leroux rassurait le malheureux serveur en disant « Ce n'est rien, le champagne ne tache pas et le cristal brisé porte bonheur ! », la bouche de Charlotte Ellimuche se tordit en une horrible grimace. Elle éructa devant ses amies médusées :

— Espèce d'idiot, vous pourriez faire attention. Allez chercher une éponge et dépêchez-vous de nettoyer.

Tandis que le malheureux, rouge de confusion, disparaissait en cuisine à la recherche des produits nettoyants, Charlotte fulminait de rage :

— On n'a pas idée d'être aussi maladroit ! Comment va-t-on ravoir cette moquette beige presque neuve ?

Gwendoline eut le malheur d'émettre un son qui se voulait un rire nerveux échappé à sa vigilance, mais qui passa pour un gloussement moqueur.

— Et vous, Gégé, ne restez donc pas là les bras ballants. Rendez-vous utile, pour une fois ! Ah, encore une de vos idées fumeuses de servir un apéritif grec avant de passer à table. Décidément, ma pauvre fille, les vacances à Mykonos ne vous réussissent pas !

On ne pouvait calmer la virago en furie. Dès que le maître d'hôtel fut de retour, elle abandonna ses amies pour diriger les opérations :

— Frottez, mais frottez donc, bougre d'imbécile. Je vous préviens, si vous ne la sauvez pas, je la retiendrai sur vos gages.

Pierre se demandait en son for intérieur à quoi cela avait bien pu servir que la maison d'édition Ellimuche publie avec succès la bible du savoir-vivre...

*

* *

Finalement, à grand renfort de produits ménagers, la tache de tzatziki fut vaincue et, dans un soulagement général, tous purent passer à table avec l'espoir que la nouvelle recrue ancillaire de Charlotte réussirait l'examen de servir la soupe froide à la courgette sans sacrifier la moquette de la salle à manger.

Alors que la conversation roulait sur Saint-Tropez et la fête « inoubliable » de Tony Murray, Raoul Callaud, que l'on ne connaissait pas si parangon de la morale bourgeoise, lâcha soudain :

— C'est effrayant ce que les gens deviennent vulgaires ! Vous auriez vu le mariage de la bimbo gonflée d'Alerte à Malibu, Pamela Anderson, avec Kid Rock... Soi-disant elle s'est mariée en blanc, mais elle était tout juste vêtue d'un bikini blanc ! Quant à cette horrible Giovanna Craps avec son gigolo italien dont chacun connaît les états de service...

Il s'arrêta net dans son énoncé, trahissant sa gêne évidente de s'aventurer sur un chemin aussi glissant sans que l'on sache vraiment s'il voulait viser les amours de Charlotte Ellimuche pour des « protégés » aussi voraces que fugaces, ou si Raoul avait lui-même bien connu le dénommé Alfredo Rubicondo dans son parcours du combattant dont il avait, depuis longtemps, franchi tous les obstacles. Qui pouvait bien deviner que la fréquentation des jolis voyous l'excitait autant que celle des figures du Tout-Paris mondain et politique, même s'il réservait à ces dernières la surprise de se glisser sur la photo qui paraîtrait dans la rubrique « À la ville, à la scène » ?

*

* *

— Oh, chérie, tu nous as préparé un dîner light, quelle joie !, s'exclama Bettina Sainquet qui s'enorgueillissait à cinquante-trois ans de s'habiller en taille 36 au prix d'efforts constants depuis qu'elle avait défilé pour monsieur Courrèges dans les années soixante-dix.

On racontait qu'elle était adepte des diètes de soupes et de purges du côlon dans un établissement spécialisé à Versailles. Peut-être s'agissait-il d'une sorte de musée du clystère, instrument en vogue au XVIIe siècle et dont les nouveaux docteurs Diafoirus usaient avec une clientèle avide de nouvelles sensations… Elle avait même, un temps, proclamé dans Paris qu'elle se maintenait en forme grâce à l'absorption matinale d'un verre de son urine, purge idéale, selon elle, dont on raffolait au Moyen Âge. Elle était à elle seule un guide complet des régimes minceur.

— Le poisson vapeur avec du riz complet, c'est idéal, mais tu sais, Charlotte, que les tomates hors saison, c'est du poison ? Depuis que je suis à la lettre la méthode chinoise du Dr Wou, je me sens dans une forme éclatante. Il recommande un bol de riz par jour, mais jamais de laitages… c'est bon seulement pour les enfants.

On aurait pu lui rétorquer qu'en guise de poison les trois grammes de coke quotidiens qu'elle s'enfilait pouvaient aisément rivaliser avec la dangerosité des tomates hors saison !

Puisque la conversation s'orientait vers les méthodes minceur, autant dire que chacune avait son avis sur la question. Veronika Ottmüller, femme chaleureuse aux formes un peu rondes et généreuses, disait avoir testé avec succès le régime Atkins sans sucre, tandis que Françoise Nedergaans, son exact contraire acariâtre et rabat-joie, maigre comme un coucou cherchant à perdre une cellulite imaginaire, tenait pour « magique » la méthode Kot à base de produits hyperprotéinés qui, assurait-elle, « avait fait des miracles sur l'actrice Mathilde Seigner ».

Pour répondre à cette quête perpétuelle du régime idéal universel dont elle-même n'était pas exempte bien qu'elle pratiquât la conversation ininterrompue comme coupe-faim, Gwendoline Gomez ménagea son petit effet. Elle venait de perdre sept kilos grâce à un diététicien qui, loin de lui enseigner le secret de la pondération et de l'équilibre nutritionnel, l'avait entraînée sur le chemin d'une nouvelle philosophie de vie où chaque aliment correspondrait à un chakra qu'il faut absolument ouvrir pour apaiser la faim. Moyennant cinq cents euros, il lui avait dressé une liste de commandements et d'interdits fondée non pas sur une analyse sanguine mais adaptée à son rhésus sanguin A +. Il convenait donc d'en déduire qu'un groupe sanguin AB ou O aurait nécessité un régime amincissant diamétralement opposé… Il lui fallait, dès le petit déjeuner, et au moins deux fois par jour, ingurgiter une aile de poulet saupoudrée d'avoine complète avec une cuillerée de gelée royale. Résultat, elle ne supportait plus la vue d'un poulet, mais raffolait de l'idée que sa gelée fût royale.

— Vraiment, Gégé, vous avez perdu sept kilos ? lança alors Charlotte. Oh, mais je vous l'assure, ça ne se voit pas ! C'est vrai qu'avec votre manie de porter toujours des pantalons moulants et des T-shirts trop ajustés à votre âge, ça vous boudine…

Même Françoise Nedergaans, qui croyait avoir l'apanage de la méchanceté et de la cruauté verbale, piqua du nez dans son assiette. Mollement, la rondouillarde Véronika tenta de la défendre en l'assurant « qu'elle était très bien comme ça », suivant le principe établi qu'une femme au régime encourage toujours une plus mince à grossir pour se décomplexer soi-même. Il devait y avoir une loi naturelle des vases communicants.

Gwendoline faisait bonne figure et avalait l'humiliation comme si c'était un honneur que Charlotte lui décoche une pique empoisonnée. Elle projetait en son for intérieur de passer un savon à la jeune et nouvelle collaboratrice (elles ne restaient toutes qu'une saison dans son agence de RP, épuisées par les cadences militaires et les incessantes brimades) qui l'avait assurée que ce petit haut vert pomme lui allait à merveille…

Avant de procéder, comme à chaque fois, à l'échange des coordonnées médicales, chacune dissertait sur les mérites comparés des régimes à grands cris de « - 5 » ou « - 7 », en référence aux kilos perdus, chiffres inversement proportionnels à l'intensité vocale de chaque patiente.

L'heure de vérité sonna quand fut présenté le dessert : le célèbre Mont-Blanc de Jean-Paul Hévin, montagne de crème de marron et de chantilly sur lit de meringue, dont la maîtresse de maison vanta les mérites en minimisant son impact calorique.

— Il est tellement plus aérien que celui d'Angelina, je crois même que la crème est allégée…, affirma-t-elle d'un sourire victorieux, observant d'un coin de l'œil sournois celles qui allaient fondre de plaisir en même temps que leurs bonnes résolutions.

Toutes, sans exception, se jetèrent voracement sur le monticule crémeux en poussant des petits cris d'extase, résolues à compenser cet excès en demandant une sucrette pour leur décaféiné ; « C'est plus raisonnable, tu comprends ».

*

* *

Pierre n'était pas au bout de ses surprises. Le dîner se prolongea au salon par une aimable conversation roulant sur le bonheur conjugal… suite, somme toute logique, des plaisirs de la table. Tout, pourtant, laissait supposer dans leur discours qu'elles compensaient par des excès de table le manque évident de nourritures douces ou épicées dans leur intimité.

Bettina Sainquet avait l'art de chanter partout et en toute circonstance les mérites de son époux, le peintre Christian Sainquet, dont elle vantait tour à tour le succès des expositions, les éloges publiés dans la presse ou, tout simplement, « le charme ravageur qui faisait chavirer toutes les dames ». En vérité, l'artiste à la chevelure argentée et au visage tanné dont le hâle était entretenu à longueur d'année par l'usage immodéré d'U.V. entre deux voyages à Saint-Domingue ou aux Bahamas, jouait d'autant plus volontiers les séducteurs qu'on voyait rarement une silhouette féminine se glisser dans sa garçonnière de la rue de l'Université, à deux pas du domicile conjugal.

Le plus comique était de l'entendre jouer les hétéros machos lorsqu'il retrouvait pour une partie de gin son vieux copain Jean-Luc Isambert, chiffe molle dans l'ombre de sa redoutable épouse Corinne, riant grassement des histoires imaginaires de filles alors qu'ils partageaient, sans oser se l'avouer, un intérêt commun pour les personnes du même sexe. Dans un de ces coups tordus dont le destin avait le secret, Jean-Luc et Corinne Isambert, tout comme Christian et Bettina Sainquet, avaient donné le jour à des enfants plutôt portés vers l'homosexualité. On aurait pu croire que c'était héréditaire si un miracle ne s'était produit le jour où Grégoire Sainquet, à la surprise générale et après avoir décidé de s'amender et de renoncer aux sorties dans le Marais avec ses copains, annonça qu'il allait épouser la charmante et richissime Jacqueline d'Arcole au grand dam de la fille de celle-ci qui avait écumé toutes les boîtes gay avec Grégoire ! Un pieux silence finit par recouvrir de son voile pudique ces passe-passe sentimentaux dont chacun finissait par s'accommoder pour peu qu'une teigne mondaine ne vienne pas réveiller ces fantômes du passé. On parlait plus volontiers des maîtresses – souvent elles-mêmes parfaitement mariées – de Francis Darfan, de Jonathan McPhillips, d'Antoine Moulinart ou de Jean-Philippe Ferrier dont les épouses exhibaient en public les preuves tangibles de la générosité, compensation évidente d'un reflux du désir…

*

* *

En toute franchise et sincérité, Bettina continuait à valoriser son couple à grand renfort d'envolées lyriques – « Vous ne trouvez pas que c'est fabuleux de vivre une telle osmose avec un homme en dix-huit ans de mariage. Le secret, c'est qu'on partage tout ! » (même ses amants, prétendait la rumeur publique !) – lorsqu'on sonna à la porte d'entrée.

Le vicomte Paul-François de Blachy de Monrepos s'invitait pour le digestif au motif qu'il passait chercher son épouse, doña Isabel.

— Je m'en voudrais de déranger, commença-t-il à ergoter de sa voix de fausset. Mais comme je sais que la princesse (il y mettait un accent tonique moins espagnol que snob) n'aime pas rentrer seule, j'ai pensé qu'Elle apprécierait que je vinsse la prendre au sortir du Jockey.

La princesse, ayant pris soin de ranger dans son réticule les précieuses indications sur les régimes, se leva d'un bond pour suivre son époux. À défaut de se montrer diserte – son fort accent espagnol frayait mal, en fin de compte, avec l'accent snob de ses amies, pour conduire longtemps une conversation futile – doña Isabel savait qu'elle tenait sa revanche à son arrivée et à son départ. Quand on la saluait, elle tendait une joue distante et une main molle qui, après les embrassades d'usage selon le degré d'intimité, ne dispensaient aucune femme d'une révérence protocolaire. « Après tout, c'est la seule chose qui nous reste ! » avait-elle un jour expliqué à Gwendoline Gomez qui l'avait entendue marmonner entre ses dents « Curtsy, curtsy please » à l'épouse d'un ministre français trop rigide pour plier le genou. Gwendoline racontait l'anecdote à qui voulait l'entendre comme la quintessence du bon chic royal, et l'avait aussitôt inscrite dans son panthéon d'histoires-délicieuses-à-servir-dans-les-dîners avec le mot historique de l'empereur François-Joseph d'Autriche, mourant à Schönbrunn, et auprès duquel accourt son médecin personnel vêtu en hâte d'un manteau sur sa chemise de nuit : le vieil empereur ouvre les yeux, le voit, et murmure « Frac ! ». Le médecin avait commis l'impair protocolaire de se présenter devant son souverain sans avoir revêtu l'habit réglementaire pour les consultations impériales. Sans doute, le côté tatillon de Gwendoline Gomez trouvait matière à extase dans ce soupir expirant de l'empereur. Et elle ressassait l'anecdote dès qu'un dress code n'avait pas été respecté dans les soirées qu'elle organisait.

*
* *

À peine la princesse et son vicomte de mari avaient-ils disparu dans l'ascenseur qu'une valse vipérine fut spontanément improvisée dans le salon.

Gwendoline Gomez, qui venait d'effectuer une révérence plongeante en y ajoutant des manifestations bruyantes de son affection à l'égard de doña Isabel et de Paul-François, fut la première à banderiller les absents :

— Quelle prétention, tout de même ! Venir chercher ici sa princesse fossilisée et contrefaite pour jouir du spectacle de nos dévotions, c'est d'un ridicule, commença-t-elle avant d'assassiner en deux phrases la malheureuse princesse que la cour ibérique avait d'autant plus volontiers mariée au vicomte qu'elle entrait alors dans le club des vieilles filles, dont même le magazine *Hola* censurait les photos, de peur de nuire à l'image de la famille royale.

C'était plus fort qu'elle. Dès que les gens avaient le dos tourné, Gwendoline ne pouvait s'empêcher de tourner en dérision ceux qu'elle venait de flatter publiquement.

— Par chance je suis ici chez moi. Parce que si nous avions dîné chez vous, chère Gwendoline, nous aurions eu intérêt à filer toutes ensemble pour éviter de passer devant votre peloton d'exécution !, émit Charlotte Ellimuche, trop contente de mettre à jour le petit travers de Gégé dans son exercice préféré et pervers de SM social.

— Mais voyons, Charlotte, loin de moi l'idée de la critiquer. Elle est plus à plaindre qu'à blâmer. Pensez qu'elle subit en silence depuis trente ans son infortune conjugale tout en posant tous les Noël en une de *Point de vue* avec leurs cinq enfants ! Ne lui impose-t-il pas des vacances à Ibiza tous les étés – sous prétexte que « l'Espagne manque tant à la princesse » – dont il connaît les plages naturistes aussi bien que les bars homos où il ne consomme pas que des vodka-red bull ? Enfin, regardez-le, ce pathétique Paul-François, étriqué dans ses costumes anglais fort bien coupés d'ailleurs, mais on sent bien qu'il jalouse à sa femme le port de la robe longue et du diadème. Elle est beaucoup plus masculine que lui ! D'ailleurs, c'est bien simple, même au Jockey, on m'a raconté que quand le couple arrive, certains ducs et pairs se gaussent en annonçant entre les dents « la princesse Isabel et sa Sissi-top ».

Très vite l'expression, courante à San Francisco, de « Sissi-top » avait couru le faubourg Saint-Germain et réjoui les punaises dans le genre de Gwendoline.

— C'est vrai que Gérard, ton mari, a la réputation d'être beaucoup moins actif, la rabroua sans ménagement Charlotte. N'est-ce pas, Raoul ? Vous me l'avez souvent dit, que Gwendoline est elle-même une sorte de fag-hag, « ces femmes à pédés » qui trouvent délicieux de sortir avec leurs amis gay, mais refusent d'ouvrir les yeux sur la véritable sexualité de leur mari.

À cet instant, on eût dit que Gwendoline, d'une pâleur mortelle, allait se fondre dans la moquette et disparaître.

— J'ai un mari formidable qui m'a donné trois enfants divins, gémit-elle dans un râle de protestation.

— C'est vrai que Mykonos est l'endroit idéal pour passer des vacances familiales !, se moqua à son tour Françoise Nedergaans qui ne s'était jamais remise du départ soudain de son mari, fin collectionneur belge.

Elle aurait préféré être veuve pour jouir de la fortune dont elle avait goûté les prémices avant que Wolf Nedergaans, lassé des récriminations de son épouse et sans doute pressé de revenir à ses premières amours, ne la quitte pour partir vivre à Punta Cana avec un riche banquier helvète de dix ans son cadet.

— Vous êtes toutes d'un bourgeois !, s'énerva alors Bettina Sainquet, restée depuis les années soixante-dix l'égérie et la muse attitrée de célèbres couturiers de génie et qui avait goûté dans leur sillage toutes sortes de produits prohibés.

La question de la sexualité n'était pas pour elle un tabou et, même si elle ne faisait pas de réclame sur le fonctionnement libre de son couple, elle louait d'autant plus éloquemment son époux qu'il la laissait jouer les Pythie à Lesbos. Elle était même très flattée qu'André-Léon Talley lui eut décerné le titre envié de sexiest lipstick-dyke of Paris (la plus sexy des lesbiennes féminines de Paris).

— Sincèrement cette conversation me déprime. Vous voyez des conjoints homos partout ! Moi, j'ai la chance d'avoir un mari tout ce qu'il y a de plus fidèle, amoureux comme au premier jour, tellement câlin, tellement tactile et tendre, soupira en se pâmant Veronika Ottmüller.

Raoul Callaud, retenu plus par un intérêt secret que par une soudaine pudeur, eut la délicatesse de ne pas lui révéler publiquement qu'Archibald Ottmüller se rendait tous les midis à la salle de sport du Ritz où il réservait à son coach des attouchements autrement plus vigoureux.

— Que peut-on réellement savoir du bonheur conjugal des gens que l'on côtoie de près ?, demanda, pleine de compassion et d'indulgence, la romancière Anita Leroux. Nul ne peut dire ce qui se trame dans le secret des alcôves, les rites ou pratiques amoureux des couples, les arrangements à plusieurs, les contrats de fidélité à géométrie variable. Seule la société contraint d'offrir le visage rassurant d'une famille unie et soudée.

En assénant cette sentence, elle observait, non sans pitié, le cas désespéré de Gwendoline Gomez, réduite en esclavage volontaire par un mari dont elle voulait cacher aux yeux du monde la sexualité différente. Et de songer à ce mot d'Henri Calet : « Ne me secouez pas, je suis un sac de larmes ».

*
* *

Il y avait des secrets bien plus terribles que personne n'aurait osé faire sortir de la boîte de Pandore. Ainsi, Charlotte Ellimuche ne s'étendait guère sur le chapitre de ses enfants dont elle avait pourtant, pendant des années, rebattu les oreilles de ses copines en vantant, tour à tour leurs études, forcément brillantes, leur mariage, obligatoirement réussi, ou l'énumération de leurs diplômes, succès professionnels… et de ce qu'ils allaient hériter.

Pour elle, comme pour ses amies, dès que les enfants devenaient un problème, la question était aussitôt escamotée. Comment évoquer publiquement leur situation d'échec scolaire, leurs démêlés avec la drogue ou l'alcool, les petites amies infréquentables ou les mésalliances ? Il ne leur serait jamais venu à l'idée que si elles avaient passé un quart du temps consacré aux mondanités à l'éducation de leur progéniture, elles n'auraient pas eu ensuite à s'étonner des tourments infernaux qu'elles enduraient secrètement par eux.

Le pire, proprement inracontable, s'était produit lorsque Charlotte avait voulu, sur le tard, adopter un enfant vietnamien de six ans qu'elle avait fait venir à Paris. Voulant mettre en scène ce geste d'une immense bonté d'âme, elle avait invité toutes ses amies à un goûter pour le leur présenter.

« Il a un problème, non ? » avait demandé l'une. « Il était déjà si vilain quand tu l'as choisi ? » avait cru bon d'ajouter une autre… Puisque ses amies le trouvaient très laid, Charlotte prit la décision de le renvoyer d'où il venait et osa même en réclamer un autre !

*

* *

Peu à peu, Pierre comprenait que le très chic boulevard Saint-Germain ressemblait de près à Wisteria Lane où les façades cossues dissimulent de lourds et douloureux secrets.

— J'ai remarqué, dit Anita Leroux en lui posant la main sur l'avant-bras, comme pour le rassurer, que plus les gens donnent le change, plus ils vivent des situations compliquées. Et quand ils posent en famille dans leur belle maison pour les magazines people, vous pouvez être sûr, soit que la maison est à vendre, le couple au bord du divorce ou professionnellement en perte de vitesse. Croyez-en mon expérience…

Anita Leroux faisait-elle référence au grand sujet publié la semaine précédente dans *Gala* et consacré à un tycoon de la finance photographié en famille, mais dont on disait qu'elle était la maîtresse ? C'était à y perdre son latin.

*

* *

Gwendoline Gomez proposa de ramener le chroniqueur chez lui. Prise au piège de sa curiosité malsaine, elle s'était vite ressaisie comme en témoignait son entrain retrouvé, son sourire « de gala de charité » et sa soif insatiable de tout connaître sur la vie de Cassandra – dont elle avait appris le flirt avec Pierre au mariage Buisson –, ses goûts, ses projets… Bref tous les éléments utiles pour alimenter sa banque de renseignements dont elle ouvrait généreusement les caisses dès que l'ennui, le sentiment d'envie ou la conscience de la frustration d'une vie creuse l'assaillaient dans son grand lit à baldaquin joliment tendu de tissu et agrémenté de coussins où elle attendait, seule et malheureuse, que son mari la rejoigne.

*

* *

Pierre n'avait pas sitôt franchi le seuil de son appartement qu'il aperçut la lettre que le corbeau avait discrètement glissée sous la porte. Il était fatigué de ce jeu mais, plus par habitude que par curiosité, il lut le message qui lui avait été adressé.

« *Il se dit qu'une idylle se nouerait entre vous et une charmante rédactrice de mode répondant au nom prédestiné de Cassandra. Saurez-vous protéger ce lien ? N'oubliez jamais que l'Amour est un sanctuaire que l'on ne doit pas souiller par des sentiments vils ou des mensonges. Y a-t-il pire imposture que celle qui outrage l'amour ? Regardez toutes ces dames qui clament les vertus de l'amour conjugal et feignent d'ignorer que leurs époux leur préfèrent d'autres bras, plus musclés. Elles aiment mieux fermer les yeux sur ces vérités profondes, et s'en accommoder, plutôt que d'être livrées à leur solitude, leur angoisse de vieillir, leur peur du dénuement. Fiez-vous plus sûrement à la solidité de vos sentiments qu'à l'imposture des couples de pacotille…* »

Après avoir replié le feuillet, l'esprit de Pierre fut happé presque malgré lui par la vision du couple improbable qu'il avait vu quitter la soirée en premier : la princesse disgracieuse et son précieux époux.

Chapitre 10

— Tu es magnifique ! Sincèrement sublime.

Pierre était béat d'admiration devant la silhouette longiligne de Cassandra joliment drapée dans une robe haute couture de Chanel que Karl Lagerfeld lui avait aimablement prêtée grâce à l'insistance de Marie-Louise de Clermont-Tonnerre.

Une bouffée de bonheur l'envahissait. Il sentait monter en lui l'impression de pouvoir devenir le roi du monde, lui, le chroniqueur mondain au physique assez moyen, d'avoir le privilège d'être accompagné de la plus ravissante des rédactrices de mode à la première de la pièce *L'Homme à sa fenêtre* du dramaturge new-yorkais Aaron Weintraub au théâtre Marigny.

En même temps, toujours retenu par une timidité venue de son enfance provinciale, en sa présence le sentiment d'être gauche le tenaillait même si Cassandra lui avait cent fois répété qu'elle « trouvait son sourire craquant ». Pour mieux le faire ressortir d'un visage rond et lourd, elle lui avait d'ailleurs fait adopter les lentilles de contact au lieu de ses épaisses lunettes en écaille. La jeune femme l'avait également relooké, de pied en cap, en commençant par lui suggérer d'abandonner sa coiffure gominée qu'une couche de gel maintenait en arrière au profit d'une coupe à la tondeuse plus jeune, avant de s'attaquer à sa garde-robe IVe République composée de costumes qu'aurait pu porter Antoine Pinay.

*

* *

La soirée s'annonçait éblouissante car, après la représentation à laquelle étaient attendus femmes du monde et hommes d'État, la République des lettres et les monstres sacrés du spectacle, un souper devait suivre chez Ledoyen, juste de l'autre côté de l'avenue des Champs-Élysées.

Les deux organisateurs, André Lainé associé à Inès de Maupertuis, s'étaient arraché les cheveux dans les jours qui avaient précédé pour faire face à l'afflux de réponses positives aux invitations lancées : nul ne voulait manquer l'événement parisien de la saison. Le grand retour sur les planches d'Alain Gillaud, l'une des seules véritables stars masculines du cinéma et du théâtre avec Gérard Depardieu et Alain Delon, aux côtés de la toujours exquise tragédienne classique Aurore Frassati, attisait toutes les impatiences.

*

* *

Surtout, suivant une règle solidement établie de la mondanité, ne pas participer à une telle soirée – ou pis ne pas y être invité –, aurait constitué une humiliation dont certaines âmes sensibles auraient pu ne jamais se relever.

— Enfin, je ne comprends pas, je n'ai pas reçu mon carton, c'est proprement incroyable, inacceptable, scandaleux !, avait ainsi protesté avec véhémence Bruno Bochand-Gratinet, ancien chauffeur de maître devenu danseur mondain, puis, ayant hérité d'une vieille (mais authentique) tante fortunée, qui avait poursuivi sa métamorphose et son ascension sociale en raseur mondain. Il rampait littéralement pour se faire inviter.

Quand on lui fermait la porte, il s'invitait par la fenêtre. Il n'hésitait jamais à user et abuser des recommandations et autres parrainages pour s'introduire dans les dîners les plus select où son entregent finissait par susciter l'admiration ébahie. Il fallait un sacré talent pour oser s'abaisser à ce point, dans le seul but d'être convié. Mais quand on lui demandait comment il avait trouvé la soirée de gala de l'Arop à l'Opéra-Bastille, ou la première du film de la Fondation Pompidou, il tenait à soupirer, blasé, et faisait mine de considérer avec mépris ce qu'au fond de lui il adorait plus que tout. S'interdisant depuis longtemps tout élan spontané d'émerveillement qu'il considérait comme l'expression vulgaire d'une âme trop commune, il se croyait même obligé de dénigrer systématiquement, après coup, les choses pour lesquelles il aurait tué père et mère. En outre, dans la conversation, il glissait, dans une posture ridicule de dédain, des allusions à ces « obligations mondaines fastidieuses » ou à ces corvées proprement « assommantes » comme « faire la conversation à Liza Minelli », « passer la soirée à côté de Catherine Deneuve », « ramener chez elle la princesse Sikki de Somalie » ou, selon son expression préférée, « accomplir (ma) B.A. en tenant compagnie à Alain Delon qui dînait seul un soir au restaurant Berkeley », le tout dans un exercice de *name dropping* (lâcher de noms) confinant à la haute voltige.

Quand Pierre avait téléphoné à André Lainé pour lui confirmer qu'il viendrait accompagné de Cassandra, celui-ci était encore sous le coup de la colère après avoir justement raccroché avec Bochand-Gratinet.

— Il a exigé d'être assis à l'orchestre au quatrième rang, de face, et pas trop loin de Claudia Cardinale et de Mireille Darc avec qui il aurait soi-disant sympathisé l'été dernier à l'hôtel Mirage de Tanger. Vous imaginez le culot !

*
*   *

Inès de Maupertuis, dont les premières de théâtre étaient la spécialité, avait raconté un jour à un chroniqueur que les comédiens surveillent eux-mêmes de très près la mise en place de la salle les soirs de générale ou de première.

— À une soirée de gala aux Bouffes-Parisiens, à laquelle le président de la République et son épouse devaient assister, lui avait-elle ainsi expliqué en riant, une grande comédienne – dont je tairai le nom – demanda à Jean-Claude Brialy d'installer le couple présidentiel au troisième rang, aux places F et G face à elle durant les deux premiers actes, puis de les déplacer à l'entracte côté cour, là où la mise en scène l'avait placée au troisième acte.

— Ma chérie, lui avait fait seulement remarquer Brialy, j'adorerais, mais tu oublies qu'il n'y a pas d'entracte !

*
*   *

Des mesures de sécurité exceptionnelles avaient été prises autour du théâtre Marigny. Elles attestaient de la présence de hautes personnalités de l'État, à commencer par Bernadette Chirac, amie personnelle de François Pinault, propriétaire du théâtre, et de son épouse Maryvonne. La haie de photographes confirmait l'expectative d'un tel événement et les flashes saluaient toutes les arrivées.

Scrupuleusement, Pierre notait sur le petit carnet qui ne le quittait jamais les principaux noms illustres de celles et ceux qui s'installaient sur les fauteuils de velours rouge : le ministre de la Culture, Claire Chazal et Philippe Torreton, la baronne Philippine de Rothschild, Pierre Bergé et Charlotte Aillaud, Yves Saint Laurent, le baron et la baronne Seillière, Bernard-Henri Lévy et Arielle Dombasle, Jean-Claude Brialy, tous ses amis de la grande famille du théâtre de Claude Brasseur à Marie-Anne Chazel, d'Anouk Aimée à Philippe Noiret, sans oublier Isadora Darker et son époux Jean-Marc Colineau.

Isadora prenait d'ailleurs aimablement la pose, sans qu'on eût besoin de la prier longtemps, devant l'affiche de la pièce autant pour découvrir, à son habitude, le galbe parfait d'une cuisse qu'elle avançait de trois quarts des plis fendus de sa robe lamée or, que pour rappeler aux metteurs en scène que son nom pouvait encore être associé au théâtre…

*

* *

Le vrai spectacle était dans la salle, le grand jeu consistant à radiographier l'assistance, en prenant le risque de se tordre le cou. À la corbeille, on voyait même des invités, dont la curiosité était plus grande que le sens des convenances ou le respect des consignes de sécurité, se pencher dangereusement en avant pour tenter d'apercevoir les têtes d'affiche.

Corinne Moulinart et Carole Isambert avaient obéi au besoin impérieux d'exhiber leurs dernières acquisitions de l'avenue Montaigne et du faubourg Saint-

Honoré, mais se piquaient de « mourir pour ce spectacle ».

— Tu sais, chérie, Antoine a lu la critique dans *Télérama*, ils encensent la pièce. Je crois qu'ils disent que la fenêtre est la métaphore de l'ouverture sur la vie dont l'homme est, au choix, le spectateur ou l'acteur, récitait Corinne, en s'éventant derrière son programme alors qu'elle avait envoyé son époux lui chercher une eau pétillante au bar.

— Moi, je suis tout simplement folle d'Aurore Frassati. Quand elle a commencé à la Comédie-Française, elle était éblouissante dans *Phèdre*, à moins que ce ne soit dans *La Folle de Chaillot*. Je suis si impatiente de la revoir sur scène, minaudait Carole, en se demandant secrètement comment la comédienne avait vieilli car les dernières photos parues de *Paris-Match* lui avaient semblé terriblement retouchées.

— Cela fait combien de temps qu'Alain Gillaud n'a pas joué au théâtre ? Ça lui fait quel âge maintenant ? s'intéressait Jacqueline d'Arcole, suspendue au bras de Grégoire Sainquet, lequel tentait de domestiquer une mèche rebelle échappée à sa mise en pli.

— Chérie, souris aux photographes, s'il te plaît, tu fais toujours une mine renfrognée dans les journaux !, se préoccupait surtout ce dernier, qu'aucune pièce de théâtre n'aurait pu décoiffer.

*

* *

Partout régnait l'excitation d'assister à un événement mondain et culturel d'importance. Bien peu avaient cependant entendu parler de l'auteur dramatique, Aaron Weintraub, – un Juif d'Europe de l'Est mort à Brooklyn en 1972 en achevant l'écriture de sa pièce, jouée depuis lors avec un succès ininterrompu à Broadway –, mais tous se pâmaient devant le coup de génie de Robert Hossein : réunir deux monstres sacrés sur la scène de Marigny.

« Cent représentations exceptionnelles, annonçaient les affiches, pour des raisons d'emploi du temps. » Alain Gillaud venait d'achever le tournage de son huitième film de l'année tandis qu'Aurore Frassati devait aller lire les *Lettres transatlantiques* de Simone de Beauvoir lors d'une tournée en Amérique du Sud. C'est à peine si quelqu'un, hormis Pierre et Cassandra, avait jeté un coup d'œil, dans le programme, aux noms des seconds rôles écrasés en queue de distribution par l'ego sur-dimensionné des deux têtes d'affiche.

*

*   *

L'assistance retenait son souffle. L'émotion était quasi palpable et, quand enfin l'annonce demandant d'éteindre les téléphones portables fit taire le brouhaha général, le rideau rouge se leva dans un tonnerre d'applaudissements sur le face-à-face tant attendu des deux géants.

Il fallut pourtant vite déchanter. Dès les premières répliques, on sut que le texte n'était guère adapté à ce genre de public auquel les tourments psychologiques de l'intrigue échappaient autant, dans un autre registre, que les enjeux de l'élection de Miss Camping à Palavas-les-Flots.

Certains commencèrent très vite à étouffer des bâillements d'ennui derrière leur programme ; d'autres piquèrent du nez pas toujours discrètement en provoquant des « Chut ! » agacés de leurs voisins. À l'inverse, au fur et à mesure que la pièce devenait absconse, on voyait de jeunes comédiennes disséminées dans la salle tendre leur visage vers la scène dans une attitude de pieux recueillement, comme pour boire chaque mot, capter l'intention, ressentir l'émotion d'un spectacle qu'elles appréciaient d'autant plus qu'elles n'y comprenaient rien. Au fond, elles jouaient elles-mêmes un rôle.

Puis, dès que l'attention générale se fût relâchée, vinrent les premiers toussotements. Il est vrai qu'Aurore Frassati et Alain Gillaud peinaient à se hisser à la hauteur de la promesse qu'ils avaient fait naître.

Aurore traversait la scène de cour à jardin dans un tourbillon de mousseline blanche comme une pantomime, agitant ses manches bouffantes en déclamant ses phrases de cette voix rauque et sensuelle qui avait autrefois ému dans *Phèdre* mais qui, soudain, ressemblait à un 33 tours gravé de Maria Casarès. Elle semblait faire des gestes désespérés afin que son partenaire, visiblement éméché, se tourne vers elle pour lui répondre comme l'indiquait la mise en scène dont il avait tout oublié ainsi que, du reste, le quart de ses répliques. Fort heureusement, il avait adopté le système de l'oreillette qui lui permettait de rattraper un texte qu'il avait eu juste trois semaines pour apprendre. Sur scène, l'effet était désastreux. Aux mélopées dramatiques d'Aurore, il répondait par des silences, lourds, avant de répéter mécaniquement des phrases dont il semblait à peine maîtriser le sens, trop occupé à regarder le verre de bordeaux qui l'attendait en coulisse.

Soudain, s'avançant sur le devant du plateau, le visage perdu au loin, il s'aventura dans une tirade dont on sentait bien qu'il ne maîtrisait pas l'issue. « Du haut de la fenêtre, je regardais au loin les blés ondulant au vent… les blés ondulant… ». La salle se mit elle-même à onduler, tant elle pressentait que le vent qui soufflait était celui de la panique dans le regard vitreux du comédien. Tandis qu'il cherchait désespérément la suite dans sa mémoire défaillante que la technologie ne parvenait même plus à pallier, on entendit distinctement dans la salle la voix d'un spectateur un peu sourd penché sur l'épaule de son épouse :

— Réveille-moi quand il en sera aux moissons !

*

*   *

La pièce n'en finissait plus. Même le jeu des comédiens de second rôle, qui, paradoxalement, se tiraient mieux d'un texte difficile, ne parvenait pas à capter l'intérêt du public anesthésié. Par chance, sur un dernier monologue interminable et chaotique d'Alain Gillaud, le rideau finit par tomber au dernier acte.

Aux applaudissements polis succédèrent des cris enthousiastes moins mus par la performance des acteurs que par le soulagement de les faire taire. Pendant les rappels, et alors qu'Aurore Frassati tentait d'occuper toute la scène et de reléguer dans l'ombre les autres comédiennes en accentuant ses gestes de merci démonstratifs, les organisateurs s'étaient placés à cour et à jardin depuis la première corbeille afin de jeter sur la troupe une pluie de roses rouges en criant des « bravos » frénétiques dans l'espoir, un peu vain, de les susciter dans la salle. Au troisième rappel, un bruit de fauteuils claqués couvrit les derniers applaudissements et sembla indiquer l'empressement du public à quitter la salle. La désillusion était à la mesure de l'événement.

*

*   *

— Comment elle était, comment elle est devenue !, s'exclamait Louisette Bénichou, l'épouse du grand entrepreneur de travaux publics Guy Bénichou, avec son accent pied-noir. Quand je pense qu'à ses débuts on disait qu'Aurore Frassati serait la nouvelle Brigitte Bardot. Eh bien aujourd'hui, c'est fait !

— Quelle déception ! Je ne me suis jamais autant ennuyé au théâtre. Ce texte est insipide, le jeu des acteurs pathétique et la mise en scène grotesque, confirmait Bruno Brochand-Gratinet à qui voulait l'entendre, ajoutant qu'il l'avait bien dit mais que, comme toujours, personne ne l'écoutait.

Pierre l'avait pourtant entendu distinctement vanter le génie de Weintraub pour faire genre « celui qui savait tout »…

— À la précédente pièce d'Alain Gillaud j'ai eu la malchance d'être placé derrière un pilier. Ce soir, c'était bien pire, j'ai tout vu car j'étais placé au septième rang !, maugréait de son côté Antoine Moulinart. Quelle horrible soirée, j'aurais préféré dîner à la maison avec mon épouse et mes enfants. C'est dire !

Ceux-là même qui avaient été attirés par l'affiche Frassati-Gillaud, dont il était communément établi qu'il fallait porter aux nues leur talent, durent s'avouer vaincus : ils avaient passé l'une des plus mauvaises soirées de théâtre.

— Si encore il se fût agi d'une représentation à but caritatif, je m'en serais accommodée, pestait Jacqueline d'Arcole, toujours prompte à dénicher du talent dans l'œuvre la plus inepte. Mais y être invitée tient de la torture. Cela me rappelle *Crime et Châtiment* aux Amandiers : le crime était sur scène et le châtiment dans la salle.

*
* *

Le meilleur restait à venir. Voir la cohorte de personnalités boire la coupe de la flagornerie jusqu'à la lie, en débitant le charmant compliment qu'elles avaient préparé dans les loges d'Alain Gillaud et d'Aurore Frassati où les photographes allaient immortaliser « l'hommage du Tout-Paris et de la grande famille unie du théâtre ». Un modèle du genre.

Comment trouver les mots pour le dire ? Le comble de l'hypocrisie mondaine n'est-il pas de souffrir plus à imaginer un compliment que de lâcher une vacherie ? Dans ce registre, les comédiens avaient une longueur d'avance.

— Chérie, tu as été tout simplement éblouissante !, commençait à dire l'une d'elles à Aurore. Jamais je ne t'ai vue aussi bien éclairée.

Une autre grande dame du théâtre, accompagnant Jean-Claude Brialy et Danièle Darrieux, s'en tira honorablement par une phrase passe-partout :

— Oh, cette pièce, c'est tellement toi !

Quant à Alain Gillaud, il recevait dans sa loge, juste vêtu d'un peignoir, l'hommage de ses pairs avec le sourire entendu de celui qui jouit du compliment en feignant la modestie ou l'habitude.

— Vraiment, vous m'avez trouvé bon ce soir ?, demanda-t-il à Georges Delannoy, grand homme de théâtre dont on pouvait juste regretter qu'il ait commencé sa carrière comme figurant devant les Allemands n'ayant, grâce à cela, jamais manqué de beurre durant la guerre.

— Mon cher, tu as donné une vraie profondeur à cette œuvre. Même tes silences étaient éloquents !

En file indienne, ministres, hommes politiques, artistes, journalistes défilaient au-dessus des cintres pour se montrer, payant leur écot au prix fort d'une flatterie.

— Jamais je ne t'aurais cru capable d'un tel exploit, disait l'un.

— C'était tellement fort, que je ne trouve pas les mots pour traduire ce que j'ai éprouvé, déclarait un autre en pensant très fort aux sensations successives d'ennui, d'effroi ou d'écœurement pour lesquelles la salle entière communia.

Seul le critique théâtre de *Libération* criait au génie et l'on sentait même des accents de sincérité dans sa voix. Les deux comédiens principaux, trop « people » à son goût, « se mesurent à un texte sans concession » et leur désastreuse prestation lui paraissait le comble du génie. Il est vrai que Philippe Moufflier – bien peu, en vérité, se souviendraient de son nom – appartenait à ces critiques de théâtre qui, pour gagner leurs galons d'intellectuels, n'aiment rien tant que descendre les spectacles populaires afin de mieux en porter au pinacle d'autres plus confidentiels que le public, lui, boudera. En cela, il ne déparait pas dans le petit groupe des metteurs en scène apparus pour féliciter leur confrère avec le même sourire contrit que s'ils étaient venus assister à son enterrement.

*

* *

Un dandy blondinet aidait la princesse Ira de Fürstenberg à enfiler son manteau.

— Quelle merveilleuse soirée, n'est-ce pas ?, s'enthousiasmait-il, non qu'il eût aimé la pièce de Weintraub, mais parce qu'il comptabilisait dans sa tête le nombre de célébrités qu'il y avait croisé.

Une princesse italienne, qui accompagnait la haute figure de la jet-set, jeta un coup d'œil condescendant vers le farfadet en train de pérorer devant elles :

— Cet apéritif était trop long, cela m'a ouvert l'appétit. Allons au dîner, je meurs de faim !

*

* *

Pierre et Cassandra avaient décidé de suivre le mouvement en direction de Ledoyen en évitant soigneusement d'échanger les impressions d'usage avec les personnalités qui répondaient à leur salut ; ils répugnaient en effet à manifester ouvertement leur terrible déception. Pierre, pourtant, tenait son angle d'attaque, approuvé par sa cavalière : « La lumière qui éclaire violemment les retrouvailles sur scène d'Alain Gillaud et d'Aurore Frassati rejaillit sur toute la distribution et dévoile le talent des jeunes comédiens etc. ». Ils riaient de cette habile trouvaille quand ils furent arrêtés au contrôle, dans le hall du théâtre.

— Ah, monsieur Bonnard, c'est vous que je cherchais. Vous pensez, dans cette foule, j'ai bien cru que je ne vous trouverais jamais. On a déposé ce petit mot pour vous, je viens juste de m'en apercevoir...

Pierre s'était saisi de l'enveloppe avant même que la régisseuse n'ait eu le temps de lui demander, comme elle s'apprêtait sans doute à le faire, ce qu'il avait pensé du spectacle. Après avoir survécu aux affres de la représentation, il n'éprouvait plus ni l'angoisse ni l'agacement qu'il avait ressentis aux premières manifestations du corbeau, mais une sorte de détachement amusé, comme s'il recueillait l'avis éclairé d'un critique masqué tenant absolument à participer au débat, comme ces témoins cagoulés et dont on contrefait la voix sur les plateaux de télévision.

— Tiens cette fois, il se prend pour Jean de la Fontaine !, sourit Pierre, à l'intention de Cassandra qui guettait sa réaction. Il se croit obligé de nous servir en permanence la morale des fables dont nous sommes aussi les témoins. Voici ce qu'il écrit :

« *Au crépuscule de leur vie, la grenouille et le crapaud,*
refusant de quitter la mare pour jouir d'un juste repos
continuaient de donner concert aux jeunes hérons [affamés
Applaudissez-nous, voyez combien nous avons de [talent
Chantaient-ils trop bruyamment, sourds à leurs [avertissements
Lassés par tant de suffisance que les ans n'avaient [pas calmée,
Les hérons, sans pitié, mirent fin à une trop longue [imposture
Et d'un coup de bec fatal firent des batraciens leur [pâture... ».

Chapitre 11

Au *Journal,* Cassandra partageait son bureau avec Patricia, la responsable de la rubrique « Livres » avec laquelle elle s'entendait d'autant mieux que leurs périodes de fièvre hystérique ne se chevauchaient pas. Cassandra était aux quatre cents coups pendant les défilés de mode, en janvier et en juillet, tandis que Patricia sortait de sa routine dès qu'arrivait le mois de novembre et sa moisson de prix littéraires.

— Le plus drôle, racontait-elle, c'est l'organisation des cocktails le jour où l'on décerne le prix Goncourt chez Drouant ; devant toutes les maisons d'édition dont les livres ont été retenus sur la liste finale du jury, les camions attendent, prêts à livrer le plus somptueux des buffets. Seul le vainqueur fera bombance, tandis que chez les autres éditeurs, on renvoie le catering sans même ouvrir le camion !

*

* *

En marge des grandes récompenses qui attiraient tous les regards et toutes les convoitises, d'autres distinctions littéraires éveillaient l'intérêt de Patricia, comme le prix Walter Scott décerné chaque année à un roman historique qui, selon la méthode chère au maître écossais, « excelle dans l'art de reconstruire le passé à partir du présent ».

Patricia avait convié à la remise des lauriers sa collègue et amie Cassandra, qui se proposait de venir avec Pierre, lequel, cela ne pouvait mieux tomber, s'était vu offrir par sa tante Jeanne-Marie de l'y accompagner car elle faisait partie du jury comme, du reste, Renaud Castéja, le prince Tchovroutsky, le vicomte de Blachy de Monrepos ou Katherine McPhillips, la généreuse mécène.

On aurait pu s'étonner légitimement qu'une Américaine aussi inculte acceptât de soutenir un prix littéraire parisien dédié au roman historique. Mais Patricia n'allait pas tarder à apporter une réponse à Pierre : Katherine McPhillips avait consenti à doter le prix d'une somme de 10 000 euros (assortie d'un voyage d'une semaine pour deux personnes en Écosse qui résonnait aux oreilles du récipiendaire comme une sorte de pèlerinage mortel sur les traces de sir Walter Scott à Abbotsford d'où tout retour précipité à Paris était totalement exclu) pour la seule et unique raison qu'il appartenait au cercle des rares prix présidés par une altesse royale.

Si elle avait eu le choix, elle aurait préféré s'introduire dans les jurys du prix Hugues Capet – parce que les nombreux prédicats princiers mangent les deux tiers du carton d'invitation – ou du prix Oscar Wilde, associé à la personnalité emblématique et charmante de la fille aînée du dernier roi d'Italie, la princesse Maria-Pia de Savoie, remariée au prince Michel de Bourbon-Parme. En vain. Les portes lui étaient restées closes. Il ne lui était resté d'accessible que le prix Walter Scott. Aussi Katherine avait-elle pris les choses en main et se chargeait-elle désormais d'organiser la réception – somptueuse, naturellement – au Pavillon d'Armenonville.

Pourquoi avoir choisi ce lieu bien peu historique ?

— Parce que Katherine adore le bois de Boulogne où elle fait son jogging. À sa manière, elle se prend aussi pour Robin des Bois, avait tenté d'expliquer Patricia.

— Tu parles !, lui avait objecté Cassandra. Ta Katherine, c'est plutôt Rupin des Bois.

Comme les rapaces guettant leur proie des heures durant avant de leur fondre dessus, Katherine McPhillips avait attendu l'heure propice pour se lancer à l'assaut de ce Walter Scott dont elle ne savait strictement rien vu qu'il n'avait écrit aucun roman de la collection Harlequin. Elle avait un jour alpagué Jeanne-Marie dans un défilé de mode et l'avait assaillie de questions sur ce prix dont elle la savait membre du jury. Au fil de leurs rencontres, la blonde Américaine s'était sentie soudain pousser une vocation littéraire et s'était dévotement convertie aux romans historiques. Jeanne-Marie Beaujet-Suchard avait alors songé qu'un partenariat financier serait une aubaine pour doter richement une récompense littéraire jusque-là constituée d'une édition rare et limitée d'*Ivanhoé*. Jeanne-Marie, enthousiaste, avait donc aussitôt envoyé un mail à la secrétaire générale du prix, Sa Grâce la duchesse de Roxburgh (membre de droit du jury parce qu'elle était la seule Écossaise de ce cénacle plus mondain que littéraire), pour qu'elle en informe la présidente, la princesse de Hesse-Rheinfels, lointaine cousine du duc d'Édimbourg, ce qui était en soi une justification suffisante. L'auguste altesse cinquantenaire n'avait pu se soustraire aux adorateurs de Walter Scott lorsque ceux-ci l'avaient sollicitée pour occuper cette fonction, sachant qu'elle possédait dans son château le manuscrit original de *Quentin Durward* dont elle n'avait, jusque-là, jamais su l'existence parmi les milliers d'ouvrages de son impressionnante bibliothèque. Au fil des ans, ce prix Walter Scott avait revêtu à ses yeux une importance capitale comme s'il se fût agi d'une œuvre de bienfaisance ou d'une cause caritative. « Une princesse de sang royal ne saurait se dérober à ses devoirs et obligations envers les autres, aimait-elle à rappeler. Particulièrement pour transmettre le passé aux générations futures. »

*

* *

Le jury du prix s'était peu à peu constitué comme un club de lecture mais dont la vocation restait essentiellement mondaine. Renaud Castéja avait beaucoup fait pour y introduire des personnalités de renom, certes moins connues par leurs écrits que pour leur image sans cesse reproduite dans la presse people. Appelant un jour son grand ami du polo de Bagatelle, le comte Amaury de Monbazon (dont le surnom était « À mourir de mon blason » tant il était obsédé par sa particule), ce dernier lui avait manifesté en ces termes son enthousiasme pour son projet :

— Walter Scott ? J'adore ! Quand j'étais gamin, je dévorais David Copperfield et Oliver Twist…

— Tu ne confonds pas plutôt avec Charles Dickens ?

— Oh tu sais, moi, la littérature américaine !

— … écossaise ? corrigea Renaud Castéja avant de raccrocher sur une vague esquive de politesse, du genre « n'en parlons plus ».

*

* *

Jeanne-Marie Beaujet-Suchard avait expliqué à Pierre que le jury se réunissait une fois l'an dans l'appartement parisien de la princesse de Hesse-Rheinfels pour que l'on désigne les heureux finalistes.

Hormis la princesse-présidente et deux historiens de ses amis, nul ne prenait vraiment tout cela au sérieux. À vrai dire, le thé servi avec du *kramich*, cette délicieuse brioche aux raisins dont s'approvisionnait la princesse à Darmstadt, suffisait à combler de bonheur la plupart des membres du jury, dont bien peu s'étaient seulement soucié de lire un livre. À l'inverse, les deux historiens – le professeur Georges Dufour enseignait le Moyen Âge au Collège de France, membre de l'Institut, et l'autre, François Maréchal, un merveilleux conteur d'histoires dans le droit fil d'Alain Decaux – tentaient avec difficulté de ramener vers les livres – surtout les romans historiques – une conversation qui dérivait vers les futilités.

— Cher maître ? commençait la princesse de Hesse-Rheinfels, j'ai croisé l'autre soir au souper de l'ambassadeur de Russie cet avocat très célèbre, maître Michel Vauriat, qui m'a demandé si son livre *Le Duc d'Aumale et l'Affaire de Panama* pourrait être sélectionné. Il serait si heureux de recevoir le prix, qu'en pensez-vous ?

— Certainement, chère princesse, avait voulu répondre l'académicien en se raclant la gorge tant il était mal à l'aise, mais ne croyez-vous pas qu'il devrait plutôt concourir pour le prix Hugues Capet ; après tout, le duc d'Aumale était de sa famille.

— Pour être franche, moi, je pensais à Josée Dayan, avait lancé alors une productrice de télévision admise dans le jury grâce au soutien du prince Tchouvrotsky (qui rêvait que l'on tourne une saga romantique sur sa famille). Moi, j'ai adoré *Le Comte de Monte-Cristo* et *Les Rois maudits*...

— Dois-je vous rappeler que le prix Walter Scott est supposé récompenser un roman historique ?, avait émis François Maréchal, un rien agacé. Et non pas les adaptations cinématographiques, aussi bonnes soient-elles !

— Oh, je sais, j'ai trouvé, s'était enflammé soudain un jeune mondain prétentieux, dont le principal fait d'armes avait été de classer les photos d'archives de la princesse de Hesse-Rheinfels – dont il s'était, du reste, empressé de faire un album, publié à son seul bénéfice mais qui lui avait surtout valu la faveur de quelques initiés, car le livre était vendu (à peu d'exemplaires, en vérité) en exclusivité à la librairie Galignani, rue de Rivoli, le temple des livres d'art et du Gotha. Pourquoi ne pas proposer le prix Walter Scott à Jane Austen ? Je viens de lire *Orgueil et Préjugés* et j'ai trouvé ce livre fantastique.

— À titre posthume, vous voulez dire ?, avait raillé François Maréchal, bientôt exaspéré par tant d'ignorance.

— Si j'étais vous, reprenait prudemment la jeune productrice qui, décidément, aurait dû apprendre à se taire, je ferais un formidable coup médiatique en donnant le prix à Dan Brown pour son livre *Anges et Démons* ; certes c'est un thriller, mais c'est aussi un merveilleux roman historique sur le Vatican. Qu'en pensez-vous, chère princesse ?

Par chance, la princesse n'en pensait rien de bon, d'autant qu'elle avait échappé, par miracle, à la fièvre pseudo-historiciste et prétendument mystique de ce qui n'était qu'à ses yeux un « excellent polar ».

La consternation se lisait sur les visages des deux historiens. Ils avaient fini par décider de prendre la direction des débats en s'assurant tout à la fois les soutiens des trois femmes de jugement, la princesse de Hesse-Rheinfels, la duchesse de Roxburgh et Jeanne-Marie Beaujet-Suchard. Tour à tour se virent évoqués les noms de leurs amis qui venaient de publier d'excellents romans plus ou moins historiques. On cita Ève Ruggiéri, Yaguel Didier, Françoise Hamel, Juliette Benzoni, Jean-Michel Riou... qui tous méritaient d'être distingués mais qui n'avaient guère besoin que la bonne fée du prix, Katherine McPhillips, se penche sur leur destin littéraire déjà couronné.

Quand la réserve de brioches aux raisins avait été épuisée, les membres du jury s'étaient séparés non sans avoir établi une liste de cinq noms d'ouvrages qui leur seraient adressés et qu'ils devraient lire sous quinzaine avant le vote final, lequel relevant de la formalité faussement démocratique puisque la princesse avait voix prépondérante.

— Jamais je n'ai été autant invitée, confia plus tard Jeanne-Marie Beaujet-Suchard à son neveu. Tu n'imagines pas combien ce prix, pourtant modeste, attise les convoitises. Même la réalisatrice Carole Ollier a organisé un grand dîner chez elle au cours duquel son mari, le président du groupe d'édition Ollier, m'a longuement vanté au dessert les qualités du roman historique de son poulain Vincent Fournier, une sombre histoire de crime passionnel au temps des Cathares...

*

* *

Le soir de la remise du prix au Pavillon d'Armenonville, le jury s'était réuni dans un petit salon pour le vote final, tandis que les convives commençaient à affluer.

D'une distinction naturelle qui se jouait des artifices, la princesse de Hesse-Rheinfels avait opté pour une robe d'un bleu dur et profond, droite et sobre à son image, et dont l'élégance était juste soulignée par un collier de trois rangs de perles soutenant un énorme saphir aussi pur que ceux qu'elle portait en pendants d'oreilles.

Nul n'aurait pu la confondre avec Katherine McPhillips dont l'afféterie se lisait sur sa mise voyante. Elle avait pensé qu'il serait de bon ton de ressembler elle-même à une héroïne de roman. Aussi avait-elle demandé à Jean-Paul Gaultier de lui confectionner une robe haute couture directement inspirée du personnage de lady Marianne dans *Robin des bois* dans laquelle elle s'était drapée, relevant sur sa tête les plis de la capuche. Sans doute pour mieux coller à son image de trésorière avait-elle voulu vider sur elle le contenu d'un trésor moyenâgeux dont elle portait une immense croix constellée de pierreries sur la poitrine. Elle n'aurait pu trouver meilleur déguisement pour un bal costumé sur le thème de Walter Scott. Elle qui voulait camper l'actrice Olivia de Havilland échappée du tournage avec Errol Flynn, elle semblait heureuse de son effet.

*
* *

Pierre et Cassandra retrouvèrent Patricia, en grande conversation avec des éditeurs, dont la plupart appréciaient le prix Walter Scott non tant sur un plan littéraire mais parce que le buffet y était aussi abondant que les opportunités de rencontres mondaines.

Il y avait ceux, comme Pascal Martinez, qui venaient y faire leur marché.

— Vous avez un projet actuellement ?, demandait-il, l'air de rien, en grappillant un des délicieux sandwichs au saumon, à une jeune romancière dont le deuxième – et excellent – roman avait largement bénéficié de son histoire d'amour avec l'acteur bodybuildé de *La Fleur des mâles*.

Pascal Martinez ne parlait jamais de « publier un livre », mais de « faire un coup » et, à cet effet, courait les mondanités, prêt à dégainer son carnet de chèques qu'il finissait toujours par exhiber fièrement sous le nez des célébrités qu'il rencontrait en leur promettant un avenir rêvé d'auteur à succès.

Quelques minutes auparavant, Patricia l'avait entendu draguer un vieil auteur d'une filiale de Plon, fidèle à cette maison d'édition depuis vingt-huit ans, en lui serinant que l'attaché de presse avait mal fait son travail.

— Je ne comprends pas, avait-il persiflé. Pourquoi un si bon livre a eu si peu de presse ! Je ne voudrais pas dire, mais leur service de presse est tellement nul que les auteurs ne sont jamais invités dans les bonnes émissions de télé. Et je ne parle même pas de la distribution. Tiens, l'autre jour j'ai voulu acheter votre ouvrage à la Librairie du Marché, à Deauville, où je passais le week-end avec mon épouse. Eh bien, le libraire se plaignait de devoir sans cesse réclamer un réassort sans être jamais exaucé !

Si, après cela, l'auteur ne tombait pas dans ses redoutables filets…

Patricia expliqua aussi que certains auteurs faisaient tout eux-mêmes, hormis peut-être écrire leur livre : ils étaient leur propre agent publicitaire et attaché de presse. Ainsi donna-t-elle à Pierre et Cassandra l'exemple éclatant de l'historien du Moyen Âge Enguerrand Montmort-Rancy qui, outre sa propension à laisser s'infiltrer une particule nobiliaire entre son prénom et son nom et à ne jamais démentir lorsqu'on avançait qu'il était le dernier des Montmorency, se faisait fort de défendre lui-même ses livres sur la France féodale. Ayant toutes les audaces, il avait même eu le toupet, lors de la visite d'État en France de la reine Elizabeth en 1992, de se rendre à une réception à l'Hôtel de Ville avec, sous le bras, son dernier livre sur le temps des cathédrales.

— Alors que le protocole avait pris soin de préciser qu'on ne devait ni parler à la reine sans qu'elle ne nous adressât la parole, ni lui offrir de cadeaux, encore moins la toucher ou se faire prendre en photo avec elle, en riait encore Patricia, Montmort-Rancy, ne doutant de rien, profita d'un moment de flottement à l'arrivée de la souveraine pour se planter crânement devant elle, et lui mettre promptement le livre dans les mains en l'apostrophant. Il lui dit alors : « La couverture bleu roi de mon ouvrage est parfaitement assortie au manteau de Votre Majesté ». Il ne nous resta plus qu'à ricaner grassement lorsque la reine voulut ensuite se débarrasser du livre en le confiant à sa dame d'honneur, comme si elle avait cherché à lui refiler une patate brûlante !

D'autres éditeurs allaient en ville afin d'espionner leurs auteurs, persuadés que ceux-ci sacrifiaient plus volontiers aux mondanités qu'à l'enfer de l'écriture pour honorer, en temps, leur contrat. Jacques-Henri Vimeux venait ainsi de sortir triomphalement des toilettes hommes du Pavillon d'Armenonville où il était allé coincer Nicolas Poirier en le harcelant de questions tout en urinant : « Alors, vous en êtes où ? Il vous reste combien de chapitres ? Vous pensez me donner quand la fin de votre manuscrit ? » On sentait que lui, visiblement, s'était soulagé. À l'inverse, l'auteur apparut quelques minutes plus tard, livide et lessivé.

*

* *

Les flashes se mirent à crépiter avec frénésie lorsque Juliette Narbot fit son entrée dans la salle de réception, tirant de la manche son époux, célèbre commissaire-priseur qui posait comme à contrecœur pour les photographes.

— Enfin, chouchou, ne fais pas l'enfant, lui murmura-t-elle. Nous n'avons pas le droit de nous soustraire à nos obligations.

Comme une chatte en chaleur, elle minaudait, prenait des poses, faisait des manières, se frottait à son mari, stoïque et impassible, quoique sous le charme envoûtant d'une épouse sculpturale qu'il dévorait des yeux en se disant que, vraiment, « elle est trop belle pour toi ».

— Attends, mon bébé, encore un instant. Ce photographe n'a pas pu faire correctement sa photo. Comme ça, c'est bien ? Plus de profil ? Non, attendez, je dois plus baisser le menton ! Vous me laissez voir le résultat sur votre écran ?

Pas un qui ne tombe sous son charme dévastateur. Et les intelligences les plus vives, les esprits les plus cartésiens, les hommes d'État les plus raisonnés, perdaient tout sens commun dès qu'elle leur faisait la danse des sept voiles. « Divine ! » bavaient-ils en reprenant leur souffle. Patricia avait même expliqué à Pierre et Cassandra que la photogénie de Juliette Narbot en faisait une hôte de choix dans toutes les émissions littéraires où elle était invitée à paraître. À la télévision, elle parlait d'autant mieux de ses livres, des trémolos dans la voix, qu'elle s'était fixé pour règle de toujours s'acheter l'après-midi même une tenue sexy qui ferait saliver les téléspectateurs-lecteurs potentiels. « Je me dois à mes lecteurs car j'entretiens avec eux des relations charnelles extrêmement fortes », expliquait-elle en interview, en veillant d'un battement de cils à ce que son interlocuteur ne tarde pas à transpirer lorsque son regard tomberait, fasciné, sur son jeu de jambes. « Oui, je sais, confessait-elle sans fausse modestie. Je suis toutes les femmes. Et c'est pourquoi toutes les femmes se reconnaissent en moi. C'est aussi mon rôle de leur donner du rêve, dans mes romans, comme dans l'exemple de ma vie. » Nul n'aurait cependant osé lui dire qu'il devait exister des femmes dont la vie était nettement plus difficile hors des limites des VIe, VIIe, VIIIe et XVIe arrondissements de Paris…

Elle avait su avancer dans la vie littéraire un pied dans l'écriture (ce que certains lui reprochaient d'ailleurs), un autre dans l'art de recevoir tant elle aimait choyer les puissants pour lesquels elle organisait des soupers fins chez elle. À l'instar de Metternich pour qui « l'homme commence au baron », Juliette Narbot ne faisait jamais de frais en dessous du député et, généralement, ne prenait en considération que celle ou celui qui pourrait lui servir. Dès lors, la flatterie était son arme fatale. Mais alors qu'elle s'approchait d'un ancien Premier ministre néanmoins jeune auteur, une jeune femme, inconnue, lui grilla la politesse et la devança aussi dans l'art du compliment :

— Oh, cher ami, je voulais vous dire que j'ai adoré votre dernier livre ! Cette épopée romanesque à travers le Transvaal pendant la guerre des Boers m'a séduite, éblouie. Je n'ai pas pu fermer l'œil de la nuit ! À l'instant où je l'ai ouvert, rien ne comptait plus. Comment vous dire ? Ça ressemble à ces *page turner* américains dont on dévore les pages comme les cacahuètes dans un bol, une après l'autre, jusqu'à ce qu'on l'ait vidé. Et alors, ce que j'ai trouvé criant de vérité, c'est l'épisode où vous racontez la prise de Magersfontein.

— Ah, vraiment, vous avez aimé ?, sourit, flatté, l'ancien ministre quoiqu'un peu embarrassé. J'ai raconté ça, moi ? s'interrogeait-il à haute voix, prenant le risque d'être démasqué.

Cassandra était indignée.

— On peut comprendre qu'un homme politique n'ait pas le temps d'écrire lui-même ses livres, mais à défaut de l'écrire il aurait au moins pu le lire !, s'énervait-elle devant Patricia, plus philosophe.

— Tu déconnes, c'est le cas de 80 % des auteurs ! Si les éditeurs ne devaient publier que ceux qui écrivent leurs livres, l'industrie du papier s'effondrerait en France. Au moins les forêts pourraient dormir tranquilles, éclata-t-elle de rire.

Déjà l'ancien ministre cherchait ailleurs à glaner des louanges.

— Je ne m'attendais pas à entrer si vite dans la liste des meilleures ventes du *Nouvel Observateur*, s'étonnait-il, d'un ton docte et sérieux, auprès de Carole Ollier dont l'époux était son éditeur.

— Ah bon, vous êtes dans les best-sellers ?, fit mine de découvrir Juliette Narbot attrapant au vol la conversation – elle soignait attentivement ses relations avec les ministres, fussent-ils anciens.

Et d'ajouter :

— Cher ami, il y a si longtemps que vous n'êtes pas venu dîner à la maison ; il est vrai que vous êtes si occupé par votre campagne électorale à dix mois des législatives, suggéra-t-elle aimablement, se doutant bien que, pas plus qu'elle, il n'avait passé des nuits sans sommeil à écrire son livre. Tiens, c'est bien simple, la dernière fois que nous nous sommes vus, c'était lors de la remise de décoration à Jean-Pierre, dans les salons de l'hôtel de Lassay. J'étais si émue ce jour-là lorsque vous lui avez remis la Légion d'honneur… C'est vrai que Jean-Pierre a tant fait pour le rayonnement de l'art français ! On peut seulement regretter que pour le ruban rouge, aussi, la parité hommes-femmes ne soit pas respectée.

Estomaquée. Patricia n'en croyait pas ses oreilles. Juliette Narbot venait tout simplement de réclamer pour elle aussi le précieux insigne des honneurs républicains.

— Pourquoi pas à titre militaire ?, se moqua Patricia. Elle a tant crapahuté pour y arriver !

Par-delà les colifichets égotiques que sont les prix, les récompenses ou les titres qu'elle aimait collectionner, elle considérait que cette décoration « était la seule marque d'honneur tangible qui ne soit pas à la portée de tout le monde », ce qui signifiait dans son esprit que, pour une fois, il lui faudrait la justifier.

— Passe encore qu'elle soit à elle toute seule une imposture mondaine et littéraire, il est heureux que la République des lettres sépare le bon grain de l'ivraie, susurra Patricia à Pierre, lequel venait de recueillir les impressions des cinq finalistes prétendant au prix Walter Scott.

*

* *

Restaient en lice deux jeunes romanciers, tremblants d'impatience et d'anxiété comme de jeunes communiants, et trois signatures déjà reconnues du roman historique, mais qui, sous leurs airs détachés, escomptaient bien repartir avec les dix mille euros et un joli coup de projecteur sur leur livre. Ils imaginaient déjà le bandeau que, dès demain, leur éditeur ferait imprimer et ajouter sur le livre : « Prix Walter Scott ».

Jean-Maurice Dubuc, auteur d'un roman historique sous la Fronde ressuscitant la folle aventure amoureuse de la Grande Mademoiselle et du duc de Lauzun, feignait superbement l'indifférence.

— Que voulez-vous que cela change pour moi ?, expliqua-t-il à Pierre. Voyez-vous, j'ai des lecteurs fidèles qui connaissent le sérieux de mon travail. Le livre, du reste, s'est vendu à plus de dix mille exemplaires, ce qui est un exploit quand je vois combien la critique me boude.

Tout en faisant défiler mentalement les quelques mots de remerciement qu'il adresserait du haut de la tribune, il allait se tourner vers son éditeur pour lui demander où le dîner célébrant sa victoire certaine serait organisé, quand le grésillement du micro rappela à l'assistance le principal objet des agapes.

*

* *

— Puis-je vous demander quelques instants d'attention ?

La voix mal assurée de la princesse de Hesse-Rheinfels s'éleva au-dessus du brouhaha général.

— Plus fort !, répondirent en chœur les convives, certains suggérant même « dans le micro ! ».

— Mmm, je ne serai pas longue. Je voudrais seulement vous adresser à tous mes remerciements pour votre présence, cette année encore, à notre prix Walter Scott, et en profiter pour remercier chaleureusement un invité de marque, lord Jonathan Parker, arrière-petit-neveu de sir Walter Scott.

Des applaudissements saluèrent cette annonce tandis que les photographes, paniqués, cherchaient à réparer leur oubli en « shootant » l'illustre inconnu.

Déjà le professeur Georges Dufour s'avançait pour annoncer le nom, tant attendu, du lauréat de l'année. Regardant depuis le pupitre successivement la princesse de Hesse-Rheinfels et la duchesse de Roxburgh, le brillant académicien se lança :

— Altesse royale et chère présidente, Votre Grâce, mesdames, messieurs, chers amis, comme chaque année notre éminent jury s'est réuni pour délibérer et, une fois encore, le choix s'est avéré difficile… J'ai l'honneur et le plaisir d'annoncer que le prix Walter Scott a été décerné cette année à Geneviève Michard pour son merveilleux roman *L'Infante sacrifiée* dont l'intrigue fait revivre la Cour d'Espagne au temps de Goya…

Tandis qu'il poursuivait son discours volontairement lyrique, en citant l'esprit cher à Walter Scott, avec un long développement suivant lequel « l'Histoire, non seulement peut être dramatiquement vivante, mais songeons que la vie des humbles est matière à recherche… au même titre que l'existence des souverains », Pierre vit distinctement Jean-Maurice Dubuc, pâle comme un linge, poser sa coupe de champagne, glisser trois mots à son éditeur qui tentait de le retenir, et se diriger vers la sortie d'un air furieux. « Mauvais perdant », songea-t-il, tandis que l'assistance applaudissait à la victoire de Geneviève Michard.

Cette dernière bredouilla quelques paroles de remerciements, sincères et touchantes, avant de s'installer à une table pour dédicacer des ouvrages que son éditeur – comme les quatre autres, d'ailleurs – avait fait livrer.

Il y eut ceux qui vinrent l'acheter en la félicitant – « J'étais sûre que vous l'auriez » –, d'autres qui voulurent la congratuler tout en s'excusant – « J'ai déjà acheté le livre, mais je n'ai pas pensé à l'apporter » –, sans oublier ceux qui, n'ayant rien suivi ou compris, l'interrogeaient en pesant le roman, en le retournant pour lire la quatrième de couverture, en le feuilletant et en disant : « Et ça parle de quoi ? ». Geneviève Michard souriait aimablement, même à ceux qui vous font regretter d'avoir écrit et publié un ouvrage : « Dites-moi, "l'infante sacrifiée"… c'est bien sûr cette malheureuse princesse Maria-Cristina que j'ai bien connue et qui s'est sacrifiée pendant la guerre civile en Espagne ? »

Pierre et Cassandra éclatèrent de rire. Non loin d'eux, l'attaché de presse du prix Walter Scott téléphonait à une journaliste de l'AFP :

— Michard, M-I-C-H-A-R-D, hurlait-il dans le combiné. Oui, c'est elle qui a remporté le prix. Ah bon, vous ne la connaissez pas ? Enfin, il faut l'annoncer, c'est important, ce prix Walter Scott, il est doté de dix mille euros. Vous n'avez pas lu l'écho publié dans le *Daily Telegraph* ? Vous auriez dû…

La déception se lisait sur ses traits.

*

* *

Patricia sortit de la foule des demandeurs d'autographes et de dédicaces pour rejoindre Pierre et Cassandra près du buffet.

— Pierre, ouh, ouh, je t'ai trouvé un livre de Geneviève Michard. Je crois qu'elle te l'avait dédicacé et l'éditeur l'avait mis de côté pour toi.

Pierre ouvrit le livre et lut à haute voix l'aimable dédicace : « À Pierre Bonnard, fin observateur des intrigues de cour, cette plongée dans l'univers romanesque de l'infante sacrifiée… ».

Surpris, il découvrit une autre mention manuscrite en frontispice. Pas de doute. Il avait immédiatement reconnu l'écriture de son corbeau dénonciateur :

« *Vous connaissez maintenant Juliette et les précieuses ridicules, n'oubliez jamais à l'instar de Molière qu'une sotte savante est sotte, plus qu'une sotte ignorante* ».

*

* *

Pierre réfléchit aussi vite qu'il put. Ce ne pouvait être qu'un membre du jury, qui seul aurait eu accès à la pile d'ouvrages livrés la veille par l'éditeur. Mal à l'aise, procédant par élimination, il ne voyait guère que le vicomte de Blachy de Monrepos ou Renaud Castéja, les seuls à donner sans cesse des leçons de savoir-vivre au monde.

Soudain, une idée lui traversa aussi l'esprit comme une lame de poignard. Et si sa tante Jeanne-Marie continuait de tirer, dans l'ombre, les ficelles de sa destinée ? Il dut bien s'avouer qu'il n'avait jamais vu son écriture manuscrite…

Chapitre 12

Pierre était face à un de ces dilemmes auquel le métier, périlleux, de chroniqueur mondain l'avait souvent confronté. Il venait de recevoir une invitation dorée sur tranche à participer à la soirée de la Saint-Sylvestre au château de Montmarcel, en Touraine, chez le plus grand marchand d'art parisien Jean-René Trubert, qu'il avait croisé à maintes reprises dans les soirées, rencontres faisant germer entre eux une de ces amitiés mondaines dont on ne sait jamais la part qu'elle doit aux sentiments véritables et à l'intérêt professionnel bien compris.

C'est étrange, le réveillon est un moment de convivialité qu'on aime partager avec ses amis et ses proches, se disait Pierre, néanmoins vaguement flatté d'avoir reçu le précieux bristol sur lequel avait été inscrite, en lettres anglaises finement calligraphiées, la mention « *dine and sleep* » qu'utilisait habituellement la reine Elizabeth pour convier ses invités à passer le week-end au château de Windsor mais qui, en français, aurait sonné de manière trop commune, « pour dîner et dormir ».

Pierre était partagé. D'un côté, la perspective de passer la fin d'année avec Cassandra – dont il était désormais inséparable, et nul n'aurait songé à inviter l'un sans l'autre – dans un lieu magique chez l'un des plus fins hôtes qui se puisse trouver, le réjouissait intimement, car cette invitation parmi ce qu'il supposait être un cercle restreint d'intimes lui semblait la consécration de son irrésistible ascension mondaine. D'un autre côté, il se doutait bien que sa qualité de patron de la rubrique « À la scène, à la ville » pesait plus lourd qu'une pseudo-amitié avec le maître des lieux chez qui il s'était rendu une seule fois pour les célèbres « Journées des fleurs » organisées dans son magnifique jardin. Il se dit que le plus urgent était encore de consulter Cassandra.

*

* *

De fil en aiguille, la rédactrice de mode et le chroniqueur mondain s'étaient intimement rapprochés et Pierre vouait une reconnaissance émue à Cassandra de l'avoir sorti de sa naïveté et de l'intérêt extatique qu'il portait aux mondanités. Elle-même, que le monde de la mode et l'univers de la futilité avaient depuis longtemps cessé d'éblouir, lui avait ouvert les yeux sur la nature humaine. Ils prenaient dès lors d'autant plus de plaisir à exercer leur métier, sans jamais être blasés ni cyniques, qu'ils étaient aux premières loges pour observer le spectacle d'un jeu social toujours renouvelé.

— Quels sont tes plans pour le réveillon ?

— Tu veux parler de ce dîner où je dois ingurgiter en une soirée autant de calories qu'en une semaine ordinaire ?, se moqua, gentiment Cassandra, dont les cinquante-six kilos soutenaient sans peine un mètre soixante-dix-huit de grâce et de féminité.

— Que dirais-tu d'un petit week-end de calme, luxe et volupté ?, suggéra Pierre, volontairement évasif et mystérieux.

— Ah, je vois, tu me proposes de t'accompagner à un voyage de presse au Royal Palm de l'île Maurice pour essayer une nouvelle crème bronzante...

— Tu n'y es pas ! Nous sommes invités tous les deux à passer un réveillon romantique aux chandelles dans un somptueux château entre Amboise et Tours ; et tu seras ma princesse de conte de fées.

— C'est un peu Eurodisney ce que tu me proposes là, non ?, sourit-elle, mais si c'est pour le boulot, allons-y.

En grande pro, Cassandra concluait toujours de la même manière, sachant, mieux que quiconque, combien était ténue la frontière entre vie privée et vie professionnelle.

*

* *

Tandis que la jeune femme était occupée à chercher sur Internet, via Google, le site du château de Montmarcel et un dossier de presse complet sur Jean-René Trubert, Pierre dut retourner précipitamment dans son bureau où l'assistante de la rédaction lui passa une communication urgente.

— Allô, Pierre Bonnard ? Bonjour, je suis Miranda, l'assistante de monsieur Trubert. Je voulais m'assurer que vous aviez bien reçu notre invitation pour le réveillon du 31 décembre...

Pierre songea que son hôte avait de la suite dans les idées ; à peine Pierre lui avait-il répondu qu'il se ferait une joie de venir à Montmarcel avec son amie Cassandra qu'il avait entendu Miranda lui proposer tout un éventail de solutions pratiques pour relier, en un temps record, la Touraine. Il fut convenu qu'une voiture avec chauffeur les prendrait au domicile de Pierre et les ramènerait à Paris deux jours plus tard. Il raccrocha non sans avoir confirmé à Miranda qu'il avait pris note de toutes les recommandations inscrites sur le carton d'invitation : dîner de la Saint-Sylvestre en smoking, déjeuner du jour de l'an *casual*, etc. Tout le week-end avait été organisé avec une rigueur protocolaire moins habituelle dans le milieu artistique que diplomatique.

— Ce sera très… officiel ?, hasarda Pierre, un peu inquiet de la tournure guindée que prenait l'invitation.

Il n'osait, dans le même temps, demander franchement la liste des invités bien qu'il en mourût d'envie.

— Monsieur Trubert aime que tout soit parfait !, répondit avec indulgence l'assistante, dont Pierre sentit bien au ton de la voix qu'elle ne devait pas rigoler tous les jours. Parmi les autres invités, il y aura naturellement Son Altesse Royale la princesse Isabel de Bourbon et son époux le vicomte de Blachy de Monrepos, mais aussi la princesse de Hesse-Rheinfels, le prince et la princesse Carl-Johann von Thurn-und-Taxis, l'ambassadeur du Guatemala à Paris et quelques amis que vous connaissez sans doute…

Peut-être Pierre aurait-il dû, par prudence autant que par curiosité, explorer davantage la piste des « quelques amis que vous connaissez », mais il sentait bien que la charmante Miranda avait été briefée pour ne dévoiler que les têtes d'affiche, sortes de hameçons princiers supposés faire frétiller d'impatience un chroniqueur mondain.

*

*   *

Cassandra, après avoir surfé pendant une heure sur le net, se déclara finalement « enthousiaste » à l'idée de passer un « week-end de princesse » chez Jean-René Trubert car tous les articles de presse le décrivaient comme un grand esthète, fin amateur d'art, qui s'était fait lui-même à force de travail et d'acharnement.

Il ne cessait depuis vingt ans d'engloutir une partie de sa fortune dans le sauvetage d'un château historique tourangeau qui tombait littéralement en ruine quand il en avait fait l'acquisition et dont les cheminées comme les boiseries avaient été pillées par des Japonais sans scrupule. Il avait, depuis ses études à l'École du Louvre, la réputation d'être très chaleureux et sympathique même s'il pouvait, en société, se montrer extrêmement coincé et d'une rigidité protocolaire proprement ridicule.

Sa galerie parisienne, rue du Faubourg-Saint-Honoré, attirait des clients du monde entier : il s'était fait une spécialité de permettre à des altesses désargentées de vendre discrètement par son intermédiaire des meubles rares de provenance royale sans redouter la publicité inévitable des grandes maisons d'enchères. C'est dire si les princes l'appréciaient… sans trop aimer s'étendre sur la nature de leurs relations d'affaires.

*

* *

Un soleil hivernal donnait une lumière tendre à la pierre de tuffeau lorsqu'en fin d'après-midi Pierre et Cassandra foulèrent le gravier devant le perron du château de Montmarcel où les attendait un valet en livrée.

« Pourquoi diable l'avoir affublé de la culotte rouge et veste bleue de la Maison d'Orléans ? » se demanda le journaliste, se promettant de poser la question au maître de maison dès qu'il le verrait.

— Monsieur a dit que je devais monter leurs affaires dans la chambre « Louis XII » pour lui, et dans la chambre « Anne de Bretagne » pour elle, vu qu'il m'a dit qu'ils coucheraient pas ensemble, commenta avec un fort accent berrichon le jeune valet, engoncé dans son déguisement de circonstance.

— Enfin, au cas où, les deux chambres communiquent, ajouta-t-il en décochant un clin d'œil marqué à Pierre. Notez que madame et monsieur disent que tous les gens chic de la haute font chambre à part, et c'est pas souvent qu'on a trouvé au château un homme dans la chambre de sa dame !

Surpris par tant de confidences familières, Pierre et Cassandra l'interrogèrent :

— Et vous êtes depuis longtemps au service de monsieur Trubert ?

— Pardi, ça fait un petit bail maintenant ! Mais qu'ils s'y trompent pas, chuis pas valet, moi, chuis commis agricole à la ferme, mais quand m'sieur a du beau monde, j'enfile ça et ch'fais le valet. Sauf que les chaussures font un mal de chien et que ch'sais rien faire de mes dix doigts quand on m'oblige à mettre des gants blancs.

Le jeune homme, à peine âgé d'une vingtaine d'années, reprenait son souffle après avoir monté les deux valises et le sac à costumes au deuxième étage du château.

— S'ils ont besoin de moi, ils n'ont qu'à sonner ici, j'm'appelle Yvon et sinon c'est mon beau-frère qui répond, le Jean… Ah, j'allais oublier, l'apéritif est servi à sept heures et demie dans le petit salon, précisa-t-il, continuant d'utiliser la troisième personne pour s'adresser au jeune couple.

Pierre allait s'enquérir de l'endroit où pouvait bien se trouver cette pièce, mais il se dit que l'explication les mettrait en retard et ils voulaient suspendre leurs tenues de soirée avant d'enfiler des vêtements *casual* pour faire un tour dans le parc.

*
* *

Avec excitation, Pierre visita la chambre de Cassandra dans laquelle trônait un magnifique lit à la polonaise recouvert d'une toile de Jouy couleur framboise écrasée, et Cassandra lui rendit la politesse en venant admirer le lit à baldaquin Renaissance dans la chambre d'esprit Henri II dans les brun foncé qui lui avait été réservée et dont chaque détail avait été soigné avec un goût aussi sûr que le sens de la reconstitution historique. Par chance, les salles de bains bénéficiaient de tout le confort moderne, mais Pierre ne put s'empêcher d'observer le zèle avec lequel on avait veillé à disposer les serviettes de toilette coordonnées aux coloris de la chambre avec une jolie broderie « Château de Montmarcel » surmontée d'une couronne royale et agrémentée d'une fleur de lys.

Devant tant de perfection de style, Pierre et Cassandra avaient eu le même réflexe ; chercher, par amusement et sans aucune mesquinerie, le détail qui ébranlerait un édifice aussi élaboré. Ils furent presque rassurés en découvrant sur leurs lavabos respectifs, en guise de produits de bain, des échantillons de l'hôtel Guanahani de Saint-Barth pour l'un, et ceux du célèbre palace Adlon de Berlin pour l'autre. Même les savates publicitaires complétaient la panoplie, neuves dans leur emballage de cellophane, souvenirs utiles de voyages d'affaires…

*
* *

Quand Pierre eut enfilé un pantalon à grosses côtes en velours grenat et un col roulé noir en cashmere, et Cassandra un fuseau beige dessinant sa haute silhouette dans de longues bottes marron, et un pull chocolat sous un spencer de cuir, ils se sentirent parés pour visiter les lieux. Cauteleusement, ils descendirent le grand escalier d'apparat et s'apprêtaient à sortir vers les jardins lorsqu'ils entendirent la voix de Jean-René Trubert qui semblait venir d'un salon voisin.

— Victorine, tous nos invités sont-ils arrivés ? Avez-vous veillé à ce que Son Altesse royale ait accès direct à la chapelle, vous savez qu'elle aime faire ses dévotions à son réveil ? Et soyez assez aimable de ne pas oublier de disposer une bouteille de gin sur la table de chevet de la princesse de Hesse-Rheinfels, je crois que cela l'aide à s'endormir...

— Bien, monsieur, je monte aussitôt m'en assurer, répondit la gouvernante, esquissant une révérence avant de disparaître, et que Pierre et Cassandra virent passer précipitamment en ajustant son tablier et sa coiffe de dentelle blancs.

— Dis donc, Jean-René, tu ne trouves pas qu'elle picole sévère, ta princesse allemande ? Chaque fois qu'elle vient ici, elle descend une bouteille de gin ! Tes week-ends princiers, ça finit par nous coûter bonbon pour un résultat médiocre.

Une voix inconnue, avec un accent de titi parisien, venait de résonner dans le salon.

— Oh mon amie, je vous en prie, maîtrisez-vous ! Et puis cessez de me tutoyer les jours où nous recevons. Les princes dont vous vous gaussez sont des hôtes parfaits, délicieux, et tellement simples. Certes ils sont exigeants, mais, après tout, on ne peut moins leur offrir eu égard à leur naissance.

— Ouais, ben c'est pas le tout d'inviter des princes fauchés, heureusement que je cultive des relations avec des gens qui ont encore les moyens d'acheter ta camelote, lui répondit en soupirant celle qui devait assurément être son épouse et sur qui couraient des légendes urbaines.

On racontait, en effet, qu'elle avait été la femme d'un riche industriel du Nord qui avait dû fermer ses filatures et qu'elle avait alors abandonné à ses dettes...

— Et puis j'ai eu raison de te dire d'inviter ce Pierre Bonnard avec sa copine. Quand je pense que par fidélité grotesque tu voulais continuer à recevoir ce ringard de Renaud Castéja, alors qu'il ne peut même plus t'être utile puisqu'il a été mis à la retraite.

*

* *

Au pied de l'escalier, Pierre devint rouge de confusion, aussi écarlate que son pantalon. Il se dit qu'il n'avait d'autre choix que d'entrer dans le premier salon et d'aller présenter ses devoirs aux maîtres de maison. Quand il passa la tête, il aperçut Jean-René Trubert, vêtu d'une longue veste d'intérieur bleue qui lui tombait aux mollets, les pieds confortablement capitonnés dans des chaussons de velours bleu roi armoriés. Il était assis dans un immense fauteuil Grand Siècle, dont Pierre devait apprendre plus tard qu'il ne s'agissait rien moins que de la chaise percée du roi Louis XIV !

— Hum, hum, s'aventura-t-il en s'éclaircissant la voix. Pardon de vous déranger, mais nous venons d'arriver et voulions vous saluer. Bonjour monsieur, mes hommages madame. Permettez-moi de vous présenter mon amie Cassandra.

— Ah, cher Pierre, vous voici enfin ! Ravi, mademoiselle, de faire votre connaissance. Soyez tous deux les bienvenus à Montmarcel. Mon épouse me disait justement la joie qu'elle aurait à vous recevoir en ces murs vénérables. Êtes-vous bien installés ?, entreprit, du ton le plus civil qui soit, Jean-René Trubert.

— On a dépensé une fortune pour refaire la décoration des chambres. Vous pensez, on a même fait appel à l'un des plus célèbres, Jacques Garcia ; vous avez déjà visité son château de Champ de Bataille, c'est magnifique, non ?, précisa aussitôt son épouse, indifférente au regard mi-embarrassé mi-courroucé de son mari, dont on sentait qu'il avait renoncé depuis longtemps à brider sa franchise. On vous a donné les plus jolies chambres sur le parc. J'espère que vous nous ferez un bon article dans votre journal !

— Vous ne serez pas déçue !, lui répliqua Pierre que la franchise de Cécile Trubert commençait à amuser. À dire vrai, comme nous avions un peu de temps avant de nous changer pour l'apéritif et la soirée, nous avions justement pensé faire un tour dans le parc... Tout semble tellement merveilleux.

Les épithètes les plus flatteuses agissaient sur Jean-René Trubert comme des accélérateurs d'émotions positives et, sensible aux compliments, il proposa tout sourire de les accompagner dans une visite privée des lieux. Pierre et Cassandra sautèrent sur l'occasion et leur enthousiasme combla l'heureux propriétaire.

— Votre intérêt me touche car cette maison est vraiment unique, j'en suis très fier. Je crois pouvoir dire que je n'ai jamais rien vu d'aussi beau, si l'on considère le caractère historique du monument, son architecture, sa décoration intérieure et son ameublement. À Versailles, ils n'ont pas le quart des meubles royaux que je possède, reconnut-il avec une sincérité déconcertante dont il ne soupçonnait pas la vanité.

— Bien, moi, je cours faire un brin de causette avec nos autres invités. Vous les verrez ce soir, ce sont des amis merveilleux et tellement talentueux. Je suis sûre que vous connaissez l'architecte capillaire Christophe, le styliste de mode Simon Loranscher et le créateur de jardins Hubert Maxence… Ils sont finalement plus utiles que les princes dont raffole mon cher mari, se moqua-t-elle avant de tourner les talons qu'elle avait très hauts comme le remarqua Cassandra, un peu agacée de savoir qu'elle passerait le réveillon sous le même toit que ce prétentieux de Simon Loranscher dont la maîtresse des lieux s'était visiblement entichée puisqu'elle portait un total look de sa maison de couture.

*
* *

La visite guidée commença dans la salle des gardes, se poursuivit par le petit salon, le grand salon d'apparat, le salon de musique, le salon Renaissance, la salle à manger, la grande galerie, la salle de bal, la bibliothèque, sans oublier la chambre du roi (François Ier aurait fait une halte à Montmarcel), et les appartements du comte de Gratigny qui avait fait construire le premier château à la toute fin du XVe siècle et que les descendants embellirent au fil des siècles, avant que ses lointains héritiers Lambert de la Motte ne soient contraints de s'en séparer après de mauvaises affaires.

Comme devait l'expliquer à ses visiteurs Jean-René Trubert :

— J'ai pu l'acheter pour une bouchée de pain à la fin des années quatre-vingts. La bâtisse était complètement à l'abandon, dépecée par ses emplois successifs d'hôpital militaire, de prison et de colonies de vacances…

Il se montrait intarissable sur l'histoire de son château, lequel était devenu sa seule préoccupation, le centre de son existence et, comme il le confessait volontiers, « sa véritable passion ». Jean-René Trubert ne se faisait jamais prier pour raconter sa vie et évoquer, de mille détails passionnants, « l'épopée fantastique du sauvetage de Montmarcel ». Il en avait l'œil humide comme s'il se fût agi d'un exploit surhumain, et en faisait revivre à ses interlocuteurs toutes les étapes comme les terrassiers égyptiens ayant assisté à la reconstruction du temple d'Abou Simbel… Évidemment, le personnage central de l'aventure n'était autre que lui-même et, au fil de son récit, il semblait toujours s'extasier de son audace.

À Pierre qui s'émerveillait dans la bibliothèque devant le bureau plat du roi Louis XV à Choisy en répétant « Quelle chance vous avez eu de le récupérer », il répondait :

— La chance ne suffit pas, il faut voler au-devant d'elle. Le vrai secret de ma réussite, c'est le travail, le coup d'œil et le talent de savoir acheter les meubles quand ils se présentent à moi.

Cassandra commençait par trouver la visite un peu fastidieuse, d'autant que Jean-René Trubert se tournait plus volontiers vers Pierre pour lui présenter chaque meuble, chaque objet, chaque tableau comme il l'aurait fait avec des êtres vivants, lui indiquant âge, provenance et, surtout, circonstances des achats pour peu que des mains princières l'aient eu en leur possession !

— On se croirait dans sa galerie du Faubourg !, murmura discrètement Cassandra à l'oreille de Pierre qui, lui, ponctuait chaque information descriptive d'un « oh » admiratif, d'un soupir d'étonnement et du leitmotiv préféré aux oreilles de son guide : « C'est beau, c'est magnifique ! ».

— Cette console, je l'ai rachetée au prince de Savoie, et ce cabinet d'angle, là, près de la torchère venant des Windisch-Graetz, je l'ai eu à la vente des princes de

Hanovre… Ce tableau, ici, provient de la vente Orléans, chez Sotheby's, et celui-là était chez les margraves de Bade à Salem…

Tout l'inventaire y passait. Autant que *l'Almanach de Gotha*. C'est à peine si Jean-René Trubert avait consenti à jeter un regard à un miroir joliment ouvragé sur lequel Pierre l'avait interrogé, avant de lâcher, presque désinvolte, « acheté au duc de Beaufort ».

À ce moment-là, Cécile Trubert fit irruption dans la chambre du comte de Gratigny où son époux achevait la visite. Elle avait encore sur la tête les papiers d'alu que son *hair designer* lui avait appliqués pour un balayage mèche à mèche.

— Voyons, JR (oui, c'est par ses initiales que Cécile Trubert appelait son époux dans l'intimité), vous avez vu l'heure ? Tu vois bien que tu embêtes tout le monde avec tes histoires. Pierre et Cassandra sont sans doute pressés de retourner dans leurs chambres pour se préparer. Tout le monde est enfin arrivé et l'apéro est servi dans trois quarts d'heure.

Pierre prit congé, remercia longuement Jean-René et lui répéta pour la cent douzième fois combien il était admiratif de son génie.

*

* *

Pierre ne fut pas long à se préparer. Après s'être délassé dans son bain en admirant les gravures anciennes qui constituaient le principal élément décoratif de la pièce, il avait enfilé un smoking noir, fermé une chemise à plastron amidonnée par des boutons de perles prêtés par son oncle Beaujet-Suchard, et noué un nœud papillon. Il avait ensuite frappé à la porte de la chambre voisine où Cassandra achevait de s'habiller.

La rédactrice de mode avait emprunté au service de presse de Prada une longue robe noire qu'elle avait agrémentée par des bijoux créés par Victoire de Castellane pour Dior. Pierre, en la voyant, en eut le souffle coupé. Elle était à tomber par terre.

— Tu es mille fois mieux que les mannequins dont tu publies les photos, et toi au moins tu n'affiches pas cette moue boudeuse insupportable, sourit-il en s'approchant pour l'embrasser.

Elle se laissa faire, un éclair de malice dans l'œil.

— Tu ne crois pas qu'il est temps de descendre ?, suggéra-t-elle en virevoltant sur elle-même.

*

* *

À l'entrée du petit salon, au premier étage du château, un photographe attendait, lui aussi en tenue de soirée.

À ses côtés, vêtu d'un smoking usé et trop ajusté aux manches, le collaborateur de Jean-René Trubert – qui lui servait aussi accessoirement de secrétaire, régisseur, chauffeur et d'aboyeur dans les grandes occasions – veillait aux moindres détails. Vincent, que son patron appelait James parce que cela faisait plus chic, plus anglais, et surtout parce qu'il avait décidé que ce serait le nom générique des employés à cette fonction quelle que soit leur identité, corrigeait l'ordonnancement des plateaux que Victorine, Yvon et Jean apportaient aux invités. Il n'avait pu éviter que ces derniers brandissent un assortiment de boissons devant les convives en claironnant : « Il veut une coupe de champagne » ou : « Elle préfère le jus de tomate avec ou sans glace ? »…

De longues heures durant, il avait mis au point avec Jean-René Trubert le protocole parfaitement huilé de la soirée. Les maîtres de maison recevraient dès 19 h 30 leurs invités dans le petit salon pour un apéritif où les princes n'étaient attendus que vingt minutes plus tard, étant entendu qu'ils devaient faire une entrée solennelle devant les sept autres convives dont ils n'osaient à peine donner un qualificatif sans qu'il fût dépréciant ; plébéien, roturier, *vulgus pecum*... Le cas de l'ambassadeur du Guatemala, et de son épouse Maria-Immaculata Calderón y Lopez, leur avait posé un sérieux problème. Fallait-il le considérer comme un invité ordinaire ou le ranger dans l'aréopage princier ? Il fut convenu que le couple ferait son entrée dans le cercle déjà réuni à 19 h 45 précises, précédant de quelques minutes seulement les princes von Thurn-und-Taxis, la princesse de Hesse-Rheinfels et la princesse Isabel de Bourbon avec son époux le vicomte Paul-François de Blachy de Monrepos. Là encore, James avait trouvé une solution qui satisferait la susceptibilité princière autant que le goût prononcé de Jean-René Trubert pour les questions de préséance : les deux princesses de sang royal feraient leur apparition en devisant gaiement, tandis que le vicomte marcherait trois pas derrière comme un gentil toutou, place arbitrairement attribuée aux princes consorts.

*

* *

Pour l'heure, quand Cassandra et Pierre entrèrent dans le petit salon, dont la décoration lumineuse et fleurie s'harmonisait au mobilier Louis XVI, Cécile Trubert s'était résolue à faire elle-même les présentations. Son échelle de valeur lui faisait préférer, visiblement, un coiffeur connu ou un styliste chouchouté par la presse, aux altesses royales dont on n'évoquait guère l'existence que dans *Point de vue*. Aussi minaudait-elle en faisant des frais à Christophe, Simon Loranscher et Hubert Maxence. Elle les présenta au chroniqueur de « À la ville, à la scène » avec des petits cris d'extase tandis que le photographe immortalisait la rencontre.

— Vous connaissez mon *hair designer* Christophe qui est à la tête d'un empire capillaire, voici le grand Simon, le roi de la mode parisienne, et Hubert Maxence, le petit prince des jardins.

Volontairement, elle insistait sur les titres qu'elle leur avait conférés, « empire », « roi » ou « prince » qui seuls comptaient dans son royaume de l'argent et des affaires.

Le coiffeur Christophe – pouvait-on encore le qualifier de coiffeur sans qu'il n'élève une vive protestation ? – était tout émoustillé à l'idée de rencontrer une princesse d'Espagne qui manquait à son tableau de chasse, lui qui ne sortait jamais sans une cliente princière au bras. « C'est leur manière de payer la coupe et le brushing, avait un jour fait remarquer Cassandra à Pierre qui s'en était alors amusé. Bientôt, on va demander qui est la grande dame blonde à côté du coiffeur Christophe ! Il est aussi laqué qu'un canard chinois, c'est à se demander qui a coiffé l'autre… »

Christophe avait entrepris d'énumérer à Pierre les fruits de son « indéniable réussite » en vantant les charmes de son manoir normand n'épargnant aucun détail sur la superficie de ses terres, le nombre de chevaux dans l'écurie, les dimensions de la piscine…, quand James annonça :

— Son Excellence monsieur l'ambassadeur du Guatemala et madame Calderón y Lopez.

Un silence poli s'instaura, suivi d'un mouvement pour que chacun salue le diplomate qui ne tarissait pas d'éloges.

— C'est oune merveille ! *Mira, mira,* s'extasiait-il en tirant son épouse par la manche pour qu'elle participe au concert de louanges.

— Alors, dites-moi, cher ami, l'interrogea Cécile Trubert, ça se trouve où, le Guatemala ? Vous devez bien avoir des châteaux historiques dans votre beau pays !

*

* *

Par chance, l'ambassadeur n'eut pas le temps de répondre car déjà s'avançaient les princes dans l'encadrement de la porte où montaient la garde Yvon et son beau-frère Jean dans leur livrée bleu et rouge, aussitôt annoncés par le secrétaire-aboyeur.

— Ne vous inquiétez pas, avait-il dit à Pierre, quelques instants plus tôt, le photographe se charge de vous fournir des photos libres de droit de la soirée et je vous communiquerai les légendes. Cela facilitera votre travail pour rédiger votre article, n'est-ce pas ? Après tout, vous êtes aussi là pour vous amuser et passer une soirée de détente.

Le « aussi » n'avait pas échappé à Pierre. Il n'était pas dupe ; les Trubert ne se seraient pas donné la peine de l'inviter un soir de réveillon juste pour le plaisir de sa compagnie. Ils se donnaient du mal en échange d'un bel article dans son journal.

*

* *

Au moment où James annonça « Son Altesse royale la princesse doña Isabel de Bourbon et Son Excellence le vicomte de Blachy de Monrepos », Pierre et Cassandra surent que la soirée courait à la catastrophe. Ils se regardèrent, complices, et manquèrent éclater de rire devant tant de pompe manifestement déplacée.

Jean-René Trubert avait tout orchestré pour impressionner les princes en leur servant un protocole emprunté à la rigide étiquette espagnole, mais il n'avait pas prévu la rencontre explosive avec les invités de sa chère épouse.

On vit alors le coiffeur Christophe, dans un mouvement de mèche imité de Claudia Schiffer dans la pub l'Oréal, se saisir de la main que lui tendait doña Isabel, la baiser avec effusion, tout en esquissant un plié de genou comme pour faire une révérence dont il se serait souvenu – au dernier moment – qu'elle restait réservée aux dames.

À l'inverse, Cécile Trubert s'y refusa et tendit une poigne ferme que le vicomte lui-même eut du mal à saisir délicatement pour y déposer ses hommages déférents.

— La princesse reprendra bien un troisième verre de gin, voulut offrir, aimable, le valet Yvon à la lointaine cousine du duc d'Édimbourg, avant de proposer de la bière aux princes von Thurn-und-Taxis parce qu'il se souvenait de ce que Victorine lui avait dit sur les brasseries princières allemandes.

— Madame, s'empressait Jean-René Trubert auprès de la princesse ibère, j'aimerais tant montrer à Votre Altesse royale le charmant bureau qui a appartenu autrefois à Votre auguste Famille et sur lequel Votre ancêtre le roi Ferdinand VII avait abdiqué en 1808 sous la pression des armées napoléoniennes. Vous plairait-il de l'admirer ?

— Oh, rien ne presse, cher monsieur, lui répondit le plus obligeamment possible la princesse. Dans ma famille, nous n'avons que faire d'un bureau d'abdication.

— Je comprends, bien sûr, et comment se porte votre cousin ?, tenta-t-il pour changer de sujet de conversation.

— Merci, don Francisco s'est fort bien remis de la grippe intestinale qui l'avait cloué au lit trois semaines en octobre dernier..., commença à raconter la princesse.

— Non, je voulais dire votre cousin Juan Carlos, rectifia Jean-René Trubert.

— Ah je vois, vous voulez certainement parler de Sa Majesté Très Catholique le roi d'Espagne, se raidit l'altesse en une pose qui rappelait les portraits de Goya au Prado.

*

* *

— Son Altesse Royale est servie ! s'époumona James à qui Jean-René Trubert avait fait des signes désespérés pour qu'il active le service afin d'écourter un apéritif qui échouait lamentablement à créer une convivialité tout artificielle.

Guidés par Jean-René et Cécile Trubert, les invités se dirigèrent à travers les salons d'apparat vers la grande salle à manger où le couvert avait été somptueusement dressé. Tout l'éclairage aux bougies faisait briller d'un éclat particulier les assiettes de porcelaine fine, les verres de cristal précieux, l'argenterie la plus étincelante qui se pût imaginer, disposés sur une nappe blanche en lin damassé autour d'un surtout de table en argent massif, immédiatement identifiable comme une œuvre de Froment-Meurice.

Tandis que Christophe et Simon Loranscher poussaient des petits « oh » d'extase admirative, les altesses jetaient un coup d'œil expert en esquissant un sourire entendu.

— Décidément, cher monsieur, lui dit aimablement la princesse Carl-Johann von Thurn-und-Taxis, vous avez mis les petits plats dans les grands, comme on dit en français.

Jean-René se rengorgeait. Il soupirait d'aise – ou de suffisance – tant il avait escompté impressionner ses hôtes par le spectacle somptueux d'un dîner princier. « Ça va les éblouir ! » avait-il dit à Cécile quelques instants auparavant. « Avec le mal qu'on s'est donné, ça peut ! » lui avait-elle rétorqué en bougonnant.

James s'activait pour désigner à chacun la place qui lui avait été assignée selon un plan de table qui se voulait protocolaire.

— Altesse royale, vous êtes naturellement à la droite de monsieur Trubert, qui prend à sa gauche la princesse de Hesse-Rheinfels, vérifiait-il tandis que, dans le même temps, Cécile Trubert s'installait au centre de la table encadrée de ceux qu'elle s'obstinait à appeler « les rois de Paris », Christophe, son *hair designer*, et Simon Loranscher.

De ce fait, les princes von Thurn-und-Taxis et l'ambassadeur du Guatemala se retrouvèrent dans un no man's land protocolaire auquel leur statut ne les avait pas préparés. Pincés, ils s'installèrent au fauteuil qui leur avait été attribué : l'ambassadeur guatémaltèque était placé entre la princesse de Hesse-Rheinfels et la princesse von Thurn-und-Taxis dont l'époux, le prince Carl-Johann, avait été relégué entre le coiffeur et le paysagiste alors qu'il aurait dû prétendre, naturellement, à la position de Pierre entre la princesse Isabel et l'ambassadrice !

Restait, en bout de table, le vicomte Paul-François assis à côté de Cassandra tétanisée de devoir bavarder à sa droite avec Simon Loranscher.

Les heureux élus se gardèrent de l'exprimer alors que les déchus manifestèrent leur mécontentement.

Le prince Carl-Johann fulminait intérieurement de rage. Il se trouvait coincé entre deux hommes. Certes, Cécile Trubert avait bien pensé demander à Simon Loranscher de venir accompagné d'un top model féminin qui aurait équilibré son plan de table, mais elle y avait renoncé sous prétexte que « quatorze à table, c'est déjà assez serré comme ça ! ».

*

* *

En d'autres circonstances, le prince Carl-Johann, collectionneur d'art lui-même, peintre à ses heures aussi, aurait adoré bavarder avec deux artistes fussent-ils maîtres des ciseaux ou du sécateur. Mais à un dîner de réveillon, soi-disant protocolaire, il ne pouvait supporter l'idée d'être aussi mal placé. Il le fit savoir avant même que le hors-d'œuvre ne fût servi.

— Cher ami, lança-t-il à Jean-René Trubert, vous auriez dû préciser que ce dîner était sans chichis ni manière. J'aurais simplement évité de mettre ma tenue de gala d'officier, avec toutes mes décorations.

Il prit alors précautionneusement entre les doigts l'insigne de la Toison d'or qu'il dégrafa avec respect et qu'il posa pieusement devant son couvert.

— Personnellement, je suis très bien placé, mais mon petit mouton[1], lui, n'est pas content du tout !

La princesse de Hesse-Rheinfels, qui avait déjà descendu une bouteille de gin et attaquait le sauternes blanc, fit mine de découvrir la présence du coiffeur à table (sans que l'on pût dire si sa réflexion était intentionnelle) :

---

1. Symbole de l'ordre de la Toison d'or créé par la Maison de Bourgogne et dont sont dépositaires les maisons royale d'Espagne et impériale d'Autriche.

— Ah vraiment, vous êtes coiffeur ? Et vous comptez dîner à table avec nous ? Mais, dites-moi, qui s'occupe de votre salon de coiffure pendant que vous êtes ici ?

On n'aurait pu être plus explicite pour marquer l'étonnement de voir à la table des princes les nouveaux rois de la mode qui, hier encore, auraient emprunté l'entrée de service pour exercer leur office.

*

* *

Simon Loranscher, pour sa part, était en veine de confidences. Ce qui, dans son langage, signifiait qu'il voulait faire étalage de ses relations dans le grand monde en égrenant avec la suffisance qui le caractérisait, la longue liste de ses clientes, à commencer par la première dame de France dont il livrait, sans se préoccuper des règles minimales de discrétion, les secrets des essayages avant une visite d'État au Japon.

— J'ai habillé les plus grandes stars d'Hollywood ! Jamais Penelope Cruz, Jennifer Lopez ou Cate Blanchet n'assisteraient aux oscars sans porter une de mes créations, soupira-t-il avant de faire des efforts démesurés de modestie : elles ont un corps tellement parfait que le plus mauvais des couturiers ne réussirait pas à les enlaidir !

— Et pourtant…, murmura Cassandra, tandis que Simon poursuivait sur sa lancée :

— En revanche, j'ai eu toutes les peines du monde à habiller l'archiduchesse Maria-Annunciata d'Autriche lors du mariage de l'infant Felipe d'Espagne avec Letizia Ortiz. Pour être franc, non seulement elle n'a aucun goût, mais elle choisit toujours des couleurs et des matières qui la boudinent. J'ai dû renoncer, en désespoir de cause.

— Pourtant, elle ne doit pas regarder à la dépense. C'est que ça fait cher, une robe en haute couture !, émit, dans l'indifférence générale, Cécile Trubert.

— Ah oui, vraiment ?, fit mine de s'intéresser la princesse von Thurn-und-Taxis. Nous étions tous au mariage de notre cousin à Madrid et jamais votre nom n'a été prononcé, je peux vous l'assurer.

Chacun piqua du nez dans les assiettes sur lesquelles les deux valets tentaient de servir, sans faire d'éclaboussures avec la sauce, des foies gras poêlés à la confiture d'oignon.

*

* *

— C'est amusant, j'ai l'impression d'avoir déjà vu ce service de table, nota la princesse Isabel qui voulait détourner la conversation pour éviter qu'elle ne vire à l'aigre.

— Je suis heureux que vous l'ayez remarqué, s'enhardit Jean-René Trubert en regardant avec fierté la princesse Carl-Johann von Thurn-und-Taxis dont le visage s'allongeait en une grimace de honte et de fureur. Je l'ai acheté récemment à une vente aux enchères organisée en Allemagne des meubles et objets provenant d'un des châteaux des Thurn-und-Taxis. J'ai pensé qu'il était de circonstance ce soir pour vous faire honneur puisque vous nous faites l'amitié d'être parmi nous.

— C'est vrai que tu peux en être fier, renchérit alors Cécile, vu le prix que tu l'as payé ! Il le voulait tellement qu'il a déboursé une fortune. J'ai fait les comptes, ça va chercher dans les trois cents euros l'assiette. Enfin, puisque c'est princier, ça doit les valoir…

— Laissez donc, mon amie, c'est juste que je m'en serais voulu de voir ces trésors historiques tomber en des mains profanes, précisa Jean-René. C'est comme cette nappe et ces serviettes, notez bien les broderies armoriées, elles proviennent de la même vente, vous voyez là les armoiries de votre famille…

— En effet, j'ai le souvenir de les avoir vues chez oncle Friedrich, répondit sèchement la princesse Carl-Johann, pincée, voire blessée par cette démonstration d'opulence. Jamais nous ne les avions utilisées dans la famille, pas plus que le service de table, tout cela était réservé à l'usage des domestiques.

Maintenant qu'elle était sur sa lancée, la princesse Carl-Johann n'allait pas abandonner la partie sans obtenir une victoire éclatante : mettre KO ce prétentieux qui voulait singer les princes et, pis, leur donner une leçon de savoir-vivre. La princesse espagnole qu'une vie de frustration avait rancie vit là, instinctivement, une façon de réparer les injustices du destin.

— Je trouve tellement touchant que des gens comme vous récupèrent les souvenirs de nos vide-greniers. Même s'il est vrai que le décor ne fait pas tout !, assénat-elle sans cesser de sourire.

*

* *

— Quel service impeccable !, s'extasia soudain Hubert Maxence.

Il n'avait jamais vu un tel ballet de laquais desservir à gauche et servir à droite, de façon certes inhabituelle mais comme l'avait dit Yvon à James : « J'y peux rien, et puis ça changera pas le goût des plats ! ».

L'ambassadrice du Guatemala avait alors esquissé une grimace : le valet qui la servait avait malencontreusement fait chavirer les couverts dans le plat et, à présent, ils baignaient dans la sauce. L'épouse du diplomate, peu désireuse de laisser ses doigts s'imprégner de l'odeur d'oignon, cherchait vainement de l'aide en faisant des signes au valet. Ce dernier, Pierre, plongea dans le plat, s'en saisit d'une main ferme et les tendit à la señora Calderón y Lopez horrifiée.

Si le dîner se voulait grand genre, la chère n'était pas des plus fameuses. Rien ne l'aurait laissé transparaître si Jean-René Trubert, lui-même, par gaminerie sans doute, ne s'était écrié d'une voix enjouée :

— Comment trouvez-vous mon nouveau chef ? Il travaillait pour le prince Mahidol de Thaïlande lorsqu'il faisait ses études à Paris. Dès que le prince est reparti pour Bangkok, je l'ai récupéré. Il fait les nouilles thaïes comme personne !

À dire vrai, il était moins expert en foie gras landais et nombre d'assiettes repartirent comme elles étaient venues.

*

* *

Fort heureusement, la conversation roula sans danger sur les œuvres d'art et la sauvegarde du patrimoine, sujets ô combien fédérateurs devant une telle assemblée.

Sans que l'on sache pourquoi, ni qui l'avait provoqué, les thèmes les plus tabous furent cependant abordés, comme celui qui plaisait tant à Cécile Trubert, l'argent. Elle expliquait à ses voisins qu'« elle n'était pas cette femme avide de possessions, arriviste, prête à tout, que les mauvaises langues se plaisaient à décrire » alors que nul, autour de la table, n'aurait seulement songé à l'en accuser.

— Mon premier mari ne m'a pas trouvée dans le ruisseau, s'échauffait-elle sous l'effet conjugué des efforts à chasser son naturel et du savoureux breuvage, château Listrac 1976. Mon père nous avait laissé, à ma sœur et à moi, une grande propriété en Bourgogne avec trente hectares de terres. Pour rien au monde il ne l'aurait vendue et il n'était pas peu fier de l'avoir protégée des Boches en 40…

Elle s'arrêta net, marmonna quelques mots inintelligibles et fit mine de chercher un des deux valets.

— Pardon ?, sursauta la princesse de Hesse-Rheinfels alors qu'elle chipotait dans son assiette où l'on avait servi à présent un chapon aux truffes Youssoupov, dont elle ne se souvenait pas qu'elle en ait jamais goûté chez ses cousins à Saint-Pétersbourg. Ma chère madame, vous vous égarez sans doute, vous oubliez que mes cousins Thurn-und-Taxis comme la grand-mère Bavière de la princesse Isabel et moi-même sont Allemands !

Un froid polaire saisit la salle à manger, comme si l'assistance avait voulu se mettre au diapason de la bûche glacée que l'on venait d'apporter et sur laquelle des pétards pâtissiers crépitaient en scintillant dans un silence assourdissant. « C'est le feu d'artifice royal ! » songea Pierre en se demandant si son boss Jean-Jacques Bombon préférait qu'on raconte dans le *Journal* la soirée comme elle se déroulait ou s'il convenait de l'édulcorer.

Spectacle pathétique du maître de maison : il prenait conscience, trop tard, du désastre et essayant une dernière tentative pour sauver la soirée.

*

* *

— Attention, chers amis, dans quelques instants il va être minuit. Tous à vos coupes de champagne, c'est du Ruinart rosé cuvée du millénaire 2000 !

Il mit la main à sa veste de smoking, sortit sur la table son téléphone portable réglé pour sonner les douze derniers coups de minuit et donna le *la* en criant :

— 12, 11, 10…

On aurait dit un médecin s'activant au chevet d'un malade venant de succomber à un infarctus. Rien ne parvenait à ressusciter l'ambiance qui, du reste, n'avait jamais été franchement chaleureuse…

— 7, 6, 5, 4, 3, 2, 1… Bonne année à tous ! Allez, on se lève et on s'embrasse sous le gui, lança-t-il en quittant la table, laissant ses deux voisines médusées.

Ne voulant rien perdre de ses manières exquises et courtisanes, il aida galamment les princesses d'Espagne et de Hesse à se lever à leur tour, leur prit le bras et les entraîna dans le salon voisin pour les embrasser sous le gui. Il les aurait poignardées d'un coup de dague qu'elles auraient eu un regard moins dégoûté !

— Enfin, JR, tu vois bien qu'elles ne veulent pas, ne les force pas. Ça doit pas se faire comme ça dans les cours royales, jugea Cécile, presque heureuse de prendre son époux en défaut de maîtrise du Gotha.

— Oh vous, ça va maintenant, fermez-la ! Recevoir chez soi avec une épouse pareille, c'est à vous donner envie d'être célibataire, divorcé, veuf ou pédé. Non, mais tu t'es entendue toute la soirée ? On aurait dit une harengère de la halle ! Mais qu'est-ce qui m'a foutu une femme pareille entre les pattes, s'énerva-t-il.

— Et toi, tu t'es vu ? Espèce de connard !, glapit son épouse hors d'elle. Tu n'es qu'un pantin grotesque qui pisse de joie à l'idée de recevoir des princes chez lui pour les éblouir. Môssieur joue les grands seigneurs et tente par tous les moyens de singer la haute noblesse. Mais regarde donc ce que tu es devenu, un singe, un singe riche, c'est vrai, et entouré de belles choses, mais un singe ridicule qui pète plus haut que son cul.

*
* *

Voilà, c'était dit. L'orage avait éclaté et le couple Trubert entrait dans la nouvelle année de manière fracassante par une scène de ménage dont les dégâts ne se chiffreraient pas seulement en termes économiques. Les invités, ils en avaient tous l'intime conviction, venaient d'assister en direct à un suicide mondain.

Le coiffeur jouait les offusqués en agitant fébrilement son éventail, Simon Loranscher gloussait nerveusement tandis qu'Hubert Maxence, sans avoir demandé la permission à ses voisins de table, grillait cigarette sur cigarette. Il ne restait plus aux princes qu'à prendre congé.

On entendit d'abord, quand le silence fut revenu, un convive applaudir lentement mais distinctement de ses deux mains. Le vicomte Paul-François de Blachy de Monrepos semblait avoir apprécié la jolie comédie qui lui avait été servie. Son épouse, doña Isabel, habituellement sur la réserve, prit en main le dernier acte. Elle ne voulait pas rater sa sortie et imposa un dénouement qui ménagerait la bienséance.

— Je crois qu'il est temps pour nous de nous retirer. Ne vous donnez pas la peine de nous raccompagner. Si nous étions à Paris, mon mari et moi-même quitterions votre maison sur-le-champ. Mais je m'en voudrais de faire travailler mon chauffeur une nuit de réveillon. Dès demain matin, nous reprendrons la route. Merci encore pour cette très instructive soirée que nous ne sommes pas près d'oublier.

Sur ces paroles, la princesse de Bourbon prit le chemin de sa chambre suivie par son époux. Les princes von Thurn-und-Taxis jetèrent un dernier regard navré sur les serviettes familiales et disparurent dans le corridor, non sans avoir adressé un petit signe amical et compréhensif à Pierre et Cassandra. Ces derniers se précipitèrent pour aider la princesse de Hesse-Rheinfels, titubante, à quitter la pièce sans rien perdre de sa dignité naturelle. Elle se retourna et sourit avec la mine attendrie d'une grand-mère voulant absoudre les bêtises d'un enfant.

— Merci encore, il y a longtemps que je ne m'étais pas autant amusée. C'était très farce, tout votre cirque. Bonne nuit.

*
* *

Quand Pierre et Cassandra se trouvèrent enfin en haut de l'escalier, ils laissèrent éclater le rire qu'ils étouffaient depuis plusieurs heures.

— C'est un sketch ?, demanda Cassandra.

— Dis plutôt une pitoyable caricature.

Pendant le dîner il avait ressenti comme une nausée devant le spectacle navrant de ce Monsieur Jourdain tourangeau. Son malaise s'était évaporé alors qu'il se trouvait là, face à Cassandra, entre la chambre Louis XII et la chambre Anne de Bretagne.

Leurs regards se croisèrent. Ils semblaient s'inviter l'un l'autre à ressusciter les amours royales. Il eût été vraiment dommage de ne pas profiter d'un tel décor pour fêter amoureusement la nouvelle année. Pierre attira Cassandra contre elle, lui caressa doucement les cheveux et l'ovale de son visage avant de se pencher pour lui embrasser les lèvres qu'il sentit ardentes. Il l'entraîna dans sa chambre. « Va pour Louis XII » pensa-t-il. Comme dans les contes de fées, ils s'enlacèrent fougueusement, prêts à goûter aux délices de la passion.

— Ma robe, murmura Cassandra dans l'oreille de Pierre avant d'éclater de rire.

— Comment expliquer au service de presse de Prada qu'une tenue de grand prix avait souffert d'un réveillon princier… Cassandra aida Pierre à dénouer son nœud papillon.

— C'est drôle, émit-il en enlevant son smoking comme on se débarrasse des scories du passé.

— Qu'est-ce qui est drôle ?, demanda Cassandra en lui mordillant le lobe de l'oreille.

— Je fais ma mue dans tes bras, répondit-il avant de lui susurrer des « mercis » à l'infini.

Plus qu'entrer dans la nouvelle année, il savait qu'il venait de faire le premier pas dans une nouvelle vie.

Épilogue

Jamais l'église Saint-Pierre du Gros-Caillou n'avait paru aussi vide. Peut-être était-ce le froid perçant de janvier et la pluie fine qui ne cessait de tomber sur Paris qui rendaient l'atmosphère encore plus lugubre et funèbre.

*
* *

Pierre et Cassandra n'avaient pas hésité un seul instant à se précipiter rue Saint-Dominique lorsqu'ils avaient appris, en lisant le « Carnet du Jour » du *Figaro,* le décès « des suites d'une longue maladie » du chroniqueur mondain Renaud Castéja « dans sa soixante-troisième année ».

Quand Pierre avait aussitôt demandé au directeur du *Journal,* Jean-Jacques Bombon, s'il se rendrait aux obsèques de son prédécesseur, ce dernier avait vaguement haussé les épaules et marmonné :

— J'ai déjà assez à faire avec les collaborateurs vivants du journal ! Allez-y, vous, si ça vous fait plaisir.

Et de son sourire mesquin, un rien cruel, il avait fini par lâcher :

— Après tout, c'est vous qui avez pris sa place.

Bombon promit d'envoyer une couronne de fleurs. *Sic transit gloria mundi* pour celui qui avait pendant trente ans alimenté les pages de « À la scène, à la ville » de la vie des têtes couronnées.

Bombon s'abstiendrait par remords, songeait Pierre. Il irait, lui, par regret. Ceux qui vous assaillent quand on s'aperçoit, trop tard, que l'on a manqué un rendez-vous.

Cassandra, avec qui Pierre s'était installé depuis le début du mois, l'avait consolé :

— Nous irons à ses funérailles, mais tu verras, tous ceux qu'il a connus et dont il a parlé dans ses pages seront également présents pour lui rendre un dernier hommage.

*

* *

Quand le cercueil fut placé dans le chœur de l'église, avec pour tout décorum le coussin de velours rouge sur lequel on avait posé les distinctions et décorations des ordres dynastiques étrangers (souvent même attribués en exil) dont il avait reçu les insignes de chevalier, Pierre et Cassandra furent pris soudain d'un vertige.

Aux deux premiers rangs de droite, les fauteuils de velours rouge étaient restés désespérément vides. Ceux-là même qu'il avait fidèlement servis sa vie durant étaient uniquement représentés par leurs ravissants colifichets ignorant qu'on aurait pu les croire ainsi exonérés de tout devoir de mémoire et de toute obligation de présence. Les grands de ce monde, les reines du Tout-Paris, dont il avait rendu compte des moindres activités caritatives, sociales ou culturelles, n'avaient pas jugé digne de se rendre aux obsèques d'un vulgaire plumitif, d'un commis aux écritures, d'un chroniqueur mondain qui leur avait, pourtant, bien servi la soupe !

À gauche, le regard perdu dans son voile de crêpe noir, Jacqueline Castéja, la sœur du défunt, entourée de ses enfants, menait dignement le deuil, réconfortée par quelques amis fidèles. Sans doute songeait-elle, pleine d'indulgence, à toutes ces personnalités dont Renaud lui parlait avec tendresse, et à qui elle inventait mille excuses pour justifier leur absence et ne pas enterrer, avec son frère, ce qui lui restait d'illusion mondaine.

Soudain, pressant le pas avant que ne commence la cérémonie, Pierre vit deux dames dignes, dont le visage ne lui était pas inconnu, s'avancer dans la nef, venir s'incliner devant le cercueil et y déposer délicatement chacune une rose. Puis elles se retournèrent, aperçurent Jacqueline Castéja et la gratifièrent d'un sourire ému en lui serrant le bras, avant de se glisser dans la poignée d'amis anonymes. Pierre avait reconnu la princesse Isabel de Bourbon et la princesse de Hesse-Rheinfels. À l'ingratitude de la foule mondaine répondait la fidélité princière. Pierre en fut presque soulagé. Toutes ses espérances ne s'étaient donc pas totalement évanouies.

Où étaient passées ces attachées de presse pressantes, ces mondains suffisants, ces écrivains vains, ces acteurs bons comédiens, ces étoiles éteintes, ces célébrités fugaces sur lesquels Renaud Castéja avait, en son temps, jeté une lumière éclatante ?

Une parole du prêtre de la paroisse résonna cruellement en Pierre : « Une mort solitaire ne l'est pas plus qu'une vie mondaine ».

*
*   *

À l'issue de la cérémonie religieuse, quand Pierre et Cassandra vinrent embrasser Jacqueline Castéja, cette dernière sourit affectueusement à celui qui avait pris la place laissée vacante par son frère.

— Merci à vous deux d'être venus. Je savais que vous seriez présents. Renaud, avant de mourir, m'a instamment demandé de vous remettre une lettre. Il m'a dit que vous l'attendiez comme la dernière pièce d'un puzzle. Ce sont ses mots exacts. La voici. C'est drôle, vous savez, mais je crois que Renaud vous aimait beaucoup, il me parlait souvent de vous.

D'autres mains à serrer, d'autres accolades, Jacqueline avait déjà abandonné Pierre dont la main tremblait en tenant la lettre.

« La dernière » songea-t-il, avant d'entraîner Cassandra dans le café le plus proche, « Le Dominicain », pour lire la missive au calme. Il voulait aussi reprendre ses esprits car tout se bousculait dans sa tête.

*

* *

« *Cher Pierre,*

Quand vous lirez cette lettre que je confie à ma sœur, je serai déjà six pieds sous terre. Je sens que mes forces m'abandonnent mais il me faut achever l'œuvre réparatrice que j'avais entreprise pour racheter ma vie, sacrifiée en vain sur l'autel de la mondanité. Une terrible maladie me ronge depuis longtemps, bien plus pernicieuse que celle qui effraye tant mes médecins ; elle a le goût amer de la rancune, la saveur aigre de la frustration et me livre tour à tour au découragement, à la colère ou aux regrets.

Depuis le dernier réveillon, ma santé n'a cessé de décliner. Ce fut le coup de grâce. Jamais je n'ai pu digérer ce déplaisir que m'ont causé les Trubert en me signifiant, de la plus cruelle manière, ma disgrâce. Je fus décommandé en hâte, congédié comme un domestique trop âgé pour servir. Une mise au tombeau en bonne et due forme. Le Grand Siècle aurait aimé la métaphore : "Je descends et vous montez".

Aussi vous dois-je l'entière vérité sur l'odieux manège dans lequel je vous ai entraîné, non pour vous nuire, mais pour me venger de ceux dont je n'étais que le valet de gloire. J'ai été mon propre et seul fossoyeur. Je me suis menti à moi-même en croyant vivre une existence qui n'était pas la mienne. Mon seul crime est d'avoir cru, sincèrement hélas, que j'appartenais à ce joli monde puisque je me faisais le complice muet et discret des impostures dont j'étais le témoin. J'ai voulu me laver de ma roture en fréquentant assidûment les princes, j'ai escompté faire oublier mes origines modestes en coudoyant les grandes fortunes, j'ai été assez naïf pour croire que je sortirais de l'anonymat en partageant la même lumière que les célébrités…

Je mesure aujourd'hui, trop tard, quels rêves chimériques et illusoires j'ai poursuivis, leur sacrifiant mon temps, mon énergie, mon talent et ma vie.

Me croirez-vous, cher Pierre, si je vous dis que j'ai voulu vous épargner ce cruel aveuglement, en guidant vos premiers pas de chroniqueur mondain. Je vous demande pardon de ne pas avoir fait confiance en votre sagacité et en la probité de votre nature pour avancer vous-même, sans mentor délateur, dans la jungle mondaine.

Je meurs moins du mal qui me consume que de cette simple vérité qui éclate aujourd'hui : ma vie n'a été qu'une imposture mondaine. Ai-je mal agi en voulant vous écarter du même écueil ? Je veux croire que non.

Avec toutes mes pensées affectueuses.

Renaud Castéja. »

Paros, 2005-2006

Remerciements

Selon la formule consacrée, toute ressemblance avec des personnages réels ou ayant existé ne serait que fortuite. Quant aux véritables noms disséminés dans ce livre, s'ils ont été mêlés à un pur roman, c'est autant en raison de leur célébrité reconnue que pour ancrer cette fiction dans une réalité connue du public, pour leur manifester ma sympathie ou mon affection, et pour montrer que, eux, ne ressemblent pas aux autres protagonistes de ce « joli monde ».

J'aimerais donc remercier celles et ceux qui, depuis une vingtaine d'années, m'invitent à dîner et me convient à leurs fêtes. Ils n'ont pas lieu de se reconnaître dans ce miroir déformant et caricatural d'impostures mondaines dont ils ont, sans doute, été les premiers à souffrir.

Un grand merci à mon ami Franck Ferrand, dont les précieux conseils ne m'ont jamais manqué et qui a été mon premier lecteur ; à Jean-Marie Chevret qui, patiemment, en vacances à Paros, m'a écouté lui lire à haute voix des passages entiers, pour le punir de m'avoir choisi comme héros de sa pièce *Numéro complémentaire*.

Merci à mon éditeur Thierry Billard, toujours enthousiaste et encourageant, et au directeur général de Flammarion, Gilles Haéri, pour sa patience à mon endroit.

Merci enfin à Cyril qui n'a cessé de me répéter pendant l'écriture du livre : « Reste toi-même : sois drôle, mais jamais méchant ».

8516

Composition IGS
Achevé d'imprimer en France (Malesherbes)
par Maury-Eurolivres
le 1er septembre 2007.
Dépôt légal septembre 2007. EAN 9782290005651

Éditions J'ai lu
87, quai Panhard-et-Levassor, 75013 Paris
Diffusion France et étranger : Flammarion